银河漫步

刘慈欣 王晋康 等 著

WALKING IN THE GALAXY

北京理工大学出版社
BEIJING INSTITUTE OF TECHNOLOGY PRESS

科幻硬阅读
—— 献给那些聪明的头脑和有趣的灵魂

当小鲜肉、流量明星、鸡汤文和小清新大行其道,当坚硬强悍磊落豪雄变成小众,当拼爹、晒富、割韭菜成为常态,当群氓乱舞中理性精神和至性深情被某些人弃如敝屣——我愿反其道而行,向极小极小的一小部分喜欢阅读和思考的读者,推出一套比较烧脑,但能让神经更粗壮大条的作品——"科幻硬阅读"系列图书。

科幻不是目的,思考才是根本。有趣的灵魂诗意栖居大地。理性使其无惑,感性助其丰盈,个性使其独特,青春致其张扬,而爱的疼痛与快乐,则为灵魂刻下一抹深沉隽永……

所以这套书里除了"烧脑"科幻,兼或还会有其他一些提神醒脑类作品,希望它们能给读者朋友带来一丝极致的阅读体验——极致的思考或震撼、极致的美丽与忧愁、极致的愉悦和放松……不求完美,但求在某方面达到极致——极致,便是"硬阅读"的注脚。

但这种"硬"绝不应该是艰深晦涩,故作深沉!

好看的作品通常都是柔软而流动的,如水、亦似爱人或者时光,默默陪伴,于悄无声息间渗透血脉、融入心魂,让我们在一条注定是一去不返的人生路上,逐渐、逐渐,获得一分坚强和硬度!

愿所有可爱而有趣的灵魂,脚踩大地,仰望星辰,追逐梦想。

—— 小威

独立思考,个性书写,充分表达,
拥有独属于自己的风格和调性。

科幻
硬阅读
DEEP READ
不求完美 追逐极致

目录

001 | 中国太阳
　　　让梦想启程 / 刘慈欣

045 | 第谷石板
　　　智慧的觉醒 / 许多木

135 | 拓星者
　　　太空移民 / 池塘鲤

155 | 独自旅行
　　　一个人，一颗星 / 夏笳

165 | 逃离兄弟会
　　　太空叛逃者 / 罗隆翔

205 | 朕是猫
　　　猫眼中人类的星舰时代 / 罗隆翔

237 | 逃亡之后
　　　地月战争 / 成成

255 | 义犬
　　　一个亚光速文明即将到达地球 / 王晋康

中国太阳

让梦想启程

文／刘慈欣

水娃从娘颤颤的手中接过那个小小的包裹，包裹中有娘做的一双厚底布鞋、三个馍、两件打了大块补丁的衣裳、二十块钱。爹蹲在路边，闷闷地抽着旱烟锅。

"娃要出门了，你就不能给个好脸？"娘对爹说。爹仍蹲在那儿，还是闷闷的一声不吭，娘又说："不让娃出去，你能出钱给他盖房娶媳妇啊？"

"走！东一个西一个都走球了，养他们还不如养窝狗！"爹干号着说，头也不抬。

水娃抬头看看自己出生和长大的村庄，这处于永恒干旱中的村庄，只靠着水窖中积下的一点雨水过活。水娃家没钱修水泥窖，还是用的土水窖，那水一到大热天就臭了。往年，这臭水热开了还能喝，就是苦点儿、涩点儿，但今年夏天，那水热开了喝都拉肚子。听附近部队上的医生说，是地里什么有毒的石头溶进水里了。

水娃又低头看了爹一眼，转身走了，没有再回头。他不指望爹抬头看他一眼，爹心里难受时就那么蹲着拍闷烟，一蹲能蹲几个小时，仿佛变成了黄土地上的一大块土坷垃。但他分明又看到了爹的脸,或者说,他就走在爹的脸上。看周围这广阔的西北土地,干干的黄褐色,布满了水土流失刻出的裂纹,不就是一张老农的脸吗?这里的什么都是这样,树、地、房子、人,黑黄黑黄、皱巴巴的。他看不到这张伸向天边的巨脸的眼睛,但能感觉到它的存在。那双巨眼在望着天空,年轻时那目光充满着对雨的企盼,年老时就只剩呆滞了。其实这张巨脸一直是呆滞的,他不相信这块土地还有过年轻的时候。

一阵风吹过,前面这条出村的小路淹没于黄尘中,水娃沿着这条路走去,迈出了他新生活的第一步。

这条路,将通向一个他做梦都想不到的地方。

人生第一个目标:喝点不苦的水,挣点钱

"哟,这么些个灯!"

水娃到矿区时天已黑了,这个矿区是由许多私开的小窑煤矿组成的。

"这算啥?城里的灯那才叫多哩。"来接他的国强说,国强也是水娃村里的,出来好多年了。

水娃随国强来到工棚住下,吃饭时喝的水居然是甜丝丝的!国强告诉他,矿上打的是深井,水当然不苦了,但他又加了一句:"城里的水才叫好喝呢!"

睡觉时国强递给水娃一包硬邦邦的东西当枕头,打开看,是黑塑料皮包着的一根根圆棒棒,再打开塑料皮,看到那棒棒

黄黄的,像肥皂。

"炸药。"国强说,翻身呼呼睡着了。水娃看到他也枕着这东西,床底下还放着一大堆,头顶上吊着一大把雷管。后来水娃知道,这些东西足够把他的村子一窝端了!国强是矿上的放炮工。

矿上的活儿很苦很累,水娃前后干过挖煤、推车、打支柱等活计,每样一天下来都把人累得要死。但水娃就是吃苦长大的,他倒不怕活儿重,他怕的是井下那环境,人像钻进了黑黑的蚂蚁窝。开始真像做噩梦,但后来也惯了。工钱是计件,每月能挣一百五,好的时候能挣到二百出头,水娃觉得很满足了。

但最让水娃满足的还是这里的水。第一天下工后,浑身黑得像块炭,他跟着工友们去洗澡。到了那里后,看到人们用脸盆从一个大池子中舀出水来,从头到脚浇下来,地下流淌着一条条黑色的小溪。当时他就看呆了,妈妈呀,哪有这么用水的,这可都是甜水啊!因为有了甜水,这个黑乎乎的世界在水娃眼中变得美丽无比。

但国强一直鼓动水娃进城。国强以前就在城里打过工,因为偷建筑工地的东西被当作盲流遣送回原籍。他向水娃保证,城里肯定比这里挣得多,也不像这样累死累活的。

就在水娃犹豫不决时,国强在井下出了事。那天他排哑炮时炮炸了,从井下抬上来时浑身嵌满了碎石。死前他对水娃说了一句话:"进城去,那里灯更多……"

人生第二个目标：到灯更多水更甜的城里，挣更多的钱

"这里的夜像白天一样呀！"水娃惊叹说。

国强说得没错，城里的灯真是多了。现在，他正同二宝一起，一人背着一个擦鞋箱，沿着省会城市的主要大街向火车站走去。二宝是水娃邻村人，以前曾和国强一起在省城里干过，按照国强以前给的地址，水娃费了好大的劲才找到他，他现在已不在建筑工地干，而是干起擦皮鞋的活来。水娃找到他时，与他同住的一个同行正好有事回家了，他就简单地教了水娃几下子，然后让水娃背上那套家伙同他一起去。

水娃对这活计没有什么信心，他一路上寻思，要是修鞋还差不多。擦鞋？谁花一元钱擦一次鞋（要是鞋油好些得三元），这人准有毛病。但在火车站前，他们摊还没摆好，生意就来了。这一晚上到十一点，水娃竟挣了14元！但在回去的路上二宝一脸晦气，说今天生意不好，言下之意显然是水娃抢了他的买卖。

"窗户下那些个大铁箱子是啥？"水娃指着前面的一座楼问。

"空调，那屋里现在跟开春儿似的。"

"城里真好！"水娃抹了一把脸上的汗说。

"在这儿只要吃得苦，赚碗饭吃很容易的，但要想成家立业可就没门儿。"二宝说着用下巴指了指那幢楼，"买套房，两三千一平米呢！"

水娃傻傻地问："平米是啥？"

二宝轻蔑地晃晃头，不屑理他。

水娃和十几个人住在一间同租的简易房中，这些人大都是进城打工的和做小买卖的农民，但在大通铺上位置紧挨着水娃的却是个城里人，不过不是这个城市的。在这里时他和大家都差不多，吃的和他们一样，晚上也是光膀子在外面乘凉。但每天早晨，他都西装革履地打扮起来，走出门去像换了一个人，真给人鸡窝里飞出金凤凰的感觉。这人姓庄名宇，大伙倒是都不讨厌他，这主要是因为他带来的一样东西。那东西在水娃看来就是一把大伞，但那伞是用镜子做的，里面光亮亮的，把伞倒放在太阳地里，在伞把头上的一个托架上放一锅水，那锅底被照得晃眼，锅里的水很快就开了，水娃后来知道这叫太阳灶。大伙用这东西做饭烧水，省了不少钱，可没太阳时不能用。

这把叫太阳灶的大伞没有伞骨，就那么薄薄的一片。水娃最迷惑的时候就是看庄宇收伞：这个伞上伸出一根细细的电线一直通到屋里，收伞时庄宇进屋拔下电线的插销，那伞就噗的一下摊到地上，变成了一块银色的布。水娃拿起布仔细看，它柔软光滑，轻得几乎感觉不到分量，表面映着自己变形的形象，还变幻着肥皂泡表面的那种彩纹，一松手，银布从指缝间无声地滑落到地上，仿佛是一掬轻盈的水银。当庄宇再插上电源的插销时，银布如同一朵开放的荷花般懒洋洋地伸展开来，很快又变成一个圆圆的伞面倒立在地上。再去摸摸那伞面，薄薄的、硬硬的，轻敲发出悦耳的金属声响，它强度很高，在地面固定后能撑住一个装满水的锅或壶。

庄宇告诉水娃："这是一种纳米材料，表面光洁，具有很好的反光性，强度很高，最重要的是，它在正常条件下呈柔软状态，但在通入微弱电流后会变得坚硬。"

水娃后来知道，这种叫纳米镜膜的材料是庄宇的一项研究成果。申请专利后，他倾其所有投入资金，想为这项成果打开市场，但包括便携式太阳灶在内的几项产品都无人问津，结果血本无归，现在竟穷到向水娃借钱交房租。虽落到这地步，但这人一点儿都没有消沉，每天仍东奔西跑，企图为这种新材料的应用找到出路，他告诉水娃，这是自己跑过的第13个城市了。

除了那个太阳灶，庄宇还有一小片纳米镜膜，平时它就像一块银色的小手帕摊放在床边的桌子上。每天早晨出门前，庄宇总要打开一个小小的电源开关，那块银手帕立刻变成硬硬的一块薄片，成了一面光洁的小镜子，庄宇会对着它梳理打扮一番。有一天早晨，他对着小镜子梳头时斜视了刚从床上爬起来的水娃一眼，说："你应该注意仪表，常洗脸，头发别总是乱乱的。还有你这身衣服，不能买件便宜点的新衣服吗？"

水娃拿过镜子来照了照，笑着摇摇头，意思是对一个擦鞋的来说，那么麻烦没有用。

庄宇凑近水娃说："现代社会充满着机遇，满天都飞着金鸟儿，哪天说不定你一伸手就抓住一只，前提是你得拿自己当回事儿。"

水娃四下看了看，没什么金鸟儿，他摇摇头说："我没读过多少书呀。"

"这当然很遗憾，但谁知道呢，有时这说不定是一个优势。这个时代的伟大之处就在于其捉摸不定，谁也不知道奇迹会在谁身上发生。"

"你……上过大学吧？"

"我有固体物理学博士学位，辞职前是大学教授。"

庄宇走后，水娃目瞪口呆了好半天，然后又摇摇头，心想庄宇这样的人跑了十三个城市都抓不到那鸟儿，自己怎么行呢？他感到这家伙是在取笑自己，不过这人本身也够可怜、够可笑的了。

这天夜里，屋里的其他人有的睡了，有的聚成一堆打扑克，水娃和庄宇则到门外几步远的一个小饭馆里看人家的电视。这时已是夜里十二点，电视中正在播出新闻，屏幕上只有播音员，没有其他画面。

"在今天下午召开的国务院新闻发布会上，新闻发言人透露，举世瞩目的中国太阳工程已正式启动，这是继三北防护林之后又一项改造国土生态的超大型工程……"

水娃以前听说过这个工程，知道它将在我们的天空中再建造一个太阳；这个太阳能给干旱的大西北带来更多的降雨。这事对水娃来说太玄乎，像第一次遇到这类事一样，他想问庄宇，但扭头一看，见庄宇正睁圆双眼，瞪着电视，半张着嘴，好像被它摄去了魂儿。水娃用手在他面前晃了晃，他毫无反应，直到那则新闻过去很久才恢复常态，自语道："真是，我怎么就没想到中国太阳呢？"

水娃茫然地看着他，他不可能不知道这件连自己都知道的事，这事儿哪个中国人不知道呢？他当然知道，只是没想到，那他现在想到了什么呢？这事与他庄宇——一个住在闷热的简易房中的潦倒流浪者，能有什么关系？

庄宇说："记得我早上说的话吗？现在一只金鸟飞到我面前了，好大的一只金鸟儿，其实它以前一直在我的头顶盘旋，我居然没感觉到！"

水娃仍然迷惑不解地看着他。

庄宇站起身来："我要去北京了，赶两点半的火车。小兄弟，你跟我去吧。"

"去北京？干什么？"

"北京那么大，干什么不行？就是擦皮鞋，也比这儿挣得多好多！"

于是，就在这天夜里，水娃和庄宇踏上了一列连座位都没有的拥挤的列车。列车穿过夜色中广阔的西部原野，向太阳升起的方向驰去。

人生第三个目标：到更大的城市，见更大的世面，挣更多的钱

第一眼看到首都时，水娃明白了一件事：有些东西你只能在看见后才知道是什么样的，凭想象是绝对想不出来的。比如北京之夜，就在他的想象中出现过无数次，最早不过是把镇子或矿上的灯火扩大许多倍，然后是把省城的灯火扩大许多倍，当他和庄宇乘坐的公共汽车从西站拐入长安街时,他知道,过去那些灯火就是扩大一千倍,也不是北京之夜的样子。当然,北京的灯绝对不会有一千个省城的灯那么多那么亮,但北京的某种东西,是那个西部的城市再怎样叠加也产生不出来的。

水娃和庄宇在一个便宜的地下室旅馆住了一夜后,第二天早上就分了手。临别时庄宇祝水娃好运,并说如果以后有难处可以找他,但当水娃让他留下电话或地址时,他却说自己现在什么都没有。

"那我怎么找你呢?"水娃问。

"过一阵子,看电视或报纸,你就会知道我在哪儿。"

看着庄宇远去的背影,水娃迷惑地摇摇头。他这话可真是费解:这人现在已一文不名,今天连旅馆都住不起了,早餐还是水娃出的钱,甚至连他那个太阳灶,也在起程前留给房东顶了房费。现在,他已是一个除了梦之外什么都没有的乞丐。

与庄宇分别后,水娃立刻去找活儿干,但大都市给他的震撼使他很快忘记了自己的目的。整个白天,他都在城市中漫无目的地闲逛,仿佛是行走在仙境中,一点儿都不觉得累。

傍晚,他站在首都的新象征之一——去年落成的五百米高的统一大厦前,仰望着那直插云端的玻璃绝壁。在上面,渐渐暗下去的晚霞和很快亮起来的城市灯海在进行着摄人心魄的光与影的表演。水娃看得脖子酸疼。当他正要走开时,大厦本身的灯也亮了起来,这奇景以一种更大的力量攫住了水娃的全部身心,他继续在那里仰头呆望着。

"你看了很长时间,对这工作感兴趣吧?"

水娃回头,看到说话的是一个年轻人,典型的城里人打扮,但手里拿着一顶黄色的安全帽。"什么工作?"水娃迷惑地问。

"那你刚才在看什么?"那人问,同时拿安全帽的手向上一指。

水娃抬头向他指的方向看,看到高高的玻璃绝壁上居然有几个人,从这里看去只是几个小黑点儿。"他们在那么高干什么呀?"水娃问,又仔细地看了看,"擦玻璃?"

那人点点头:"我是蓝天建筑清洁公司的人事主管,我们公司,主要承揽高层建筑的清洁工程,你愿意干这工作吗?"

水娃再次抬头看,高空中那几个蚂蚁似的小黑点让人头晕目眩。

"这……太吓人了。"

"如果是担心安全那你尽管放心,这工作看起来危险,正是这点使它招工很难,我们现在很缺人手。但我向你保证,安全措施是很完备的,只要严格按规程操作,绝对不会有危险,且工资在同类行业中是最高的,你嘛,每月工资1500,工作日管午餐,公司代买人身保险。"

这钱数让水娃吃了一惊,他呆呆地望着经理,后者误解了水娃的意思:"好吧,取消试用期,再加300,每月1800,不能再多了。以前这个工种基本工资只有四五百,每天有活儿干再额外计件儿,现在是固定月薪,相当不错了。"

于是，水娃成了一名高空清洁工，也被叫作蜘蛛人。

人生第四个目标：成为一个北京人

水娃与四位工友从航天大厦的顶层谨慎地下降，用了40分钟才到达它的第83层，这是他们昨天擦到的位置。蜘蛛人最头疼的活儿就是擦倒角墙，即与地面的角度小于90°的墙。而航天大厦的设计者为了表现他那变态的创意，把整个大厦设计成倾斜的，在顶部有一根细长的立柱，与地面衔接，支撑起大厦的顶部。据负责建造航天大厦的那位著名建筑师说，倾斜更能表现出上升感。这话似乎有道理，这座摩天大厦也因此名扬世界，成为北京的又一标志性建筑。但这位建筑大师的祖宗八代都被北京的蜘蛛人骂遍了，清洁航天大厦的活儿对他们几乎是一场噩梦，因为这个倾斜的大厦整整一面全是倒角墙，高达400米，与地面的角度小到65°。

到达工作位置后，水娃仰头看看，头顶上这面巨大的玻璃悬崖仿佛正在倾倒下来。他一只手打开清洁剂容器的盖子，另一只手紧紧抓着吸盘的把手。这种吸盘是为清洁倒角墙特制的，但并不好使，常常脱吸，这时蜘蛛人就会荡离墙面，被安全带吊着在空中打秋千。这种事在清洁航天大厦时多次发生，每次都让人魂飞天外。就在昨天，水娃的一位工友脱吸后远远地荡出去，又荡回来，在强风的推送下直撞到墙上，撞碎了一大块玻璃，在他的额头和手臂上各划了一道大口子，而那块昂贵的镀膜高级建筑玻璃让他这一年的活儿白干了。

到现在为止，水娃干蜘蛛人的工作已经两年多了，这活儿可真不容易。在地面上有二级风力时，百米空中的风力就有五级，而现在的四五百米的超高层建筑上，风就更大了。危险自不必说，从21世纪初开始，蜘蛛人的坠落事故就时有发生。在冬天时那强风就像刀子一样锋利；清洗玻璃时最常用的氢氟酸洗剂腐蚀性很大，使手指甲先变黑再脱落；而到了夏天，为防洗涤药水的腐蚀，还得穿着不透气的雨衣、雨裤、雨鞋。如果是擦镀膜玻璃，背上太阳暴晒，面前玻璃反射的阳光也让人睁不开眼，这时水娃的感觉真像是被放在庄宇的太阳灶上。

但水娃热爱这个工作，这两年多是他有生以来最快乐的时光。这固然因为在外地来京的低文化层次的打工者中，蜘蛛人的收入相对较高，更重要的是，他从工作中获得了一种奇妙的满足感。他最喜欢干那些别的工友不愿意干的活儿：清洁新近落成的超高建筑。这些建筑的高度都在二百米以上，最高的达五百米。悬在这些摩天大楼顶端的外墙上，北京城在下面一览无遗地伸延开来，那些20世纪建成的所谓高层建筑从这里看下去是那么矮小，再远一些，它们就像一簇簇插在地上的细木条；在这个高度听不到城市的喧闹，整个北京成了一个可以一眼望全的整体，成了一个以蛛网般的公路为血脉的巨大的生命，在下面静静地呼吸着。有时，摩天大楼高耸在云层之上，腰部以下笼罩在阴暗的暴雨之中，以上却阳光灿烂，干活儿时脚下是一望无际的滚滚云海，每到这时，水娃总觉得他的身体都被云海之上的强风吹得透明了……

水娃从这经历中学到了一个哲理：事情得从高处才能看清楚。当你淹没于这座大都市之中时，周围的一切是那么纷繁复杂,城市像是一个无边无际的迷宫,但从这高处一看,整座城市像是一个有一千多万人的蚁窝,而它周围的世界又是那么广阔。

在第一次领到工资后,水娃到一个大商场转了转。乘电梯上到第三层时,他发现这是一个让自己迷惑的地方。与繁华的下两层不同,这一层的大厅比较空旷,只摆放着几张大得惊人的低桌子,在每张桌子宽阔的桌面上,都有一片小小的楼群,每幢楼有一本书那么高。楼间有翠绿的草地,草地上有白色的凉亭和回廊……这些小建筑好像是用象牙和奶酪做成的,看上去那么可爱,它们与绿草地一起,构成了精致的小世界,在水娃眼中,真像是一个个小天堂的模型。最初他猜测这是某种玩具,但这里见不到孩子,桌边的人们也一脸认真和严肃。他站在一个小天堂边上对着它出神地望了很久,一位漂亮小姐过来招呼他,他这才知道这里是出售商品房的地方。他随便指着一幢小楼,问最顶上那套房多少钱,小姐告诉他那是三室一厅,每平方米3 500元,总价值38万。听到这数目水娃倒吸一口冷气,但小姐接下来的话让这冷酷的数字温柔了许多:

"分期付款,每月1 500元到2 000元。"

他小心地问:"我……我不是北京人,能买吗?"

小姐给了他一个动人的微笑:"您可真逗,户口已经取消几年了,还有什么北京人不北京人的?您住下不就是北京人了吗?"

水娃走出商场后,漫无目的地在街上走了很长时间,夜里的北京在他的周围五光十色地闪耀着，他的手中拿着售房小姐给他的几张花花绿绿的广告页，不时停下来看看。仅在一个多月前，在那座遥远的西部城市的简易房中，在省城拥有一套住房对他来说都还是一个神话，现在，他离买下那套北京的住房还有相当的距离，但这已不是神话了，它由神话变成了梦想，而这梦想，就像那些精致的小模型一样，实实在在地摆在眼前，可以触摸到了。

这时，有人在里面敲水娃正在擦的这面玻璃，这往往是麻烦事。在办公室窗上出现的高楼清洁工总让超级大厦中的白领们有一种莫名的烦恼，好像这些人真如其俗名那样是一个个异类大蜘蛛，他们之间的隔阂远不止那面玻璃。在蜘蛛人干活儿时，里面的人不是嫌有噪声就是抱怨阳光被挡住了，变着法儿和他们过去。航天大厦的玻璃是半反射型的，水娃很费劲地向里面看，终于看清了里面的人，那居然是庄宇！

分手后，水娃一直惦记着庄宇，在他的记忆中，庄宇一直是一个西装革履的流浪汉，在这个大城市中深一脚浅一脚地过着艰难的生活。在一个深秋之夜，正当水娃在宿舍中默默地为庄宇过冬的衣服发愁时，却真的在电视上看到了他！这时，中国太阳工程正在选择构建反射镜的材料，这是工程最关键的技术核心。在十几种材料中，庄宇研制的纳米镜膜被最后选中了。他由一名科技流浪汉变成了中国太阳工程的首席科学家之一，一夜之间举世闻名。这以后，虽然庄宇频频在各种媒体出现，水娃反而把他忘记了，他觉得他们之间已没有什么关系。

在那间宽大的办公室里，水娃看到庄宇与两年前相比，从里到外都没有变,甚至还穿着那身西装,现在水娃已经知道,这身当时在他眼中高级华贵的衣服实际上次透了。水娃向他讲述了自己在北京的生活,最后他笑着说:"看来咱俩在北京干得都不错。"

"是的是的,都不错!"庄宇激动地连连点头,"其实,那天早晨对你说那些关于时代和机遇的话时,我几乎对一切都失去了信心,我是说给自己听的,但这个时代真的充满了机遇。"

水娃点点头:"到处都是金色的鸟儿。"

接着,水娃打量起这间充满现代感的大办公室来,这里最引人注目的是那一套不同寻常的装饰物:办公室的天花板整个是一幅星空的全息图像,所以在办公室中的人如同置身于灿烂星空下。在这星空的背景前悬浮着一个银色的圆形曲面,那是一个镜面,很像庄宇的那个太阳灶,但水娃知道,这个太阳灶面积可能有几十个北京那么大。在天花板的一角,有一盏球形的灯,与这镜面一样,这灯球没有任何支撑地悬浮在空中,发出耀眼的黄光。镜面把它的一束光投射到办公桌旁的一个大地球仪上,在其表面打出一个圆圆的亮点。那个灯球在天花板下缓缓飘移着,镜面转动着追踪它,始终保持着那束投向地球仪的光束。星空、镜面、灯球、光束、地球仪和其表面的亮点,形成了一幅抽象而神秘的构图。

"这就是中国太阳吗?"水娃指着镜面敬畏地问。

庄宇点点头:"这是一个面积达 30 000 平方千米的反射镜,它在 36 000 千米高的同步轨道上向地球反射阳光,在地面看上去,天空中像多了个太阳。"

"我一直搞不明白,天上多个太阳,地上怎么会多了雨水呢?"

"这个人造太阳可以以多种方式影响天气,比如通过改变大气的热平衡来影响大气环流、增加海洋蒸发量、移动锋面等,这一两句话说不清楚。其实,轨道反射镜只是中国太阳工程的一部分,另一部分是一个复杂的大气运动模型,它运行在许多台超级计算机上,精确地模拟出某一区域大气的运动状态,然后找准一个关键点,用人造太阳的热量施加影响,就会产生出巨大的效应,足以在一段时间内完全改变目标区域的气候……这个过程极其复杂,不是我的专业,我也不太明白。"

水娃又问了一个庄宇肯定明白的问题,他知道自己的问题太傻,但还是鼓足勇气问了出来:"那么大个东西悬在天上,不会掉下来吗?"

庄宇默默地看了水娃几秒钟,又看了看表,一拍水娃的肩膀说:"走,我请你吃饭,同时让你明白中国太阳为什么不会掉下来。"

但事情远没有庄宇想得那么简单,他不得不把要讲授的知识线移到最底层。水娃知道自己生活在一个圆的地球上,但他意识深处的世界还是一个天圆地方的结构,庄宇费了很大劲才使他真正明白了我们的世界只是一颗飘浮在无际虚空中的小石球。虽然这个晚上水娃并没有搞明白中国太阳为什么不会掉下来,但这个宇宙在他的脑海中已完全变了样,他进入了自己的托勒密时代。第二个晚上,庄宇同水娃到大排档去吃饭,并成功地使水娃进入了哥白尼时代。又用了两个晚上,水娃艰难地进入了牛顿时代,知道了(当然仅仅是知道了)万有引力。接下来的一个晚上,借助于办公室中的那个大地球仪,庄宇使水娃迈进了航天时代。在接下来的一个公休日,也是在那个大地球仪前,水娃终于明白了同步轨道是什么意思,同时也明白了中国太阳为什么不会掉下来。

在这一天,庄宇带水娃参观了中国太阳工程的指挥中心,在一个高大的屏幕上映出了同步轨道上中国太阳建设工地的全景:漆黑的空间中飘忽着几块银色的薄片,航天飞机在那些薄片前像几只小小的蚊子。最让水娃感到震撼的,是另一个大屏幕上从36 000千米高度拍摄的地球,他看到,大陆像漂浮在海洋上的一张张大牛皮纸,山脉像牛皮纸的皱褶,而云层如同牛皮纸上残留的一片片白糖末……庄宇指给水娃看哪里是他的家乡,哪里是北京,水娃呆呆地看了好半天,冒出一句话:"站在这么高的地方,人想的事情肯定不一样……"

三个月后,中国太阳的主体工程完工,在国庆节之夜,反射镜首次向地球的黑夜部分投射阳光,并把巨大的光斑固定在京津地区。这天夜里,水娃在天安门广场上同几十万人一起目睹了这壮丽的日出:西边的夜空中,一颗星星的亮度急剧增强,在这颗星的周围有一圈蓝天在扩散,当中国太阳的亮度达到最大时,这圈蓝天已占据了半个天空的面积,在它的边缘,色彩由纯蓝渐渐过渡到黄色、橘红和深紫,这圈渐变的色彩如一圈彩虹把蓝天围在中央,形成了人们所称的"环形朝霞"。

水娃在凌晨四点才回到宿舍,他躺在狭窄的上铺,中国太阳的光芒从窗中照进来,照在枕边墙上那几张商品住宅广告页上,水娃把那几张彩纸从墙上撕了下来。

在中国太阳的天国之光下,他曾为之激动不已的理想显得那么平淡渺小。

两个月后,清洁公司的经理找到水娃,说中国太阳工程指挥中心的庄总让他去一下。自从清洁航天大厦的活儿干完后,水娃就再也没见过庄宇。

"你们的太阳真是伟大!"在航天大厦的办公室中见到庄宇后,水娃由衷地赞叹道。

"是我们的太阳,特别是你也有份儿:现在在这里看不到中国太阳了,它正在给你的家乡造雪呢!"

"我爸妈来信说,那里今冬的雪真的多了起来!"

"但中国太阳也遇到了大问题,"庄宇指指身后的一块大屏幕,上面显示着两个圆形的光斑,"这是在同一位置拍摄的中国太阳的图像,时隔两个月,你能看出来它们有什么差别吗?"

"左边那个亮一些。"

"看,仅两个月,反射率的降低用肉眼都能看出来了。"

"怎么,是大镜子上落灰了吗?"

"太空中没有灰,但有太阳风,也就是太阳喷出的粒子流,时间一长,它使中国太阳的镜面表层发生了质变,镜面就蒙上了一层极薄的雾膜，反射率就降低了。一年以后，镜面将变得像蒙上一层水雾一样，那时中国太阳就变成了中国月亮，就什么事都干不了了。"

"你们开始没想到这些吗？"

"当然想到了……我们还是谈你的事吧：想不想换个工作？"

"换工作？我还能干什么呢？"

"还是干高空清洁工，但是在我们这里干。"

水娃迷惑地四下看看："你们的大楼不是刚清洁过吗？还用专门雇高空清洁工？"

"不，不是让你擦大楼，是擦中国太阳。"

人生第五个目标：飞向太空擦太阳

这是一次由中国太阳工程运行部的高层领导人参加的会议，讨论成立镜面清洁机构的事。庄宇把水娃介绍给大家，并介绍了他的工作。当有人问到学历时，水娃诚实地说他只读过三年小学。

"但我认字的，看书没问题。"水娃对与会者说。

一阵笑声响起，"庄总，你这是在开玩笑吗？"有人气愤地喊道。

庄宇平静地说："我没开玩笑。如果组成30个人的镜面清洁队，把中国太阳全部清洁一遍需半年时间，按照清洁周期清洁队需要不停地工作,这至少要有60到90人进行轮换,如果正在制定中的空间劳动保护法出台,这种轮换可能需要更多的人,也就是说需要120甚至150人。我们难道要让150名有博士学位的、在高性能歼击机上飞过3000小时的宇航员干这项工作吗?"

"那也得差不多点儿吧?在城市高等教育已经普及的今天,让一个文盲飞向太空?"

"我不是文盲!"水娃对那人说。

对方没理他,接着对庄宇说:"这是对这个伟大工程的亵渎!"

与会者们纷纷点头赞同。

庄宇也点点头:"我早就料到各位会有这种反应。在座的,除了这位清洁工之外都具有博士学位,那么好,就让我们看看各位在清洁工作中的素质吧!请跟我来。"

十几名与会者迷惑不解地跟着庄宇走出会议室,走进电梯。这种摩天大楼中的电梯分快、中、慢三种,他们乘坐的是最快的电梯,飞快加速,直上大厦的顶层。

有人说:"我是第一次乘这个电梯,真有乘火箭升空的感觉!"

"我们进入同步轨道后,大家还将体验清洁中国太阳的感觉。"庄宇说,周围的人都向他投来奇怪的目光。

走出电梯后,大家又跟着庄宇爬了一段窄扶梯,最后从一扇小铁门走出去,来到了大厦的露天楼顶。他们立刻置身于阳光和强风之中,上面的蓝天似乎比平时看到的清澈了许多,向四周望去,北京城尽收眼底。他们发现楼顶上已经有一小群人在等着,水娃吃惊地发现那竟是清洁公司的经理和他的蜘蛛人工友们!

庄宇大声说:"现在,我们就请大家体验一下水娃的工作。"

于是那些蜘蛛人走过来给每一位与会者扎上安全带,然后领他们走到楼顶边缘,使他们小心地站到十几个蜘蛛人作为工作平台的小小的吊板上,然后吊板开始慢慢下降,悬在距楼顶边缘五六米处不动了,被挂在大厦玻璃墙上的与会者们发出一阵绝不掺假的惊叫声。

"各位,我们继续开会吧!"庄宇蹲着从楼顶边缘探出身去对下面的人喊。

"你个混蛋!快拉我们上去!"

"你们每人必须擦完一块玻璃才能上来!"

擦玻璃是不可能的,下面的人能做的只是死抓着安全带或吊板的绳索一动不敢动,根本不可能松开一只手去拿放在吊板上的刷子或打开清洁剂桶的盖子。在他们的日常工作中,这些航天官员每天都在图纸或文件上与几万千米的高度打交道,但在这种亲身体验中,四百米的高度已经令他们魂飞天外了。

庄宇站起身,走到一位空军大校的上面,他是被吊下去的十几个人中唯一镇定自若者。他开始擦玻璃,动作沉稳,最让水娃吃惊的是，他的两只手都在干活，并没有抓着什么稳定自己，而他的吊板在强风中贴着墙面一动不动，这对蜘蛛人来说也只有老手才能做到。当水娃认出他就是十多年前"神舟八号"飞船上的一名宇航员时，对眼前所见也就不奇怪了。

庄宇问："张大校，你坦率地说，眼前的工作真的比你们在轨道上的太空行走作业容易吗？"

"如果仅从体力和技巧上来说，相差不是太多。"前宇航员回答说。

"说得好。宇航训练中心的一项研究表明，在人体工程学上，高层建筑清洁工的工作与太空中的镜面清洁工作有许多相似之处：都需要在危险中让身体时时保持在平衡的位置上，从事重复单、调且消耗体力的劳动；都要时时保持着警觉，稍一疏忽就会有意外事故发生。这事故对宇航员来说，可能是错误飘移、工具或材料丢失，或生命保障系统失灵等；对蜘蛛人来说，则可能是撞碎玻璃、工具，清洁剂跌落或安全带断裂、滑脱等。在体能技巧方面，特别是在心理素质方面，蜘蛛人完全有能力胜任镜面清洁工作。"

前宇航员仰视着庄宇点了点头："这使我想起了那个古老的寓言，卖油人把油通过一个铜钱的方孔倒进油壶中，所需的技巧与将军把箭射中靶心同样高超，差异只在于他们的身份。"

庄宇接着说："哥伦布发现了美洲，库克发现了澳洲，但这些新世界都是由普通人开发的，这些开拓者在当时的欧洲处于社会的最下层。太空开发也一样，国家在下一个五年计划中把近地空间作为第二个西部，这就意味着航天事业的探险时代已经结束,它不再只是由少数精英从事的工作,让普通人进入太空,是太空开发产业化的第一步!"

"好了好了,你说的都对!快把我们弄上去啊!"下面的其他人声嘶力竭地喊着。

在回去的电梯上,清洁公司的经理凑到庄宇耳边低声说:"庄总,您慷慨激昂了半天,讲的道理有点太大了吧?当然,当着水娃和我这些小弟兄的面,您不好把关键之处挑明。"

"嗯?"庄宇询问地看着他。

"谁都知道。中国太阳工程是以准商业方式运行的。中途差点因资金缺口而停工。现在,留给你们的运行费用没有多少了。在商业宇航中,正规宇航员的年薪都在百万以上,我这些小伙子们每年就可以给你们省几千万。"

庄宇神秘地一笑说:"您以为,为这区区几千万我值得冒这个险吗?我这次是故意把镜面清洁工的文化程度标准压到最低,这个先例一开,中国太阳运行中在空间轨道的其他工作岗位,我就可以用普通大学毕业生来做,这一下,省的可不止几千万。如您所说,这也是没办法的办法,我们真的没剩多少钱了。"

经理说:"在我的童年和少年时代,进入太空是一种何等浪漫的事业,我清楚地记得,一位领导人在访问肯尼迪航天中心时,把一位美国宇航员称作神仙。现在,"他拍着庄宇的后背苦笑着摇摇头,"我们彼此彼此了。"

庄宇扭头看了看那几名蜘蛛人小伙子,放大了声音说:"但是,先生,我给他们的工资怎么说也是你的八到十倍!"

第二天，包括水娃在内的六十名蜘蛛人进入了坐落在石景山的中国宇航训练中心：他们都是从外地来京打工的农村后生，来自中国广阔田野的各个偏僻角落。

镜面农夫

西昌基地，"地平线"号航天飞机从它的发动机喷出的大团白雾中探出头来，轰鸣着飞上蓝天。机舱里坐着水娃和其他十四名镜面清洁工。经过三个月的地面培训，他们被从六十人中挑选出来，首批进入太空进行实际操作。

在水娃这时的感觉中，失重远不像传说中的那么可怕，他甚至有一种熟悉的舒适感，这是孩子被母亲紧紧抱在怀中的感觉。在他右上方的舷窗外，天空的蓝色在渐渐变深。舱外隐约传来爆破螺栓的啪啪声，助推器分离，发动机声由震耳的轰鸣变为蚊子似的嗡嗡声。天空变成深紫色，最后完全变黑，星星出现了，都不眨眼，十分明亮。嗡嗡声戛然而止，舱内变得很安静，座椅的振动消失了，接着后背对椅面的压力也消失了，失重出现。水娃他们是在一个巨大的水池中进行的失重训练，这时的感觉还真像是浮在水中。

但安全带还不能解开，发动机又嗡嗡地叫了起来，重力又把每个人按回椅子上，漫长的变轨飞行开始了。小小的舷窗中，星空和海洋交替出现，舱内不时充满了地球反射的蓝光和太阳白色的光芒。窗口中能看到的地平线的弧度一次比一次大，能看到的海洋和陆地的景色范围也一次比一次大。向同步轨道的变轨飞行整整进行了六个小时，舷窗中星空和地球的景色交替也渐渐具有催眠作用，水娃居然睡着了。但他很快被扩音器中指令长的声音惊醒，那声音说"变轨飞行结束了"。

舱内的伙伴们纷纷飘离座椅，紧贴着舷窗向外瞅。水娃也解开安全带，用游泳的动作笨拙地飘到离他最近的舷窗，他第一次亲眼看到了完整的地球。但大多数人都挤在另一侧的舷窗边，他也一蹬舱壁窜了过去，因速度太快在对面的舱壁上碰了脑袋。从舷窗望出去，他才发现"地平线"号已经来到中国太阳的正下方，反射镜已占据了星空的大部分面积，航天飞机如同一只飞行在一个巨大的银色穹顶下的小蚊子。"地平线"号继续靠近，水娃渐渐体会到镜面的巨大：它已占据了窗外的所有空间，一点都感觉不到它的弧度；他们仿佛飞行在一望无际的银色平原上。距离在继续缩短，镜面上出现了"地平线"号的倒影。可以看到银色大地上有一条条长长的接缝，这些接缝像地图上的经纬线一样织成方格，成了能使人感觉到相对速度的唯一参照物。渐渐地，银色大地上的经线不再平行，而是向一点汇聚，这趋势急剧加快，好像"地平线"号正在驶向这巨大地图上的一个极点。极点很快出现了，所有经线接缝都汇聚在一个小黑点上，航天飞机向着这个小黑点下降，水娃震惊地发现，这个黑点竟是这银色大地上的一座大楼，这座大楼是一个全密封的圆柱体，水娃知道，这就是中国太阳的控制站，是他们以后三个月在这冷寂太空中唯一的家。

太空蜘蛛人的生活就这样开始了。每天（中国太阳绕地球一周的时间也是24小时），镜面清洁工们驾驶着一台台有手扶拖拉机大小的机器擦光镜面，他们开着这些机器在广阔的镜面上来回行驶，很像在银色的大地上耕种着什么，于是西方新闻媒体给他们起了一个更有诗意的名字：镜面农夫。这些"农夫"们的世界是奇特的，他们脚下是银色的平原，由于镜面的弧度，这平原在远方的各个方向缓缓升起，但由于面积巨大，周围看上去如水面般平坦。上方，地球和太阳总是同时出现，后者比地球小得多，倒像是它的一颗光芒四射的卫星。在占据天空大部分的地球上，总能看到一个缓缓移动的圆形光斑，在地球黑夜的一面，这光斑尤其醒目，这就是中国太阳在地球上照亮的区域。镜面可以调整形状以改变光斑的大小，当银色大地在远方上升的坡度较陡时，光斑就小而亮，当上升坡度较缓时，光斑就大而暗。

镜面清洁工的工作是十分艰辛的，他们很快发现，清洁镜面的枯燥和劳累比在地球上擦高楼有过之而无不及。每天收工回到控制站后，往往累得连太空服都脱不下来。随着后续人员的到来，控制站里拥挤起来，人们像生活在一个潜水艇中。但能够回到站里还算幸运，镜面上距站最远处近一百千米，清洁到外缘时往往下班后回不来，只能在"野外"过"夜"——从太空服中吸些流质食物，然后悬在半空中睡觉。工作的危险更不用说，镜面清洁工是人类航天史上进行太空行走最多的人，在"野外"，太空服的一个小故障就足以置人于死地，还有微陨石、太空垃圾和太阳磁暴等。这样的生活和工作条件使控制站中的工程师们怨气冲天，但天生就能吃苦的"镜面农夫"们却默默地适应了这一切。

在进入太空后的第五天，水娃与家里通了话，这时水娃正在距控制站五十多千米处干活,他的家乡正处于中国太阳的光斑之中。

水娃爹:"娃啊,你是在那个日头上吗?它在俺们头上照着呢,这夜跟白天一样啊!"

水娃:"是,爹,俺是在上面!"

水娃娘:"娃啊,那上面热吧?"

水娃:"说热也热,说冷也冷,俺在地上投了个影儿,影儿的外面有咱那儿十个夏天热,影儿的里面有咱那儿十个冬天冷。"

水娃娘对水娃爹:"我看到咱娃了,那日头上有个小黑点点!"

水娃知道那是不可能的,他的眼泪涌了出来,说:"爹、娘,俺也看到你们了,亚洲大陆的那个地方也有两个小黑点点!明天多穿点衣服,我看到一大股寒流从大陆北面向你们那里移过来了!"

……

三个月后换班的第二分队到来,水娃他们返回地球去休三个月的假。他们着陆后的第一件事就是每人买了一架单筒高倍望远镜。三个月后他们回到中国太阳上,在工作的间隙大家都用望远镜遥望地球,望得最多的当然还是家乡,但在 40 000 千米的距离上是不可能看到他们的村庄的。他们中有人用粗笔在镜面上写下了一首稚拙的诗:

在银色的大地上我遥望家乡,

村边的妈妈仰望着中国太阳。

这轮太阳就是儿子的眼睛,

黄土地将在这目光中披上绿装。

"镜面农夫"们的工作是出色的,他们逐渐承担了更多的任务,范围都超出了他们的清洁工作。首先是修复被陨石破坏的镜面,后来又承担了一项更高层次的工作:监视和加固应力超限点。

中国太阳在运行中,其姿态总是在不停地变化,这些变化是由分布在其背面的三千台发动机完成的。反射镜的镜面很薄,它由背面的大量细梁连成一个整体,在进行姿态或形状改变时,有些位置可能发生应力超限,如果不及时对各发动机的出力给予纠正,或在那个位置进行加固,任其发展,超限应力就可能撕裂镜面。这项工作的技术要求很高,发现和加固应力超限点都需要熟练的技术和丰富的经验。

除了进行姿态和形状调整的时候,最有可能发生应力超限的时间是在轨道"理发"时,这项操作的正式名称是:光压和太阳风所致轨道误差修正。太阳风和光压对面积巨大的镜面产生作用力,这种力量在每平方千米的镜面上达两千克左右,使镜面轨道变扁上移。在地面控制中心的大屏幕上,变形的轨道与正常的轨道同时显示,很像是正常的轨道上长出了头发,这个离奇的操作名称由此而来。轨道"理发"时镜面产生的加速度比姿态和形状调整时大得多,这时"镜面农夫"们的工作十分重要,他们飞行在银色大地上空，仔细地观察着地面的每一处异常变化，随时进行紧急加固。由于每次都出色地完成了任务，他们的收入因此增长很多，但这中间得利最多的，还是已成为中国太阳工程第一负责人的庄宇，他连普通大学毕业生也不必雇了。

但"镜面农夫"们都明白，他们这批人是第一批也是最后一批只有小学文化程度的太空工人了，以后的太空工人最低也是大学毕业的。但他们完成了庄宇所设想的使命：证明了太空开发中的底层工作最重要的是技巧和经验，是对艰苦环境的适应能力，而不是知识和创造力——普通人完全可以胜任。

但太空也在改变着"镜面农夫"们的思维方式，没有人能像他们这样，每天从36 000千米居高临下看地球，世界在他们面前只是一个可以一眼望全的小沙盘，地球村对他们来说不是一个比喻，而是眼前实实在在的现实。

"镜面农夫"作为第一批太空工人，曾在全世界引起了轰动。但随着近地空间开发产业化的飞速发展，许多超级工程在太空中出现，其中包括用微波向地面传送电能的超大型太阳能电站、微重力产品加工厂等，容纳十万人的太空城也开始建设，大批产业工人涌向太空，他们都是普通人，世界渐渐把"镜面农夫"们忘记了。

几年后，水娃在北京买了房子，建立了家庭，又有了孩子。每年他有一半时间在家里，一半时间在太空。他热爱这项工作，在30 000多千米高空的银色大地长时间地巡行，使他的心中产生了一种超脱的宁静，他觉得自己已找到了理想的生活，未来就如同脚下的银色平原一样平滑地向前伸展。但后来的一件事打破了这种宁静,彻底改变了水娃的心路历程,这就是他与史蒂芬·霍金的交往。

没有人想到霍金能活过一百岁,这既是医学的奇迹,也是他个人精神力量的表现。当近地轨道的第一所太空低重力疗养院建立后,他成为第一位疗养者。但上太空的超重差一点要了他的命,返回地面也要经受超重,所以在太空电梯或反重力舱之类的运载工具发明之前,他可能回不了地球了。事实上,医生建议他长住太空,因为失重环境对他的身体是最合适不过的。

最初霍金对中国太阳并没什么兴趣,他从低轨道再次忍受加速重力(当然比从地面进入太空时小得多)来到位于同步轨道的中国太阳,是想看看在这里进行的一项关于背景辐射强度各向微小异性的宇宙学观测。观测站之所以设在中国太阳背面,是因为巨大的反射镜可以挡住来自太阳和地球的干扰。但在观测完成,观测站和工作小组都撤走后,霍金仍不想走,说他喜欢这里,想多待一阵。中国太阳的什么东西吸引了他,新闻界做出了各种猜测,但只有水娃知道实情。

在中国太阳生活的日子里,霍金最喜欢做的事就是在镜面上散步,让人不可理解的是,他只在反射镜的背面散步,每天散步的时间长达几个小时。空间行走经验最丰富的水娃被站里指定陪博士散步。这时的霍金已与爱因斯坦齐名,水娃当然听说过他,但在控制站内第一次见到他时还是很吃惊。水娃想象不出一位瘫痪到如此程度的人怎么能做出这么大的成就,尽管他对这位大科学家做了什么还一无所知。但在散步时,丝毫看不出霍金的瘫痪，也许是有了操纵电动轮椅的经验，他操纵太空服上的微型发动机与正常人一样灵活。

霍金与水娃的交流很困难，他虽然植入了由脑电波控制的电子发声系统，说话不像20世纪时那么困难了，但他的话要通过实时翻译器译成中文水娃才能听得懂。按领导的交代，为了不影响博士思考问题，水娃从不主动搭话，但博士却很愿与他交谈。

博士最先是问水娃的身世，然后回忆起自己的早年，他向水娃讲述童年时在阿尔班斯住的那幢阴冷的大房子，冬天结了冰的高大客厅中响着瓦格纳的音乐；还有那辆放在奥斯明顿磨坊牧场的马戏车，他常和妹妹玛丽一起乘着它到海滩去；还有他常与父亲去的齐尔顿领地的爱文家灯塔……水娃惊叹这位百岁老人的记忆力，更让他吃惊的是，他们之间居然有共同语言，水娃讲述家乡的一切，博士很爱听，当走到镜面边缘时还让水娃指给他看家乡的位置。

时间长了，谈话不可避免地转到科学方面，水娃本以为这会结束他们之间难得的交流，但并非如此。向普通人用最通俗的语言讲述艰深的物理学和宇宙学，对博士似乎是一种休息。他向水娃讲述了大爆炸、黑洞、量子引力，水娃回去后就啃博士在20世纪写的那本薄薄的小书，再向站里的工程师和科学家请教，居然明白了不少。

"知道我为什么喜欢这里吗？"一次散步到镜面边缘时，博士对着从边缘露出一角的地球对水娃说，"这个大镜面隔开了下面的地球，使我忘记了尘世的存在，能全身心地面对宇宙。"

水娃说:"下面的世界好复杂的,可从这里远远地看,宇宙又是那么简单,只是空间中撒着一些星星。"

"是的,孩子,真是这样。"博士点点头说。

反射镜的背面与正面一样,也是镜面,只是多了如一座座小黑塔似的姿态和形状调整发动机。每天散步时,博士和水娃两人就紧贴着镜面缓缓地飘行,常常从中心一直飘到镜面的边缘。没有月亮时,反射镜的背面很黑,表面是星空的倒影。与正面相比,这里的地平线很近,且能看出弧形,星光下,由支撑梁组成的黑色经纬线在他们脚下移动,他们仿佛飘行在一个宁静的小星球的表面。遇上姿态或形状调整,反射镜背面的发动机启动,这小星球的表面会被一柱柱小火苗照亮,更使这里显出一种美丽的神秘。在这小小的世界之上,银河在灿烂地照耀着。就在这样的境界中,水娃第一次接触到宇宙最深层的奥秘,他明白了自己所看到的所有星空,在大得无法想象的宇宙中也只是一粒灰尘,而这整个宇宙,不过是百亿年前一次壮丽焰火的余烬。

许多年前作为蜘蛛人踏上第一座高楼的楼顶时,水娃看到了整个北京;来到中国太阳时,他看到了整个地球;现在,水娃面对着他人生第三个壮丽的时刻,他站到了宇宙的楼顶上,看到了他以前做梦都不会想到的东西,虽然这知识还很粗浅,但足以使那更遥远的世界对他产生了一种难以抗拒的吸引力。

有一次水娃向站里的一位工程师说出了自己的一个困惑:"人类在20世纪60年代就登上了月球,为什么后来反而缩了回来,到现在还没登上火星,甚至连月球也不去了?"

工程师说:"人类是现实的动物,20世纪中叶那些由理想主义和信仰驱动的东西是没有长久生命力的。"

"理想和信仰不好吗?"

"不是说不好,但经济利益更好,如果从那时开始人类就不惜代价,做飞向外太空的赔本买卖,地球现在可能还在贫困之中,你我这样的普通人反而不可能进入太空——虽然只是在近地空间。朋友,别中了霍金的毒,他那套东西一般人玩不了的!"

水娃从此变了,他仍然像以前一样努力工作,表面平静地生活,但显然在想着更多的事。

时光飞逝,二十年过去了。这二十年中,水娃和他的伙伴们从36 000千米的高度清楚地看到了祖国和世界的变化。他们看到,三北防护林形成了一条横贯中国东西走向的绿化带,黄色的沙漠渐渐被绿色覆盖,家乡也不再缺少雨水和白雪,村前干枯的河床又盈满了清流……这一切也有中国太阳的一份功劳,它在改变大西北气候的宏大工程中起了很大的作用。除此之外,这些年中国太阳还干了许多不寻常的事,比如融化乞力马扎罗山的积雪以缓解非洲干旱,使举行奥运会的城市成为真正的不夜城……

但对于最新的技术来说,用这种方式影响地球气候显得过于笨拙,且有太多的副作用,中国太阳已完成了它的使命。

国家太空产业部举行了一个隆重的仪式,为人类第一批太空产业工人授勋。这不仅仅是表彰他们二十年来辛勤而出色的工作,更重要的是,这六十位只有小学和初中文化程度的青年进入太空工作,标志着太空开发已对所有人敞开了大门,经济学家们一致认为,这是太空开发产业化的真正开端。

这个仪式引起了新闻媒体的极大关注,除了以上的原因,在普通大众心中,"镜面农夫"们的经历还具有传奇色彩,同时,在这个追逐与忘却的时代,有一个怀旧的机会也是很不错的。

当年那些憨厚朴实的小伙子现在都已人到中年,但他们看上去变化并不是太大,人们从全息电视中还能认出他们。他们中的大部分人已通过各种方式接受了高等教育,其中有一些人还获得了太空工程师的职称,但无论在自己还是公众的眼里,他们仍是那群来自乡村的打工者。

水娃代表伙伴们讲话,他说:"随着电磁输送系统的建成,现在进入近地空间的费用,只及乘飞机飞越太平洋费用的一半,太空旅行已变成了一件平常而平淡的事。但新一代很难想象,在二十年前进入太空对一个普通人来说意味着什么,很难想象那会是怎样令他激动和热血沸腾,我们就是那样一群幸运者。

"我们这些人很普通,没什么可说的,我们能有这样不寻常的经历是因为中国太阳。这二十年来,它已成为我们的第二家园,在我们的心目中它很像一个微缩的地球。最初,我们把镜面上的接缝当作北半球的经纬线,说明自己的位置时总是说在北纬多少度、东经西经多少度;到后来,随着我们对镜面的熟悉,渐渐在上面划分出了大陆和海洋,我们会说自己是在北京或莫斯科,我们每个人的家乡在镜面上也都有对应的位置,对那一块我们擦得最勤……在这个银色的小地球上我们努力工作，尽了自己的责任。先后有五位镜面清洁工为中国太阳献出了生命，他们有的是在太阳磁爆暴发时没来得及隐蔽，有的是被陨石或太空垃圾击中。

"现在，这块我们生活和工作了二十年的银色土地就要消失了，我们很难用语言表达自己的感受。"

水娃沉默了，已是太空产业部部长的庄宇接过了话头说："我完全理解你们的感受，但在这里可以欣慰地告诉大家，中国太阳不会消失！我想你们也都知道了，对于这样一个巨大的物体，不可能采用20世纪的方式，让它坠入大气层烧掉，它将用另一种方式找到自己的归宿：其实很简单，只要停止进行轨道理发，并进行适当的姿态调整，太阳风和光压将最终使它超过第二宇宙速度，离开地球成为太阳的卫星。许多年后，行星际飞船会在遥远的地方找到它，那时我们也许会把它变成一个博物馆，我们这些人会再次回到那银色的平原上，一起回忆我们这段难忘的岁月。"

水娃突然显得激动起来，他大声问庄宇："部长先生，你真的认为会有这一天，你真的认为会有行星际飞船吗？"

庄宇呆呆地看着水娃，一时说不出话来。

水娃接着说："20世纪中叶，当阿姆斯特朗在月球上印下第一个脚印时，几乎所有的人都相信人类将在十到二十年之内登上火星。现在，八十六年过去了，别说火星了，就连月球也再没人去过，理由很简单：那是赔本买卖。

"冷战结束后,经济准则一天天地统治世界,人类在这个准则下也取得了巨大的成就。现在,我们消灭了战争和贫困,恢复了生态,地球正在变成一个乐园。这就使我们更加坚信经济准则的正确性,它已变得至高无上,渗透到我们的每个细胞中,人类社会已变成了百分之百的经济社会,投入大于产出的事是再也不会做了。对月球的开发没有经济意义,对行星的大规模载人探测是经济犯罪,至于进行恒星际航行,那是地地道道的精神变态,现在,人类只知道投入、产出,并享受这些产出了!"

庄宇点点头说:"21世纪人类的太空开发仍局限于近地空间,这是事实,它有许多更深刻的原因,已超出了我们今天的话题。"

"没有超出,现在,我们有了一个机会,只需花很少的钱就能飞出近地空间进行远程宇宙航行。太阳光压可以把中国太阳推出地球轨道,同样能把它推到更远的地方。"

庄宇笑着摇摇头:"呵,你是说把中国太阳作为一个太阳帆船?从理论上说是没问题的,反射镜的主体薄而轻,面积巨大,经过长期的光压加速,理论上它会成为人类迄今发射过的速度最快的航天器。但这也只是从理论而言,实际情况是,一艘船只有帆并不能远航,它上面还要有人,一艘无人的帆船只能在海上来回打转,连港口都驶不出去,记得史蒂文森的《金银岛》里对此有生动的描述。要想借助于光压远航并返回,反射镜需要精确而复杂的姿态控制,而中国太阳是为在地球轨道上运行而设计的,离开了人的操作,它自己只能沿着无规则的航线瞎飘一气，而且飘不了太远。"

"不错，但它上面会有人的，我来驾驶它。"水娃平静地说。

这时，收视统计系统显示，对这个频道的收视率急剧上升，全世界的目光正在被吸引过来。

"可你一个人同样控制不了中国太阳，它的姿态控制至少需要……"

"至少需要十二人，考虑到星际航行的其他因素，至少需要十五到二十人，我相信会有这么多志愿者的。"

庄宇不知所措地笑笑："真没想到，我们今天的谈话会转移到这个方向。"

"庄部长，二十多年前，你不止一次地改变了我的人生方向。"

"可我万万没有想到你沿着那个方向走了这么远，已远远超过我了。"庄宇感慨地说，"好吧，很有意思，让我们继续讨论下去吧！嗯……很遗憾，这个想法是不可行的：中国太阳最合理的航行目标是火星，可你想过没有，中国太阳不可能在火星上登陆，如果要登陆，将又是一笔巨大的开支，会使这个计划失去经济上的可行性；如果不登陆，那和无人探测器一样，有什么意思呢？"

"中国太阳不去火星。"

庄宇迷惑地看着水娃："那去哪里？木星？"

"也不是木星,去更远的地方。"

"更远?去海王星?去冥王……"庄宇突然顿住,呆呆地盯着水娃看了好一会儿,"天啊,你不会是说……"

水娃坚定地点点头:"是的,中国太阳将飞出太阳系,成为恒星际飞船!"

与庄宇一样,全世界顿时目瞪口呆。

庄宇两眼平视前方,机械地点点头:"好吧,就让我们不当你是在开玩笑,你让我大概估算一下……"说着他半闭起双眼开始心算。

"我已经算好了:借助太阳的光压,中国太阳最终将加速到光速的1/10,考虑到加速所用的时间,大约需四十五年时间到达比邻星。然后再借助比邻星的光压减速,完成对半人马座三星系统的探测后,再向相反的方向加速,再用几十年时间返回太阳系。听起来是个美妙的计划,但实际上只是一个根本不可能实现的梦想。"

"你又想错了,到达比邻星后中国太阳不减速,以每秒30 000多千米的速度掠过它,并借助它的光压再次加速,飞向天狼星。如果有可能,我们还会继续蛙跳,飞向第三颗恒星,第四颗……"

"你到底要干什么?"庄宇失态地大叫起来。

"我们向地球所要求的,只是一套高可靠性但规模较小的生态循环系统。"

"用这套系统维持20个人上百年的生命？"

"听我说完，还有一套生命低温冬眠系统。在航行的大部分时间我们处于冬眠状态，只在接近恒星时才启动生态循环系统。按目前的技术，这足以维持我们在宇宙中航行上千年。当然，这两套系统的价格也不低，但比起人类从头开始一次恒星际载人探测，它所需资金只有其千分之一。"

"就是一分钱不要，世界也不会允许二十个人去自杀。"

"这不是自杀，只是探险，也许我们连近在眼前的小行星带都过不去，也许我们会到达天狼星甚至更远，不试试怎么知道？"

"但有一点与探险不同：你们肯定是回不来了。"

水娃点点头："是的，回不来了。有人满足于老婆孩子热炕头，从不向与己无关的尘世之外扫一眼；有的人则用尽全部生命，只为看一眼人类从未见过的事物。这两种人我都做过，我们有权选择各种生活，包括在十几光年之遥的太空中飘荡的一面镜子上的生活。"

"最后一个问题：在上千年的时间里，以每秒几万甚至十几万千米的速度掠过一颗又一颗恒星，发回人类要经过几十年甚至几个世纪才能收到的微弱的电波，这有太大意义吗？"

水娃微笑着向全世界说："飞出太阳系的中国太阳，将会使享乐中的人类重新仰望星空，唤回他们的宇宙远航之梦，重新燃起他们进行恒星际探险的愿望。"

人生的第六个目标：飞向星海，把人类的目光重新引向宇宙深处

庄宇站在航天大厦的楼顶，凝视着天空中快速移动的中国太阳。在它的光芒下，首都的高楼投下了无数快速移动的影子，使得北京仿佛是一个随着中国太阳转动的巨大面孔。

这是中国太阳最后一次环绕地球运行，它已达到了第二宇宙速度，将飞出地球的引力场，进入绕太阳运行的轨道。这个人类第一艘载人恒星际飞船上有二十个人，除水娃外，其他人是从上百万名志愿者中挑选出来的，其中包括三名与水娃共事多年的"镜面农夫"。中国太阳还未启程就达到了它的目标：人类社会对太阳系外宇宙探险的热情再次出现了。

庄宇的思绪回到了二十多年前的那个闷热的夏夜，在那个西北城市，他和一个来自干旱土地的农村男孩登上了开往北京的夜行列车。

作为告别，中国太阳把它的光斑依次投向各大城市，让人们最后一次看到它的光芒。最后，中国太阳的光斑投向大西北，水娃出生的那个小村庄就在光斑之中。

村边的小路旁，水娃的爹娘同乡亲们一起注视着向东方飞行的中国太阳。

水娃爹喊道："娃啊，你要到老远的地方去吗？"

水娃从太空中回答："是啊，爹，怕是回不了家了。"

水娃娘问："那地方很远？"

水娃回答："很远，娘。"

水娃爹问："比月亮还远吗？"

水娃沉默了几秒钟，用比刚才低许多的声音说："是的，爹，比月亮远些。"

水娃的爹娘并不觉得特别难受，娃是在那比月亮还远的地方干大事呢！再说，这可是个了不起的年头，即使是远在天涯海角的人，随时都可以和他说话，还可以在小电视上看见他，这跟面对面没啥子区别。但他们不会想到，随着时间的流逝，那小屏幕上的儿子将变得越来越迟钝，对爹娘关切的问话，他要想好长时间才能回答。他想的时间开始只有几秒钟，以后越来越长，一年后，爹娘每问一句话，儿子将呆呆地想一个多小时才回答。最后儿子将消失，他们将被告之水娃睡觉了，这一觉要睡四十多年。在这以后，水娃的爹娘将用尽余生，继续照顾那块曾经贫瘠现已肥沃起来的土地，过完他们那充满艰辛但已很满足的一生。他们最后的愿望将是：在遥远未来的一天，终于回家的儿子能看到一个更美好的家园。

中国太阳正在飞离地球轨道，它在东方的天空中渐渐暗下去，它周围的蓝天也慢慢缩为一点，最后，它将变为一颗星星融入群星之中，但早在这之前，恒星太阳的曙光就会把它完全淹没。

曙光也照亮了村前的这条小路，现在它的两旁已种上了两排白杨，不远处还有一条与它平行的小河。二十多年前的那天,也是在这样的清晨时分,在同样的曙光下,一个西北农家的孩子怀着朦胧的希望在这条小路上渐渐远去。

这时北京的天已经大亮,庄宇仍站在航天大厦的楼顶,望着中国太阳最后消失的位置,它已踏上了漫长的不归路。中国太阳将首先进入金星轨道之内,尽可能地接近太阳,以获得更大的加速光压和更长的加速距离,这将通过一系列复杂的变轨飞行来实现,其行驶方式很像大航海时代驶逆向风的帆船。70天后,它将通过火星轨道;160天后,它将掠过木星;2年后,它将飞出冥王星轨道成为一艘恒星际飞船,飞船上的所有人将进入冬眠;45年后它将掠过半人马座,宇航员们将短暂苏醒,自中国太阳启程一个世纪后,地球才能收到他们发回的关于半人马座的探测信息;这时,中国太阳正在飞向天狼星的路上。由于半人马座三星的加速,它的速度将达到光速的15%,并将于六十年后,也就是自地球启程一个世纪后到达天狼星。当中国太阳掠过这个由天狼星A、B构成的双星系统后,它的速度将增加到光速的2/10,向星空的更深处飞去。按照飞船上生命冬眠系统能维持的时间极限,中国太阳有可能到达波江座-ε星,甚至可能(虽然这种可能性很小很小)最后到达鲸鱼座79星,这些恒星被认为可能有行星存在。

谁也不知道中国太阳将飞多远、水娃他们将看到什么样的神奇世界,也许有一天他们对地球发出一声呼唤,要上千年才能得到回音。但水娃始终会牢记母星上的一个叫中国的国度,牢记那个国度西部一片干旱土地上的一个小村庄,牢记村前的那条小路,他就是从那里启程的。

第谷石板

智慧的觉醒

文 / 许多木

◆ 1 ◆

江仪欣的手被彭想紧紧地握着,他们正疾步走在银色的金属甬道里。江仪欣看着彭想,止不住自己的笑意,她因为激动和兴奋而涨得通红的脸在棱形金属上反射向四面八方。

穿过甬道,升降电梯把他们带向小型太空舱的起落平台,花白的阳光铺天盖地洒落下来,晃的江仪欣不由得眯起了双眼。这片广袤的棕灰色土地,曾经只有奔跑着的羚羊和大象等动物的身影,现在则是各家太空旅行公司的聚集地。这是江仪欣第一次来到这里,大的、小的、圆的、方的起落台连绵看不到尽头,各种颜色和形状的小型太空舱在这一刻起起落落,金属在阳光下反射出的光芒汇集在空气中和地面上,多少让她有些震撼。她转头看向彭想,彭想正对着她笑,这就是彭想之前说过的惊喜,其实江仪欣早就猜到了。

屏蔽门后,属于江仪欣和彭想的太空舱是银色的、椭圆形的,是江仪欣喜欢的样子,她知道彭想会记得的。她想起来她和彭想恋爱的第一年,他们躺在皇后镇星空下的草地上,曾经许下过这个约定,五周年的时候一定要来一场双人星际游。那个时候星际旅行还不是很发达,没想到仅仅五年的时间,适用于民间的星际旅游就因为激烈的竞争,价钱下跌到了普通人都可以承受的范围。

起落台的广播提示出登舱的信息,彭想用手指在身前的屏蔽门前划过,屏蔽门的显示屏上显示出两人的信息和旅行内容。如今指纹被广泛地应用,就像二维码储存着个人的大量信息,网络技术的发展让每个人的信息被安置在网络的某块区域,安全存储并方便使用。

屏蔽门打开,彭想拉着江仪欣的手走进舱门。一位穿着制服的娃娃脸女孩站在门口迎接他们。她是彭想精心挑选的服务机器人小A,极具亲和力的可爱女孩形象在这样封闭的场合不会让江仪欣心里不舒服。

小A微笑着介绍这次5天6夜的行程,太空舱将会在水星稍作停留,舱内准备好的太空服可以让二人自由探索水星,并在水星上欣赏地球这颗蓝色星球的全貌。

"离开水星的时候请务必把垃圾带走。之前因为游客乱丢垃圾把水星搞得一团糟,我们制定了新的规则,如果让我们发现乱丢垃圾的现象,我们将扣除你们每个人4点信用积分。"

"4分啊,这么高。"江仪欣和彭想对视了一眼。

"之后我们将带领你们环绕半人马座。这一趟航行采用全程无人驾驶模式,但是请不必担心,银河系中有很多我们的站点,一旦出现失联或者其他情况，你们会在第一时间得到帮助。"

"请跟我来。"小A带着两人往前走。

这里有精致的餐厅，小酒吧，帅气的机器人酒保，游乐室，小舞厅，游泳池，甚至还有一个小花园。小A的手指在舱壁上划过，一片显示屏浮现了出来。

小A指着屏幕的右下角："如果你们需要服务的话，点击这里，我立刻就会出现。"

她接着指向屏幕的右上角："这里是使用说明，如果你们对操作有什么疑问可以点击这里查看，当然我们设计的操作都非常简单，并且便于使用。"

"还有，我们的舱壁可以设置成透明的，这样方便你们360度无死角观赏宇宙美景。"她点击了一下，整艘太空船的外壳缓缓呈现出透明玻璃的状态。

"我们的太空舱有良好的减震系统，所以任何时候您都不会有颠簸感，就好像一直在地面上一样。"

"好了，"小A摊开双臂，微笑说道，"请尽情享受你们这次豪华双人游吧。"

说话间太空舱已经升至了半空，透过透明的地板，各种起落台逐渐变成了小小的方格，组成了抽象的拼图。船舱里的各个区域通过对温度和湿度的控制，种植了各种季节的花卉植物，此刻就像一个小小的空中花园。江仪欣看着脚下不由得有些腿软，她拉着彭想坐在地板上。太空舱飞过云层，被舱外厚厚的云朵紧密地包裹着。 两人坐在花丛中，透过玻璃舱壁，上下左右都只能看到洁白的雾气。江仪欣不知道太空舱多久才能穿越云层，这一刻整个世界静谧得好像就只有他们两个人。江仪欣猜彭想和她有相同的感受，因为他也正在用同样的目光看着她，然后他搂过江仪欣，和她在云海中亲吻。

"彭想。"

"嗯？"

"谢谢你，我非常喜欢，比想象中的还要浪漫。"

江仪欣和彭想并肩盘腿坐着看向舱外："彭想，我们结婚吧，好吗？我们可以平安度过七年之痒，再在一起10年，20年，30年。对了，你有没有想过30年以后我们还在一起要怎么庆祝，那个时候一切又应该已经完全不同了吧！"

太空舱穿过云层，阳光通过舱壁被过滤成了金色，整个花园闪耀着璀璨的光芒，江仪欣和彭想像是被镀上金色的金属塑像，在这一刻静止在地球的边缘。

彭想缓缓转过眼珠看向江仪欣，之后他转过头，想了很久很久，才说道："我已经规划了我们的七周年庆典，30年还不在规划范围内，这我得好好想想。"

江仪欣愣了一下，她脸上的表情从失望到绝望，忽然某种想法一闪而过却又被她精准捕获，这个想法慢慢地转化成一丝欣慰，满足感渐渐充溢了全身，江仪欣转身紧紧抱住彭想，因为满足带来的幸福感让她的眼眶不禁湿润了起来。

"彭想，我爱你，我爱你，我们一定会永远在一起的。"

太空舱从地球飞向水星，舱内的灯光和陈设隐约透射出来，就像暗空中的一颗反射着太阳光芒的小小宝石。

在宇宙空间里，地球的时间从某种程度上来说已经变得毫无意义，但是这个小型太空舱内还延续着地球的时间系统。而从江仪欣和彭想的生物钟的角度来说，这套时间系统也是非常有必要的，毕竟刚刚从地球的时间来到宇宙空间，一天的劳顿，他们现在已经有点饿了。

小花园的旁边是餐厅，餐厅一角是一个小型弦乐团，当然也都是机器人演奏的。餐桌的菜单上列着各国美食，这些美食由世界顶级大厨研发，并授权应用于自动烹饪公司，再由自动烹饪设备以最精准的方式烹调出来。

"要什么好呢？每一样看起来都很好吃。"江仪欣自言自语道。

"为什么超过3个月以上的体验竟然没有家属签字确认？"

"先生，不好意思，我想您可能很久没有关注过相关法律条款了，去年年底就出了新的政策，已经没有时限限制了。"

两条声音从深远处飘过江仪欣的耳膜，清晰又模糊，江仪欣似乎想起了点什么，似乎又什么也想不到，她再想细听，除了餐厅弦乐团的演奏什么也听不到了。"你怎么了？脸色这么难看。"彭想急切地问道。

江仪欣看着彭想的脸,她的心底深处升出某种让她绝望的恐慌。她伸手去摸彭想的脸,他的脸还像以前一样,是她喜欢的温度。

◆ 2 ◆

"是幻觉,一定是幻觉。"江仪欣对自己说,她正准备点第一道菜,那两条声音却又不由分说地再次出现了。

"但是她的家人和朋友都不希望她以这样的状态生活。"

"先生,我想您可能对我们生活馆有些偏见。我们生活馆提供的生活方式和其他生活方式并没有任何区别。只要是成年人就可以选择自己的生活方式,任何人都没有权力干涉。之前关于亲属签字认可的法律规定,只是因为当时的技术条件还没有成熟,长时间的VR体验可能会对体验者的健康造成危害。但是科技进步了,这些都已经不是问题了,现在从法律上都已经认可了VR这种生活方式。我们公司有最完善的监护设备、技术人员,最好的医生和护士,还有世界上最优秀的故事师以及置景师,所以您完全不用担心。"

声音又停止了。从刚才的对话中,江仪欣隐约觉得自己的意识可能并不属于现在所处的这个空间,而那两个声音所处的空间才应该是她真实存在的地方。但是这里的生活让她觉得充实和幸福,不管出于什么理由她来到这里,她的潜意识已经觉察到，她在那个空间的生活可能并不如意，这里是她逃避的方法，也是她自保的方式。

"你说的这些，你们在广告里已经说了很多遍了。这么说吧，我是她的朋友，受她家人委托想和她聊聊。"那个男人刚才被怼的一时无话可说，他想了半天才继续说道。

"江小姐和我们签订的是两年半的故事合同，如果您想和江小姐面谈，也只能等两年半后项目结束之后了。"姑娘的声音听起来有些无奈。

男人又被噎了一下，却仍然不甘心："那我看看她的故事线可以吗？"

"对不起，先生，客户的故事线我们都是严格保密的，如果没有本人的授权，即使客户的亲生父母想看我们也是不能透露的。更何况这套保密系统只有客户本人可以解锁，我们即便想透露也是没有办法破解的。"

那边的声音越来越真切，江仪欣觉得有一片异样的光穿越了她当前的意识，在她眼前晃动。眼前的彭想明明很真切，她却又无法识别他的脸。她的心忽然很痛，呼吸也变得急促了起来，她不想离开这里，这个念头紧紧缠绕着她，让她越来越惊慌，甚至有一种溺水般的窒息感，她紧紧闭上了双眼。仪器上的各项曲线忽然不再规律，有的地方波动大得出乎意料。

穿着护士服的姑娘有些惊慌："先生，请您立刻离开这里，您的出现已经严重危害到江小姐了。"

收到警示的医生和技术人员陆续赶到了监控室，在一系列紧急操作之后，曲线图却越来越不平稳，甚至在监控室玻璃背后的房间里，江仪欣的脸上也出现了痛苦的表情。

照理说对大脑的深度控制是不可能被外界打扰的，这种情况还是第一次在这家 VR 生活馆的客户中出现，医生和技术人员并没有足够的经验来处理这样的突发状况，最稳妥的办法无疑是立刻终止江仪欣当前的体验。

仅在一瞬间，一股不知道从哪里来的外力让江仪欣真切地意识到自己要离开这个空间了，她有些愤怒，但又毫无办法，之后她猛地睁开双眼。

彭想紧张而急切的面孔出现在江仪欣的眼前，似乎和之前的彭想并没有任何区别。他紧紧抓住她的手："你刚才吓死我了，你知道吗？"江仪欣环顾四周，温暖的灯光和让人舒服的墙壁的颜色，周围的环境显示这里并不是太空舱。但这是哪里？她重新闭上双眼努力回忆，事情的经过渐渐清晰了起来。

江仪欣三个月前和这家 VR 体验馆签了两年半的故事合同，故事梗概是她写的，故事发现在当下的四个月后，也就是她和彭想相恋五周年的日子，这个故事要一直持续两年半，直到他们平安度过七年之痒。

这么做的原因江仪欣现在想起来还窒息般的痛苦——她和彭想分手了，就在五个月前，是和平分手的。刚开始她还觉得似乎如释重负一般的洒脱。症状是一个月之后才发作，失眠心悸，不可遏制地想着她和彭想在一起的快乐时光。她曾经一次又一次地试图挽回，把自己低到了尘埃里，但是彭想态度坚决，并没有任何可以挽回的余地。

利用VR逃避现实生活的痛苦是她一直鄙视的行为，没想到当事情真正落在自己头上，一切又发生得如此理所应当。当她下定决心要进入VR世界两年半，她辞去了工作，并给VR生活馆公司的故事师写了大概的故事线。除了故事师丰满以后的故事大纲、置景师布置的场景，这套VR系统需要事先学习江仪欣故事里出现的每一个人的性格行为特征，相关信息提供的越详细、精确，故事里的人物才能越贴近她的预期。

江仪欣和彭想是在一次AI研讨会上认识的，江仪欣是这次研讨会组织方的工作人员之一，她虽然不是AI算法的研究者，但是对AI的学习有些粗浅的认知，这些认知在这次VR资料的准备中起到了很大的作用，让她知道哪些信息可以让结果更加精准。她用了整整两个月的时间准备彭想的详细资料，包括彭想的思维方式，以及所形成的说话方式、处事态度，她甚至还提供了两人相爱时的情趣小视频。

准备这些信息的时候江仪欣有一种深深的羞愧甚至耻辱感，她不知道她怎么会变成这样，但是她控制不了自己，如果不去VR中逃避现实的痛苦，她会变成行尸走肉，那不是比进入VR中更加可怕吗？

VR中体贴入微的彭想消失得太快，而眼前这个现实生活中的彭想触发的却是江仪欣之前积攒下来的耻辱感，这种感觉让她觉得自己很可怜，并因此而痛恨起自己来，痛恨又转化成为对彭想的一腔怒火，她冲彭想吼道："你来干什么，谁给你的权力中断我的VR？"

虽然信息的输入除了江仪欣本人之外都是保密的，而故事线提供者的资料也对故事师和置景师绝对保密，但是江仪欣总觉得周围这些工作人员像是亲眼见证了她的故事，见证了她是怎么猥琐地在虚拟世界里构建了自己和已经分手的前男友的美好未来。

这一刻她觉得羞愧难当，只想迅速逃离然后躲起来，不让任何一个人看到她。她跃身从床上跳下来，速度之快连自己都吓了一跳。看来这家公司的肌肉和神经维系系统工作得非常出色，她非但没有出现长期卧床并发症，行动起来反而更加灵巧轻便了。

她飞速跑出房间，围成一圈的"围观者"们一时间都愣住了，竟没有一个人想起来阻拦。

第一个跟出去的是彭想，他紧紧跟着江仪欣奋力追着，直到街角才追上她。他简直难以相信眼前这个身轻如燕的飞奔者是江仪欣，她怎么会在VR体验馆"沉睡"两个月之后，无论速度或是爆发力都比之前有了极大的提高呢？

彭想抓着江仪欣的手臂气喘吁吁地说："不要这样了好吗？我们都不希望你这样生活，你的父母，你的哥哥，还有我。"

"你怎么想关我什么事？我们不是早就分手了吗？"江仪欣瞪着彭想。

屋外天色已经深了，乌云积了满天，一道闪电把整个天地照得一片煞白，很久以后雷声才隆隆地响了起来。

"我们是分手了，可是看到你现在这个样子我真的很难过。"

彭想想起来第一次见到江仪欣，她穿着一条酒红色的连衣裙，虽然她不太懂AI，但是却很懂他。他不知道从什么时候起，江仪欣和他的价值观越来越远，他们甚至很难再找到共同的话题，每次说话都像是在争执。

大颗大颗的雨水稀稀落落滴了下来，滴在江仪欣的脸上，让彭想分辨不清是雨水还是她的泪水。

"我不觉得难过，我觉得很充实，在VR里我能过我真正想要的生活，实现我的梦想，我觉得比现在这样更加有意义。"

"可是这些生活的轨迹都是你自己编的，你早就知道结局了，你不觉得这样活着毫无意义吗？你是在浪费自己的生命！"

"按照你这样的说法，那你的意义又是什么？"江仪欣挑衅似的看着彭想。

"你什么意思？"彭想能猜到江仪欣大概想说什么，虽然她从来没有明确在他面前表达过，但是他能从她的眼神里看出来，这样的眼神让他不适，这也许也是他们无法再在一起继续生活的原因之一吧。

◆ 3 ◆

"照你这么说你研究预测算法又是为了什么？"

"我是为了避免灾难对人类的伤害。"

"别扯了，预测不过是未来结果的一部分，你知道的，不是吗？" 江仪欣嘲讽地笑了一下， "预测这件事情从未来来看是一定会发生的。从宏观角度往大了来说，历史发展的轨迹是不可能因为某个人的改变而发生变化的，历史的进程是大环境下的集体行为，预测只不过是掺杂在大环境中推动历史前进的因素之一。预测算法本身是一定会实现的，不是你就是别人，你明明知道这一点却依然把研究预测算法作为你毕生的目标，预测算法其实是你的执念，你要用自己的双手证明算法的可行性，你想成为这个算法的缔造者而载入史册，你承认吗？"

"不管预测算法能不能实现，是不是我实现的，我们的预测都只是针对大方向的，而不是像你这样规划到人生的每一个细节。如果你已经预先知道了你将来的每一件事，那不是跟悬念小说设置的每一个悬念都被剧透一样，你还会有继续读下去的动力吗？同理来说在 VR 里你还会有生存的动力吗？你存在的意义体现在哪里？你还有什么理由要在 VR 里活着呢？"

"看来你是真的完全不了解 VR。故事线是我给的没错，故事师会细化这条故事线，但是具体细节我是不知道的，而且故事发展的过程是不可预知的,是算法产生的,故事师是不会负责细化到细节的。我进入 VR 之后意识也会融入 VR 的生活,那个时候 VR 不就是现实吗?即便在 VR 中我恢复了现实生活的意识,知道的也只是自己编写的大概的人生方向,根本没有你说的那些细节。如果你真的研究出了预测算法,你也会知道你人生的大概方向,你的悬疑故事也被剧透了,你活着还有意义吗?所以你研究预测算法的意义是什么?就是为了让你的生活变得没有意义吗?就算没有预测算法,当前所有人类的结局都是死亡,你明明知道你总有一天会死,那你干吗还活着呢?即便这一刻的你是存在的,但是如果下一刻你不存在了,这一刻的你还有存在的意义吗?无论从任何角度,我都无法认同你的观点。"

这些话江仪欣从来没对彭想说过,但是彭想觉得她肯定一直都是这么想的,他一时之间竟然无力反驳,只能强行回复道:"不管怎样,无论有没有预测算法,我们的生活是真实存在的。VR 只是虚拟的人生而已,是你对自己生活臆想的投射,和以前的人们用游戏小说和电影麻痹自己一样,然后你终归要回到现实世界!"

"你怎么知道我们现在的生活不是其他文明为我们创建的 VR,你有办法证明现在的世界不是 VR 吗?"

"我不想和你争论这个不可能有结论的话题。我们假设你说的'我们的世界是 VR'是真的,但是你的父母、哥哥的意识已经被设定在现在这个 VR 世界了——我要暂时称呼现在的 VR 世界是当前世界,当前世界里的 VR 是 VR 世界,所以麻烦先不要打断我——如果你决定去 VR 世界生活,你要断绝和你家人的一切联系吗?那对于他们来说和接受你死了有什么区别?如果他们因为接受不了失去你的痛苦也去了某个VR世界,他们故事里的你并不存在在这里的你,或者进入VR世界的你的意识;而你的VR世界里的父母也是同样。如果你因此放不下他们又决定回到当前世界,而你的家人同时也并没有去任何别的VR世界,当你回来和他们团聚的时候你还怎么适应那个时候的当前世界?你停滞了那么多年已经完全跟不上当前世界发展的节奏了,你会被淘汰的!"

"你真是偏执的可爱。这么多年了你应该比我更清楚当前世界的科技发展不过是利益驱动的!什么样的科技来钱快,大量的金钱、人力和物力就会涌入其中。即便是蝼蚁,汇少成多力量也是难以想象的。你想想看,五年前我们以为会发展起来的太空漫游现在实现了吗?虽然国家有加强资源的投入,但是也不过就是投给那些科研机构。五十年前,VR和AI差不多同时兴起,当时VR被投资者们迅速抛弃了,AI如火如荼的发展却受限于硬件水平,到现在有什么质的飞跃吗?硬件够用就行了,谁乐意花那么多钱投入到回报率低得多的硬件上,不如研究怎么用软件突破瓶颈,这才是科技发展的'正当途径',不是吗?倒是VR技术因为文娱的日渐平庸变成了人们消遣空虚时间的工具,见到商机的各路投资人促成了各种科技共同的参与,你再看看现在的VR,十年前你敢相信吗?"

江仪欣越说越激动,根本不给彭想任何插话的机会:"在我的VR世界里没有这些利益关系,我的VR世界从设计上、科技上可能就是超前这个时代的,况且VR的通用环境里有老师也有研究员,我同样可以学习进步,所以真的很难讲当我从VR世界回到当前世界的时候谁的科技文明更加先进。"

"但是在你的VR世界里,除了你自己以外所有的人都是没有自我意识的程序。你确定你能在那样的环境里找到自己想要的幸福吗?"

"唉。"江仪欣叹了一口气,"现在和你说话怎么这么累呢,前面说那么多你好像都听不懂一样。我觉得你还是先看看现在的VR是怎么实现的吧。在进入VR世界的时候他们就有专门的设备让你的意识认为你所处的VR世界就是真实的世界,虽然我不知道是怎么实现的,可能是基于梦境发展出来的成果?就我的个人体验来看,基本上在整个项目过程中,你的意识是稳定的。"

"刚才那件事情可能只是个技术意外,毕竟以前从来没有听说过这样的情况。"江仪欣补充道,"虽然以现在的技术,除了我以外的其他人物可能多少会有些非人类化的行为,但是当人的意识里不存在'这里是虚拟世界'这样的观点,所有这些小小的瑕疵可能很快就会被你忘记,或者当时就被忽略了,即使严重些的也可以用神秘主义等理论来解释。"

"所以彭想,"江仪欣甩开了彭想一直抓着她手臂的手,"你也别太自以为是了,现在的你在我的眼前是存在的,但是下一刻你就已经从我的意识里消失了,对于我来说,你就不再存在了。我的VR里的他,有我喜欢的你身上的一切,但是又没有我讨厌你的一切。而且VR里的人物都是会随着时间的推移不断'学习'的,所以VR里的他会不断贴近和切合我,可以说是真正的灵魂伴侣吧。而这样的人在当前世界里,对于大部分人来说都是不存在的。"

江仪欣转身要走,走了两步又转回头来说:"其实我早就想和你说了,但是一直不忍心打击你。因为硬件的限制,计算速度达不到要求,你的预言算法是根本不可能实现的。我不知道你是真的不清楚这点还是别的什么原因,我无法理解你到底在坚持些什么。但是不管怎么样,我还是祝你成功。VR是我目前想要的生活,尤其在我体验了之后我更加确定了这一点。每个人都有选择自己生活的权力,无论是什么样的生活方式,只要自己开心就好,不是吗?对我来说这才是活着的意义。"

江仪欣说完看着彭想,大雨之中两人已经淋得透湿,他们就这样面对面静静地站着,谁也没有再说一句话。

一场大雨仿佛洗净了一切,冲走了江仪欣意识里的彭想。彭想呢,他不知道,江仪欣的话隐约让他有些动摇,是啊,他的坚持真正的原因到底是什么?也许真的只是执念,只是想名留史册,而他不敢承认这样的自己罢了。

江仪欣冲着彭想笑了一下,彭想看得出来这是诀别的微笑,他和江仪欣从这一刻起才是真正彻底结束了,他也看出来她的祝福是真诚的,虽然他自己也不知道他能不能成功。

江仪欣转身快步穿过马路,奔向另一边的街道。

彭想看着江仪欣穿过马路,奔向另外那条路的尽头。

倾盆大雨下得密不透风,压得他喘不过气来。远处一辆卡车飞驰而来,他愣愣地看着那辆卡车,车灯晃得他有些分神。

卡车疾驰转向彭想所站的街角,一道闪电劈过夜空,和卡车的灯光交汇，卡车轰然翻倒。

这是一辆20多年前的老车，那个时候自动驾驶的稳定系统还远不能和现在相提并论，这么大的雨，这么重的货车，以这么快的速度转这么急的弯是一定会翻车的。

"这么老的车按照法规规定，早就该被淘汰不能上路了，一定是公司为了节约成本，他们就不怕被发现了坐牢吗？哈，人生真是巧合啊，难道下一秒的我真的要不再存在了吗？"这是彭想昏倒前想的最后一件事。

◆ 4 ◆

早晨七点半，智能窗帘自动把投入到房间的光线调整到适合起床的亮度，浴室的浴缸开始自动清洁并准备热水，厨房里的咖啡机也预热了起来。

彭想睁开眼睛却并没有起床，他看着天花板一动不动。已经一个多月了，他还是没有习惯现在的生活。以前，他在这个时间应该是刚刚晨跑完到家，泡个澡然后喝杯咖啡。

跑步是彭想最大的爱好之一，他每天早晨都会晨跑约一小时，几乎可以做到风雨无阻。跑步本身让他身心愉悦，可以以更加饱满的精神状态投入预测算法的研究。每年他也会参加诸如为患癌症的孩子组织的公益马拉松活动，这些活动让他觉得有意义。然而，现在这一切对于他来说再也无法实现了。

彭想叹了口气，用 APP 操作机器人帮他坐在了轮椅上。他用的是一款最简单的机器人，可以接受简单的口头指令，当然也可以用 APP 操作。如果是以往，彭想是绝对不会用家庭机器人助手的，他喜欢凡事自己动手、亲力亲为，可现在别说是走路了，连坐上轮椅都要机器人助手的帮忙。

彭想泡在浴缸里，水流的抚摸让他稍微放松了一些，他闭上眼睛，那个雨夜又出现在他的脑海里。刺目的光亮，轰然巨响，这将是他永远也不可能忘记的场景，也是他永远的噩梦。

卡车属于一家小型货运公司，为了节约成本，使用了存在重大安全隐患的、已经被淘汰的车型。事故发生后公司付出了惨痛的代价：负责人被逮捕入狱，公司做出了巨额赔偿。为了利润和利益不计后果的违规，让几个被牵扯其中的、原本美好的家庭，一夜之间被摧毁，而更多个家庭因为公司的破产失去了经济来源。

彭想被路人送进医院时，颈椎数节错位骨折。他醒来时绝望地发现自己的下肢毫无知觉，上肢也麻痹得不能动弹。值得庆幸的是，彭想自身的价值，让他获得了世界上最先进的外科机器人的手术，以及最好的康复治疗。如果这样的车祸发生在一个普通人身上，很难想象他们将如何承担这笔巨额的治疗费用。在手术以及康复治疗后，彭想的上肢已经基本上恢复地和正常人差不多了，但下肢还是瘫痪了。

在外科机器人刚刚被研发出来的时候，普通大众并不能接受，觉得机器人手术风险太大，大家根本无法克服心理障碍让机器人在自己身上动刀子。起先志愿者寥寥，在研发公司推出了各种优惠奖励活动后，终于吸引了一小批因为家庭困顿无法治疗的志愿者，这一小批志愿者中大部分都本着死马当作活马医的想法，没想到其中几例成功的手术案例，连人类顶尖的外科医生都很难实现。这几例手术立刻在业内引起了极大的轰动，并被反复研究，这才在极小范围内被推广开来。那个时候能够使用外科机器人的还是少数有钱人，因为对机器安全性能的顾虑，当时的机器人也只是外科医生的助理，用于处理一些人类无法实现的细小和精密的辅助手术部分。

但是随着机器人算法和 AI 算法的跳跃式进步，外科机器人可以通过 CT、MRI、PET 等成像技术，完美学习病人的人体构造，同时对患者身体相关部位自我修正，并按照大量案例推算出更加优秀的手术方案，从而保证了手术的精确性和完美性。

机器人手术比人类手术更加精准，也比人类手术少了不确定因素，手术失误率也比之前人类手术降低了很多。还有些小型机器人可以进入人类内部手术，减小创口，减轻患者手术后的痛苦。随着外科机器人研发成本和生产经费的不断降低，现在外科机器人已经在医院被大量普及。而手术机器人也从最早的助手，到一个医生配一个机器人，变成了现在的一个医生可以起码监控五台机器人的手术。相较于早年对机器人的不信任，现在的患者反而对人类持刀医生有些许担忧，毕竟人类的感性部分是最为不可控的变数。医院顺理成章淘汰了一大批人类医生，不但节约了雇佣成本，也顺应了患者的意愿并减少了医患纠纷。而由全人类优秀的外科医生组成的医院，则成为一小批怀旧有钱人的私家定制医院。

彭想端着咖啡坐在窗边向远处望去，这里是新开发的英静新区。这片新兴的区域作为新划分出来的试点区，因为汇集了大量的资本，享受着最优惠的政策，从而云集了全世界最尖端的科技和最顶尖的人才。彭想作为智能算法的佼佼者，成为第一批受邀请者进驻了这个新区。他所在的公寓算是这个新区的地标性建筑之一，是新区为有需要的技术人才专门建造，免费提供给他们居住的。这栋公寓楼的外观是一座白色的巨大拱门，极简主义的建筑风格是这个新区统一规划的风格。

彭想的房间位于建筑的中间，从他的窗户看出去基本可以俯瞰整个新区。虽然坐在轮椅上往外看，视野和以前比并没有太大的变化。但是从今以后，他看待这个世界的高度却从此定格在了不同的位置。

"再也不能跑步了。"彭想不知道还需要多久才能接受这个现实，"也离不开机器人了。"彭想心中堵得慌却又毫无解决的办法，他的下肢治不好了，毫无办法，除非现代医学出现了不可预计的飞跃性进步。

如果那个时候预测算法已经研发成功，那他是不是能避过这次车祸？

"预测在发生时就已经是将来的一部分了。"彭想想起江仪欣的话。

那如果呢？如果并不属于将来！如果世间有如果，除非时间可以倒流，时间一旦倒流，那倒流时间里的他的意识还是之前的他的意识吗？如果……如果倒流回到指定时间点的他做出了不同的选择再次回到现在这个时间点，那……那个时候的他还是现在的这个他吗？

彭想的脑子有点乱，自从车祸以后他就一直噩梦不断，几乎没有睡过几个好觉。预测算法很久以前就进入了瓶颈毫无进展，江仪欣的话让彭想怀疑起了自己研究的方向。预测一定有算法可以实现，这是彭想要向世人证明的东西，也是让他的人生充满斗志的动力。然而那个雨夜他的脊柱和他的人生支点都随着那一声巨响轰然坍塌。

一架小型无人机载着一个小纸盒飞到了他的窗前。这是彭想每天都会选购的早餐，来自全国首家自动餐饮加快递一条龙的餐饮公司"天津饭"。彭想曾经看过这家公司主厨陆远的相关报道，这位有着极高天赋和品鉴能力的主厨，曾经一度味觉失灵却从未放弃过。"我也一定可以做到。"这变成了彭想每天一遍的自我激励，说服自己坚持下去。

很多不舍得投入成本的小型自动餐饮公司，在菜品的开发上完全依赖于机器的设计。机器人可以根据各种食材的特性，设计出最适合人类味觉的新菜谱，但是彭想总觉得少了一份创意的灵性，这份灵性来自于人类的智慧——可以将毫不相干的食材搭配出绝妙的口感的智慧。彭想认为以现有的技术，机器在短时期内是无法实现人类所拥有的"灵光一现"的。这是彭想一直选择"天津饭"的原因,因为他们就有这样一位才华横溢的主厨,可以不定期推出让他意想不到的新菜式,况且现在还多了"激励者"这一重要的意义。

彭想打开窗户取下自己的早餐盒,无人机迅速转头向远处飞去。窗外这座新区的空间被分成无数层,就像一大块多层夹心蛋糕,每一层空间都被一个领域占据了。而此刻属于彭想的单人飞行器,已经按照设定好的时间,从飞行器空间领域滑进了他家的起飞道。

"彭想路上小心,晚上早点回家。"这是为机器人助理设置的礼仪系统,虽然只是简单的几句问候,却也可以给那些独居的孤独者们带来一些温暖的体验。轮椅载着彭想上了飞行器,那边机器人助理小小只的身影已经开始收拾起房间。

彭想约了安德森教授在他的实验室见面,安德森教授是智能神经网络的专家,彭想想证实一些他的想法,也许他的生活还有望改变。

◆ 5 ◆

安德森的实验室就在彭想工作的大楼附近,是一个被花园环绕的小型园区。

安德森是彭想的大学校友,比彭想高两届,他本来学的是量子物理，在发表了几篇颇具分量的论文之后却忽然转向神经元研究领域。每次看到安德森，彭想都不由感慨：人类大脑的基本构造虽然相同，但是运行结果却截然不同，如果他能有安德森一半的学术能力，可能预测算法早就实现了。

人脑的个体差异之大简直如同灵长类动物和单细胞动物一样，假设有技术可以改造人类的大脑，让每个人都有同样的智慧，那这个世界又会变成什么样呢，也许世界早就跃进到另一个阶段了吧？

离得老远彭想就看见了站在大楼门口迎接他的安德森，他心中急迫，加快了轮椅的速度。

"好久不见，"安德森微笑着拍了拍彭想的肩膀，接着皱了皱眉头，"你气色很不好啊。"

彭想眼圈发青，眼神也没有了光彩。

"遭遇了这样的事情，换你也高兴不起来吧。"彭想对安德森苦笑道。

安德森虽然学术成就很高，但是为人却琐碎八卦的很，很多初识的人都难以想象他竟然会是这样的性格。

"对了，我听说江仪欣刚刚签了一个间歇性的持续三十年的 VR 合同。"

"意料之中。"彭想暗想。那天和江仪欣聊完，他就觉得她应该已经下定决心要留在 VR 世界里了。

"你恨她吗？"安德森问道。

"没什么恨不恨的,各安天命吧。不过我倒一直想问问你,如果你突然遭遇重大变故并且难以承受,你会选择 VR 生活吗?"

"我肯定不会啊,你知道我一定会选择红药丸的,我是'安德森先生'嘛。"

安德森说的是将近一个世纪前的一部电影《黑客帝国》,这部作为探讨 VR 的经典电影,至今仍被人津津乐道。安德森先生是电影里的男主角,在安逸的虚拟世界和残酷的现实世界之间,他毫不犹豫地选择了代表现实世界的红色药丸。安德森的外号就是"安德森先生",他自己也乐得接受,毕竟安德森先生还有另外一个更加响亮和为人熟知的名字 —— 救世主 Neo。

"比起我是否真实存在,现在,对我来说'为什么要活着'才是关键。"彭想这样想着。

"我曾经也是 VR 的坚定反对者,但是我现在觉得,事情没到那一步谁也不知道你到底会做什么样的决定。过去江仪欣反对 VR 比我还要强烈、坚决,但是谁能想到仅仅是失恋的打击,她就选择了 VR,而且是三十年。"彭想摇摇头,"可怕!"

那晚之后在医院里,彭想看了很多关于 VR 的报道和新闻,VR 的流行缓解了政府很大一部分压力,显然现在政府是非常支持和鼓励 VR 的。这几十年机器人的发展和普及造成了大批人类的失业,虽然新型网络分流了一部分的失业者,但是失业者比例和之前比已达到了前所未有的峰值,社会不安定因素变高了,抗议、暴力等行为频发,政府谨小慎微举步维艰。一直苟延残喘的 VR 在这个时间点流行了起来,没钱的人在自家或者 VR Bar 里体验着低级水准的 VR,仅仅依靠政府补贴就可以维持身体的存在；稍微有钱一点的人在虚拟和现实间不停切换；诸如像江仪欣这样的，家境富裕，自身条件也不错，从大学开始就做项目攒钱，到现在买一个三十年的 VR 生活馆的体验项目可以说是绰绰有余。

无论是逃避现实者、反社会者、体验不同生活者，抑或是为了其他原因，大家都可以在 VR 里找到自己想要的生活方式，VR 拯救了岌岌可危的社会体系，再次让人员结构变得均衡。但同时也可以说，VR 的流行是社会发展的必然产物，数不清的物质匮乏、精神贫乏的失业者需要这样的生存模式，于是催生出对 VR 需求的广大群体。

安德森带着彭想走进了实验室大楼，大楼里的装修风格是和整个园区一脉相承的简约、一水的白色，路上有不少透明玻璃的房间，可以清晰地看到里面的实验动物。

安德森把彭想领进了其中一间，这间实验室里的实验动物是羊驼——小型羊驼，不吐口水，洁白的皮毛、乖巧的样子甚是可爱。

小羊驼颤颤巍巍贴着墙壁摇摇晃晃地走着。

"和你一样，这只羊驼本来是瘫痪的。"安德森对彭想说道。

实验过程是将一只健康的羊驼弄瘫痪，然后植入神经元模块进行观察。

"命运比我悲惨呐，生下来就是为了接受这种残酷的实验用的。"

"你也别觉得这事儿残忍,你得这么想,只有牺牲了这些动物实验品,我们才能建设一个更好的地球。"

"没有动物保护组织反对你们?"彭想问道。

"早不像当年了,那些动物保护组织的积极分子好些都去VR里了。"安德森笑道。

"我想知道实验现在进行到哪一个阶段了。"彭想仰头看着安德森的眼睛。

安德森没有回避,他直视着彭想的眼睛,说道:"我上次在电话里就告诉你了,人体实验风险相当大,我们离人体实验还有很远的路要走。到我办公室,我和你详细说。"

安德森把自己的办公室安置在了一个温室小花园里,鸟语花香让人精神愉悦。

"这个时候你怎么不想着拿这些鸟做实验了?"彭想讽刺道。

"你这人啊,真是,想得到利益还满口仁义道德,比我还让人不齿。"安德森毫不示弱。

"还是说正事吧。"安德森严肃了起来,他和彭想大概解释了一下神经元模块的原理。

神经元模块是植入体内的一个小模块,也就和指甲盖差不多大,它的作用可以说是相当于人体内的一个桥梁,这个小模块连接大脑和受损的神经网络,它接收来自大脑的信息,再下发传达下去。

模块里有专门针对神经元的高智能学习算法，可以通过和大脑信息的不断交互学习进步，从而让下发指令的模式更加接近大脑运作，让四肢的速度和协调性更加趋近于健康的人类。

同时模块和量子网络连接，和外网隔开，保证了独立性，不会被外网"污染"。数据传输方面也不再需要外接数据线，只要安德森他们团队的软件有更新，都可以通过网页界面直接升级。正如江仪欣所说，硬件发展的速度远远落后于软件，这反而避免了硬件升级需要再次手术的痛苦。

"现在还有好多问题没有解决，因为你知道的，我们对大脑的研究还只是皮毛。我们所有的研究都是基于没有深度理论依据的、对大脑的照葫芦画瓢，所以神经元模块根本无法像大脑一样快速运作。就像你刚才看到的那只羊驼，站不稳，行动也很迟缓，还经常会做出些诡异的动作，而且这已经是五代最新成果了……"

"你们这第几代第几代是怎么划分的？"彭想忍不住打断了安德森。

"我正要说到这儿呢，我们的模块刚刚研发出来的时候完全没有作用，但是多亏了我们卓越的学习算法。"安德森得意地笑了一下，"我刚才和你说过，我们的模块在体内也是可以继续学习的，这个学习需要一定的过程，我们选择的实验对象大部分是脊椎动物，也有少量我们觉得有实验价值的无脊椎动物，模块会学习这些动物大脑里的信息是如何传达的，当学习到一定程度，程序就会出现实质性变化，这个时候我们就称之为一代。我们对变化后的模块分析编译，这几年那些关于脑外科的科研突破很多都是源自我们的模块。"

"但是最近这一次程序的变化，我们完全无法解读。你知道这意味着什么吗？"安德森加重了语气。

"这意味着模块学习的结果可能不在我们的可控范围内了。如果一直这样下去，我们谁也不知道最后会怎么样。也许这个模块会变成一块病毒，摧毁你自身的神经网络，甚至摧毁你的大脑，那个时候你就不仅仅是下肢瘫痪这么简单了，可能会高位截瘫，可能会发疯，也可能会死得很难看。"

安德森做出了一个扭曲的姿势："就是很痛苦的死去，我们还来不及给你摘除模块，你就已经被痛苦折磨死了！"

"哦，还有最最重要的一点，我们现在连动物实验阶段都还没过呢，更别提达到FDA要求的临床阶段了。哪怕现在的实验结果已经万无一失，你要是想接受这样的实验也是不合法的。我可以偷偷摸摸给你做，但要是被查到了，我可能会死的比你还难看。所以你觉得呢？"安德森摊了摊手，做出了一脸无辜的表情。

虽然对人体生物脑神经方面并不了解，可是同样是做算法的,彭想怎么会不懂安德森说的那些危险是什么意思？不可控,那才是最可怕的，等于把自己的命交给了未知，而且一旦大脑被入侵,意识发生了改变,谁知道那个时候的他还是不是他自己,想到这里彭想有些犹豫了。

◆ 6 ◆

又是毫无意义的新的一天。

在整整两个月的时间里,彭想一刻不停地被矛盾纠缠着,苦不堪言。他根本打不起精神干任何事情,甚至连房门都不想出。起床,吃早饭,发呆,吃午饭,听着音乐发呆,吃晚饭,睡觉,起床……彭想像钻进了滚动的圆筒,每天周而复始,根本没有尽头。

安德森这个人他非常了解,既然他带他去实验室了解情况,就说明他已经做好了为他做手术的准备。风险必然是很大的,不然安德森也不会绞尽脑汁想出这么多作为阻碍的理由,加大他下定决心的难度。

自打彭想出车祸以来,他仅仅去过一次他研究预测算法的公司。这家公司是做房地产发家致富的超级富二代梁铭投资的,梁铭的父亲靠投资房地产一度成为巨富。作为顶级富豪们通用的"规范",梁铭中学就被送去英国读最好的贵族学校,进行最精英的教育,但是在大学的专业上,梁铭没有选择商科,没有选择金融……他违背了父亲的意愿执意选择了让他父亲大跌眼镜的哲学。

梁铭从英国的大学毕业以后去硅谷待了一阵子,他就是在那里认识的彭想。梁铭有着极好的口才,在他向彭想规划他所畅想的预测算法的未来时，彭想有一瞬间几乎要被他的真诚感动得热泪盈眶了。这是一件有决定性意义的事情，无论对彭想本人，或者是地球，甚至是对整个宇宙来说。

梁铭选择把公司开在英静新区除了被优惠的政策吸引，更多是考虑到有父亲这座大山作为坚实的后盾。

"绝对不会把预测算法用于商业投机"这是梁铭和彭想最初就达成的共识，也是梁铭那一套说辞里最打动他的地方。彭想天真地以为有理想的富二代真的怀揣和他同样的梦想，没想到仅仅是他车祸住院的这段说起来不短、但是对于研发周期来说却很短暂的几个月，梁铭就带领着团队的其他成员，把这套算法用在了金融模型之中。

彭想主导的预测算法虽然在自然气候规律、特定个体的特定时间点的预测上还没入门，但是这套算法利用历史大事件作为实验，已经实现了基本的精确度。如果下一步的应用是经济起落和方向的预测，那也就是在原有算法的基础上稍稍修改一下而已。经济是彭想从未想染指的领域，他认为这是投机甚至可以说是金融诈骗，而梁铭最初也信誓旦旦保证过，绝不会把预测算法作为商用。

消息一传十、十传百，传到了彭想耳朵里。最初彭想觉得他被利用了，但是再细想，梁铭的目的本来就在于此，也许正等着这个机会呢，根本就没想过他会回来吧。当梁铭口沫横飞地向他解释这一切都是误会的时候，彭想看着他口中的唾液在唇齿间连成一条条细线，在明晃晃的灯光下像闪着光的银丝。

彭想想起来小时候在院子里看到一长串首尾相连的毛毛虫过马路，它们路过的地方都会留下这样一条条银色的细线。

他忽然觉得有点恶心，早晨吃的早餐风起云涌地往他的喉头直窜。他伸手握住了梁铭的手臂，又好像看到有毛毛虫们从梁铭的嘴巴里排着队穿越过他的手臂爬向自己的手背。彭想吓得赶紧缩回了手。"恶心至极且毫无意义。"他狠狠咽了口吐沫。

"我相信你，既然我们当初决定了一起做这个项目，我就会一直相信你，不管发生什么，我都会站在你这边！其实我今天过来是想告诉你，我最近状态还是没调整好，我想再请一段时间的假在家好好修养。"

梁铭并没有注意到彭想表情的变化，更加不知道他心里在想些什么。他以为彭想这样的书呆子肯定是真的相信了他的解释，那是再好不过了。每个人都有自己擅长的天赋，就像他的天赋是巧舌如簧。巧舌如簧的富二代这个人设基本让梁铭无往不利，所以也就逐渐丧失了早年细致观察的能力。彭想没别的优势，但在预测算法的研究上似乎有着不着边际的灵感，然而不知道为什么那些灵感又总是对的，如果非要解释，这可能就是天赋的体现。尽管预测算法经过团队其他成员的努力在经济预测上已经有了成绩，但终究还是比不上彭想的。

"你是不可能完成预测算法的。"彭想从公司回家的一路上，脑子里都在反复想着江仪欣的这句话。现在的状况还要加上，即使算法实现了也不纯粹了。彭想稍微想象了一下，在他宣告预测算法成功的那一天，会有多少人对他的算法虎视眈眈。也许他会被设计陷害关进监狱，甚至被暗杀，然后新闻里会播报他从高楼失足跌落，再假惺惺地缅怀一代天才的陨落？又或者他被恐怖势力捉了去，严刑拷打让他重写一套一模一样的算法出来。哪一个结果似乎他都将不得善终，哪一个结果都不会实现他美好的预期。

自打那天以后彭想就再没出过房门，有时候他甚至连外卖也懒得去拿，陪伴他的只有机器人小助理，勤勤恳恳任劳任怨。

电视台正放着古老的二维电视剧，电视剧里的男男女女们互相用力摇晃着对方的肩膀。

"真是个奇怪的剧，当年的人怎么会爱看这种东西？"彭想想，他换了个台，是马勒的交响乐演奏，《第八交响曲》又被称为"千人交响曲"，这支曲子以博大又厚重的方式迅速灌满了彭想的房间。

短暂到略显急促的春天傍晚，阳光洒落在这个城市的每一个角落，每一件被普照的物体上都像是被撒上了极其细碎的金屑，闪着颤巍巍的金光，当然彭想的房间也没有被放过。一片纯金色的阳光穿过彭想家没有关严的窗帘，细小的灰尘在这片金板中舞动着。

彭想正坐在这片金色光板之前，他打开窗帘，音乐也正好在这个时候演奏到最终章回。磅礴荡气就像生命的乐章，讲述着地球上他和所有人类共同的故事，有喜、有怒、有欢乐、有悲伤，每一个人在地球上就如同地球的尘埃一样微小，而地球这颗星球在宇宙之中又微小如尘埃。所有的一切，在面对宇宙这个博大的主题时，最后的结果终是殊途同归。

恢宏的阳光扑面而来，闪烁在他的双眼里，光芒万丈！彭想的眼眶不由得湿润起来，不知道是音乐的感染，还是光线的灼伤，抑或是别的什么。只要是宇宙中的万物，哪怕只是细小如尘埃，也会被宇宙温柔地照顾到。

彭想在房间里憋闷太久了，他忽然想出去逛逛，去看看外面的世界有没有已经变得不同。

屋外的树还是绿的，天还是蓝的，光线也是迷人的，大自然并没有因为他心情的变化被蒙上半点灰色。彭想驱车来到他平时跑步锻炼的海边，以往他都是和江仪欣一起在海边长跑，现在只有他一个人了，还是在轮椅上。透过太阳镜，这片海滩被氤氲在淡金色雾气之中，每个人都像一片流光溢彩的晚霞。

"彭想，好久不见，你最近去哪里了？"身后是一个少年的声音。彭想转过轮椅，少年气喘吁吁地跑过来，眼睛却直勾勾地看着他的轮椅。

"出了场车祸，现在暂时需要轮椅，过一阵就好了。"彭想故作轻松地解释着，他也不知道为什么随口就编了这个瞎话。

眼前这个男孩叫托尼，他是别的区的孩子，每天晚上他妈妈都会带他来这里长跑锻炼，不仅仅是因为英静新区独占了这个城市里最美的一片海滩，还因为如果能在这里偶遇到世界上顶级的长跑教练，也许一切就会不同。托尼有着修长的四肢和结实的肌肉，彭想觉得他总有一天会成为一名优秀的长跑健将的。

彭想看了看四周："你妈妈呢，她今天怎么没和你一起来？"

托尼的爸爸是一个 VR 客，每年有大半年都待在 VR 世界里，即便从 VR 世界回到现实世界，他也只是为了拼命赚钱好再次回到 VR 世界中。

托尼还记得他小时候有个幸福的家庭，爸爸妈妈都很爱他，小时候爸爸经常会带着他玩，每晚给他讲故事。但是自从 VR 开始流行，一切都不同了。托尼有的时候会恨爸爸，但是更多的时候他恨的是 VR。如果没有 VR 一切都会不一样，他们的家还会像以前一样美满快乐。

如今的状态不知道已经维持多少年了。对托尼来说，这个家里爸爸似乎从来都不曾存在，而对妈妈来说，托尼就是她这辈子的目标和希望。

"我妈妈去挖矿了。"

"挖矿？"彭想有些惊异，他记得托尼的妈妈对网络世界几乎可以说是一窍不通的。

"是真正的金矿！"托尼的脸因为激动而涨得通红，"妈妈说挖到金子我们就有钱了，我就可以去参加最专业的集训，以后也可以像你一样住在那栋楼里。" 托尼指了指身后的建筑——彭想公寓楼外的拱门，白色的拱门在夕阳西下中也被缠绕上了金色，就像凭空出现的一颗巨大的破碎的金牙。 这个他曾经的栖身之所，如今就如同囚笼，他在里面已经困了很久，他万没想到的是这里竟然是托尼和他的妈妈梦寐以求的终点。彭想想不通，他身处的环境和托尼差异太大，他是不可能想通的。

他想起那个头发和衣服永远一丝不乱的矮个子女人,有点难以相信她在金矿里的样子。

"矿区很辛苦的,你妈妈告诉过你吗?"

"我知道,我妈妈告诉我了,但是妈妈说了,无论怎么样也不会比现在更差了。即使挖不到金子,薪水是每周都会结算的,比妈妈现在的工作还要高很多倍。我可以上更好的学校,找更好的教练,就不会像现在这样被人欺负了。"

托尼说着脸上止不住露出快活的笑容:"我也会比现在更加努力十倍百倍地锻炼,这样妈妈的辛苦也就值得了。"

"好好加油,我相信你一定可以的。可惜我不认识什么专业教练,不然……"

"不用,妈妈说我们会越来越好的!我要继续锻炼了,下次再聊。"托尼向彭想挥了挥他细长的手臂,向远处大步跑去。

彭想看着少年矫健的身躯渐渐消失在金色的薄雾之中,不禁念出了他刚才的那句话:"无论怎么样,也不会比现在更差了。"

是啊,无论怎么样也不会比现在更差了吧?现在的他就像陷入了深深的泥潭里,挣扎不动,无法呼吸,口鼻之中全是泥浆,窒息感让他难受得就像死了一样。他想努力做点什么,改变这种状态,可是他不知道怎么做才好。如果他能有健康的体魄呢?他就可以游历名山大川,还有很多很多地方他没有去过,还有很多很多地方他想去探索,他可以这样走走停停直到生命的终结,他要体验更多的人生,见识更广阔的世界,这才是人生的意义啊。

如果因为植入模块失败让他不能再思考,他会后悔因此不能继续预测算法吗?他的生命不仅仅只有预测算法,彭想想起了那一长串毛毛虫:"恶心至极且毫无意义。"

宇宙万物都会被宇宙温柔地对待,一想到宇宙,所有的一切似乎都释怀了。

治疗的计划必须严谨而周密,他会需要一大笔钱。一个小小的诡计,如果可能的话,让梁铭赔偿他一大笔钱,这样他就可以毫无顾虑了。这是他应得的,也是梁铭应得的。他想着想着竟然激动了起来,他有些迫不及待了,迫不及待地想要站起来,迫不及待地想要筹划他的诡计,迫不及待地想要奔跑在每一条河流的旁边和高山狭窄的道路上。不会有比现在更加糟糕的结果了,哪怕模块故障让他痛苦地死去。

◆ 7 ◆

安德森知道彭想一定会回来找他,只是没想到他这么快就来了。安德森有他自己的私心,模块的研究陷入瓶颈,不仅仅是因为人类科学对大脑构造和运行方式的了解非常有限,"不能使用作为最高等动物的人类为实验对象"也是研究无法深入下去的原因之一。团队里的几位大脑神经元专家都嗷嗷待哺地等着汲取从模块进化过程中得到的新的讯息,但是模块进化却卡在了第五阶段,迟迟无法破解。安德森急需这样一个人自愿成为试验品，加快研究速度，只是他万万没想到这个人竟然是他大学时的挚友彭想。

彭想和安德森是完全不同的两类人，他不谙世事，在安德森眼里就像一个书呆子，没有情趣没有夜生活，从大学毕业到现在竟然只有一个女朋友还分手了。他就像个苦行僧一样，终日只是潜心于他的算法。安德森早就听说了，梁铭想拿彭想的算法去投机商业，其实很多人都知道，只是彭想不知道，只有他还在一厢情愿地相信着那些本就不可能单纯发生的事情。从这个角度上安德森更加可怜他，所以也尽量把实验失败的严重性更加夸大了一些，这样从某种程度上减轻了他的负罪感。如果彭想还来找他，那因为植入模块对彭想可能产生的伤害，就都不是他的责任了，毕竟从最开始他就告诫过的。

"我还是想试试，就担心你不太好做。"这是彭想表达意愿后的第一句话。

彭想竟然还在为他考虑，安德森看着他诚恳的脸，心中的愧疚比自己预计的还要多，但是他随即安慰自己，就算植入模块也并不一定会出现最坏的情况啊，也可能什么副作用都有没有而彭想就因此站了起来呢，想到这些他立刻坦然了起来。

"可以不走医疗器材的路子，你可以作为科学实验的志愿者加入。这个项目的前景有目共睹，没有任何一方面会想要轻易放弃，所以，你懂的。"

"那手术什么时候可以进行？"彭想迫不及待地问道。

"我们会先安排你体检，只有各项指标合格才能手术。而且手术前需要一到两个月的体能训练。"

"那什么时候能体检，我想越快越好。"

安德森翻看了一下他们的时间安排："最早也得周五。"

今天星期二，接下来的大半周彭想扳着手指头一天一天数着，对他来说真可谓度日如年。他一方面担心体检无法通过让实验就此搁浅，一方面又迫不及待地希望体检这天早日到来。

彭想热爱跑步以及户外运动，从大学开始就参加了户外社团，长期坚持登山涉溪。在从事预测算法的研究以后，户外徒步的时间虽比以前少了很多，但是长跑却从未间断过。彭想的父母身体健康，祖上十八代都没有听说过什么严重的遗传疾病，所以彭想的担心是不必要的。在其后的一段时间里，彭想不但顺利通过体检，接下来的肌肉以及反应类的机体训练，也在一个多月里就完成了。

唯一让彭想略感心烦的是，手术那天去安德森实验室的时候还艳阳高照，但是进入实验室没多久就风云突变。乌云层层叠叠铺满了整个天空，天色一下子就暗了下来，虽然只是中午，却好像深夜一般，让他不由想起了和江仪欣分别时的那个雨夜。

按照之前和安德森共同商议的结果，他的体内将会被植入第三代模块以减少不可控因素；自动检测系统会实时跟踪模块进化结果，一旦发现异常就立刻向安德森发出警报；只限包括安德森在内的四位实验室核心人员有权限接入模块的量子局域网络，一旦异常发生，他们其中之一就会立刻停止模块，在最大程度上保证彭想自身神经系统不会被植入模块破坏。

手术由特供实验室的世界顶级外科机器人主刀，由实验室最富经验的神经外科、脊柱外科以及心胸外科专家监督。破天荒的，外科机器人研发公司派来了两位最优秀的服务工程师，以及两位研发工程师现场时刻待命处理任何突发情况。所有相关人员都想参与，以亲身见证这一史无前例的手术。

手术一共进行了十二个小时，感谢日新月异的科学技术让机器人手术不需要半分钟的休息时间，也减少了手术风险。手术过程非常顺利，半夜两点，当彭想的最后一寸肌肤被"焊合"，下了一天的雨忽然就这么停了，乌云散开，大家才注意到今天竟然是满月，皎洁的月光透过巨大的玻璃窗撒在彭想的身上，以及每一个人的脸上。

这一刻没有人说话甚至没有人移动半分，一种说不清道不明的情绪在这间手术室内弥撒开来，传染给了每一个人。没有人提议启动模块，大家就只是站着，看着做完手术的机器人们退到一边自动断电，看着彭想一动不动趴在手术台上，后背的伤口呈现淡淡的粉红色。

时间一分一秒地在这间洁白的房间流淌，彭想缓缓睁开了双眼。

是麻醉时间到了，安德森赶忙走上前对彭想说："手术很成功，但是我们还没有启动模块，我们想等你醒了以后有清醒的大脑体验结果。"

"那我现在能动吗？我是说手和头什么的。"

"可以可以，你现在的状况应该和手术前一模一样才对。"

彭想小幅度动了动，身体感受和以前确实没有任何差别，下肢依然是没有知觉。

"我想坐在轮椅上。"彭想对安德森说道。

"可以可以，当然可以。"

护理机器人立刻上前帮彭想穿好病号服，并帮他坐在了轮椅上。

彭想来到窗前，他心中既有期待也充满了恐惧，事情到了现在这个阶段，他却忽然不敢开口让安德森启动模块了。

窗外月亮挂在枝头上，月色如洗。彭想的脑子一片空白，他也不知道自己就这样坐了多久，才缓缓转过头，看着安德森。

他什么也没说，安德森也什么都没说。

但是安德森知道此刻他应该做的是什么。

模块启动画面，初始化，程序启动，没有任何错误。

屏幕被投影在空气中，彭想努力体会着来自身体的不同，好像并没有什么不同。

他不敢动腿，只是用手轻轻掐了下大腿，似乎有感觉，又好像只是心理作用。一屋子人，以及屋外的围观者都直直地看着他，眼睛都不舍得眨一下。

彭想闭上眼，双手紧紧抓住轮椅的扶手，他的腿被自己缓缓抬了起来，不是那么的迅速——在大脑下达抬腿指令以后似乎有什么卡了一下，然后他的腿才抬了起来。

他努力想站起来，却腿一软扑倒在了地上。护理机器人第一时间冲了过去，彭想抓着护理机器人一节一节完整撑起了自己的身体，他扶着窗户的棱框伛偻地站着。

周围有人发出了惊呼，结果远远好于预期。

安德森的眼泪都快流出来了，他扑向彭想，抓住他的双手，想拼命地摇晃，终还是忍住了。

"你表现的真的很好，第三阶段能有这样的效果真的是远远超乎我们的意料了。快快告诉我你现在什么感觉，疼吗？错乱吗？仿佛接受了神的旨意吗？"

"不疼，没错乱，就是有时候会觉得自己大脑卡住了，但是只是很短暂的一下，不仅仅是我想运动下肢的时候，就是时不时会发生一下，好像睡眠不足时的打盹。"

安德森翻阅着不停更新的代码和日志信息："现在一切进化都在我们掌握的范围内，你的这种情况应该是模块对大脑信息反馈带来的影响，这还是因为模块速度不够快，并且处理机制比大脑简单太多造成的。"安德森叹了口气。

然后他接着补充道："模块进化的速度好像比之前快不少，照这个进度，这些问题有希望能在比较短的时间内解决。这几天我们会教你一些运动和训练方式，这样模块可以更好地学习进化，如果一切顺利你就可以回家了。"

安德森再次紧紧握住彭想的双手，热泪盈眶地说："彭想，你一定能恢复以前的状态的,到时候我们就又可以一起打网球,你就又可以被我虐杀了。"

◆ 8 ◆

在安德森告诉彭想可以回家继续正常生活后的第二天他就回去上班了。虽然彭想还没有认真计划过他的那个"要让梁铭付出起码金钱上的代价"的计谋,但是他总觉得时不我待,必须要走一步算一步,因为谁也不知道时机什么时候就出现了,而事实证明彭想的策略确实是无比正确的。

因为自己"心怀鬼胎",所以对周围的细节也变得格外留意。彭想开始注意吉米仅仅是因为他时不时闪避的眼神。一种从未体验过的第六感支配着彭想,让他总觉得吉米想要背地里对他做点什么,这搁以前他会嘲笑自己疑神疑鬼,但是现在他却越想越深信不疑起来。

在彭想不在的这段时间里吉米一直顶替着他的位置,成为整个项目的主要负责人,也是他提出各种建议,帮着梁铭把原本应该被应用于公益的算法,改成了可以从金融市场中获利的投机算法。

每一个项目组成员都可以看到新的代码,但是彭想总觉得哪里不太对劲。整个代码的保密架构是他用一种古老的方式写的,目前已经没什么人用了,说是保密,其实是为了共享,和世人分享他的科研成果，这是让彭想觉得最高兴的事情。

项目开发之初，整个项目组只有彭想一个人，用这样没有延续性的方式是没有问题的，而且满足了彭想的怀旧情结，但是考虑到以后项目组会扩大，所以彭想也只是想想并不准备真的实施。当时江仪欣告诫彭想需要警惕梁铭投资目的的单纯性，用大多数人无法掌握的计算机语言，或多或少可以保障彭想的安全。那个时候彭想是完全不相信的，但是他和江仪欣还处在热恋期，他不想扫她的兴这才定了下来。当时江仪欣还想让彭想在程序内设置一个后门，这样可以随时追踪梁铭的一举一动防患于未然，他记得那个时候他们还为此大吵了一架，冷战了好久。价值观差异太大导致无法合理沟通，这是彭想要分手原因之一，但是现在想来，他觉得自己简直愚蠢到可笑。

"你这个愚蠢的理工男！"彭想想起江仪欣气愤又无可奈何的脸，他忽然很想对江仪欣说句对不起，却想起来她选择留在VR世界里，这几十年他都没有这个机会了，这种挠心挠肺的感觉持续了很久，直到很久以后他想起来心里还像塞满了荆棘一样难受。

整体的盘查需要大量的时间，在这段时间里彭想"肉眼可见"地体会到了身体的变化。从刚开始只能扶着墙壁勉强站立，到可以站定数分钟、数十分钟、几十分钟，再到后来可以颤颤巍巍地借助外力走路，这一时间短到再次远远超乎安德森的想象。

在实验室里，安德森兴奋地对彭想说："你的模块竟然这么快就进化到了第四阶段,真是令人难以置信。我把这些新信息提供给那些脑神经的疯子们,他们肯定得高兴坏了。"

"那代码进化有出现过什么异常吗?"彭想想到最早安德森说的话,心中非常紧张。

"我们每时每刻都在监控着代码的变化,到目前为止都没有过任何异常,我就说你一定会交好运的,可能很快你就能又走又跳去登山徒步了。"

"我记得你说在羊驼身上试验时,代码不可控是发生在第五阶段的,但是现在才第四阶段,所以后面是不是还有很大可能性出问题?"

"是第五阶段没错,但是从第四阶段开始就已经出现各种不稳定的情况了,其实当时第五阶段的不可控也是在我们意料之中。但是从你模块的进化过程来看,这种不稳定性并没有出现,所以我们还是有很大信心,代码的整个进化过程都不会有任何问题。"

彭想看着安德森,还想说什么,却被安德森抢先补充道:"等第五阶段完成,你可以正常走路以后,我们就会停止进化服务,然后冻结代码,你的这个模块会成为量产化的第一个模块!我们不如想想给这个模块起个什么名字吧。"

"嗯,叫什么好呢。"安德森皱着眉头,在办公室里踱来踱去一副很难办的样子,然后灵机一动有了一个绝妙的想法,"我们就叫它——'彭想一号'吧!"

彭想抚额:"还以为你想到了一个什么好名字呢。"

安德森拍着彭想的肩,激动地说话都不利索了:"不够绝妙吗?这个模块是按照你的大脑进化的,那就是你精神的延续啊!你想想看,以后千千万万身体有残疾的人因为千千万万个你大脑的延续,不再遭受病症的折磨,这是多么伟大、多么光荣、多么自豪的事情啊。啧啧啧,你真是个幸运儿。"

彭想想象了一下,千千万万个大脑在他眼前飞舞,他抖了一下:"感觉有点不寒而栗呢。"

安德森却在同时呼喊出来:"千千万万个'彭想一号',加油!"

安德森的情绪也感染到了彭想,让他一下子就少了很多焦虑。不知道是不是因为精神放松了,他在代码和过往信息的盘查上也有了突破。

早在彭想受伤前一年多,梁铭就开始和吉米筹划另外一个项目了,与其说是项目,更确切地说其实应该是犯罪计划。他们将彭想算法的核心进行改写,植入了网络社会生态系统,并成功操纵篡改了区域范围内网络社会的进化走向。在全球网络化的当下,人们已经很难说究竟是现实世界更重要还是虚拟世界更重要。当虚拟世界和现实世界互相渗透、互为一体时,操纵网络社会的历史进程便就是操纵了整个人类的历史进程。

一开始他们只是小规模的尝试,尝到甜头后越做越收不住。当然,规模越大也就越容易露出破绽。最近网络社会异象已经被越来越多的人发现,他们渐渐开始愤怒,觉得自己被操纵和愚弄了，小规模的人聚集了起来，游行抗议政府监管不力损害了他们的利益。

眼见事情越闹越大，一旦追查起来梁铭他们肯定是逃不掉的，但是幸运的是核心代码部分是彭想写的。梁铭计划的初步构想是，先利用舆论把彭想塑造成控制欲极强的纳粹分子，他女朋友因为他而选择 30 年的 VR 生活就是力证，然后梁铭他们故意露出些蛛丝马迹，于是在不得已的情况下公司不得不内部全面严查，最后顺藤摸瓜抓出了彭想。

计划的还真是顺理成章，要不是彭想知道梁铭所学的专业，甚至要以为他是个编剧了。在觉察到这一切后，彭想冷笑：真是得来全不费功夫。

梁铭是主要策划者，吉米作为帮凶也绝对不能放过。彭想特地选择了吉米也在梁铭办公室的时候摊牌，他想看看他俩各自表情的变化，想看看他们怎么在突发状况下统一口径，那个混乱的状况一定很有趣。

结果吉米果然惊慌失措，嘴唇都吓白了。让彭想没想到的是梁铭倒是一副风轻云淡的样子，好像一切都和他没有关系似的。他看着梁铭和吉米面对面站在他的前面，中间隔着一个巨大的红木书桌。红木书桌现在已经非常罕见，基本都属于古董珍藏品，那本是梁铭父亲的喜好，在父亲的言传身教下，梁铭也渐渐认同了"这代表着格调和身份"。彭想看着他们一动不动，梁铭甚至都没正眼瞧过吉米，他忽然一个激灵。

这张红木书桌就是吉米永远无法跨越的鸿沟，红木桌后的梁铭总能找到属于自己的安全范围，而红木桌前的吉米此刻却已经身陷囹圄，这是彭想万万没有想到的。而这一切江仪欣偏偏早就提醒过他了，是他自己不信，还疏远了她。这一瞬间彭想只觉得气到浑身发冷，他觉得自己两眼喷火怒视着梁铭，却又毫无实质性的办法，这样的状态被梁铭看在眼里怕是只能成为他的笑柄。

证据被彭想放在了严格加密的云端，每一处都让梁铭和吉米无力反驳。特定的加密技术让梁铭和彭想互相制约，谁也无法出现违约泄漏或者删除证据的情况。

之后彭想说了一个让自己都震惊的数字，结果梁铭眼皮都不眨一下就同意了，这更加加深了彭想的不爽，他毫无胜利者的喜悦感，反而像是成了被梁铭玩弄于股掌之上的耗子。

如果不出意外的话，吉米一定会是替罪羔羊，但是彭想管不了那么许多了，他只想离开这个鬼地方，永远也不想再看到他们中的任何一个人，越快越好。

就在彭想接受了这笔巨额封口费、踱着小碎步走出大楼的那一刻，他忽然有了某种前所未有的、类似于醍醐灌顶的感受，又或者是像安德森所说的，神的启示！顿时，他整个人都觉得暖洋洋的，甚至比初恋的甜美还要让他不知所措。也就是在那一刻，迎着清晨依然明媚的阳光，一个念头腾地钻进他的脑海，快得让他自己都觉得有些猝不及防。

◆ 9 ◆

在走出办公楼大门的那一刻,彭想有了一个强烈的念头,他要向全世界宣传这块举世无双的模块,无论是叫彭想一号、彭想二号,或者别的任何名称。

彭想激动地把他的想法告诉了安德森,却遭到了反对,理由是模块的第五阶段尚未完成,稳定性无法保证,他们不能贸然把这项试验阶段的成果向世人普及。

"你当时可不是这么和我说的啊。"彭想气不打一处来。

"什么时候,我怎么不记得了?"安德森企图耍无赖。

"就是你特激动地想叫这个模块彭想一号的时候啊。"彭想拍了拍安德森的肩膀。

"你是朋友,那不一样,如果你要在全世界范围推广巡讲,我们需要对大众负责任的。"安德森搂住彭想的肩。

"感情别人的生命都很重要,你的朋友就可以随意对付喽?"

"我不是这个意思,你懂的,但是起码我们得等到模块第五阶段进化完成吧?如果稳定的话,之前不是说好的吗?如果第五阶段稳定了我们就冻结代码,等批量生产的时候,你想推广,我真是高兴都来不及呢!"

"那还要多久啊,我真是一分钟都等不及了。"彭想情不自禁地跺起脚来，这不像他平时会做的动作。最近有的时候他觉得自己有点不太像自己了，但是想想心脏移植都有可能改变性格，他又释然了。

"按照当前进度也就是分分钟的事情吧，你怎么搞的，之前不是还筹划着要游历世界享受人生呢吗？怎么心意改变得这么快？"

"我也不知道怎么回事，忽然就有了这样的念头，然后就怎么也遏制不住了，就想立刻去实施。可能最近发生的事情太多了，我一时间没有办法调节吧。"彭想叹了口气，"或许你说的对，我应该放松一下。"

在离开安德森实验室以后，彭想决定和过去彻底告别。在等待的这段时间里彭想首先把家里重新整理了一遍，这里有他和江仪欣生活的点点滴滴，旧盒子被打开，里面是江仪欣保存的他们旅行去过的地方的纪念品，用立拍得拍出的相片已经褪色，往事从眼前一幕幕掠过，他的感触在脑中喷涌却又像是梗在嗓子里无法抵达心间。一瞬间的感情来得太过强烈，他想不通为什么，只是觉得憋屈的厉害，却又无力挣脱。

安德森的电话就在这当口打了过来："彭想，彭想你怎么样了，你没事吧？"他的声音很急切也很紧张。

"我还好，只是想到了江仪欣心里有些不太舒服。"

"确定没问题吗？肌肉、神经、反应、智商都没问题？"

"说什么呢你，我哪儿知道，身体感受没你说的那么多问题。"

"刚才模块变化很剧烈,只是很快就恢复了,我还没查出来原因,担心你出事。"安德森松了口气。

"是不是因为第五阶段进化完成了?"彭想兴奋地问道。

"也是有可能的,等我们研究出结果第一时间告诉你。"

结果却并没有彭想想象的那么快,安德森的团队没有从那一次偶然的变化中发现什么异常,小小的波动就像没有发生过一样很快被大家遗忘了。

这一段时间彭想的胃口变得出奇的好,他整理出了英静新区里所有口碑上乘的饭馆,从早吃到晚,吃了整整一周以后忽然又觉得人生有好有坏,不应该只是享受饕餮盛宴,于是他又从后到前排出了新区里口碑最差的那部分。

除了吃喝他还体验了各种很久没有尝试过的事情,比如游乐园、动物园;他去学习雕塑;学习乐器;学习打冰球。一时间他觉得自己生机勃勃像个几岁的小孩子,忽然对一切事物充满了兴趣,但似乎又不是真正感兴趣,倒像是某种激素促使他不停地学习、尝试。

他的身体机能正变得越来越强,协调性大大超过了以前,记忆力也好了很多,他现在已经可以疾步如飞,过两天可能就可以跑得飞快了。

模块进入第五阶段后,又迅速跃进到了第六阶段,让人措手不及。

中间没有发现任何异常,各行学者们都欣喜若狂。大脑运作的研究似乎又可以更加深入一步了,也许这些至今仍困扰着科学家们的难题可以很快解开——生物的大脑如何运作,自我意识如何实现,梦境怎么产生,人脑又是何以从人猿进化到了现在的智能阶段?一切的一切,困扰人类太久而几乎很难找到突破口,而深埋于地下无法被探究的种子,现在正在彭想的体内喷薄而出,百花齐放,让人振奋。

似乎只是一夜之间,所有的困难都迎着AI自我进化的刃被快速解开。

代码被锁定,量产被提上了日程,演讲和巡游正紧锣密鼓地筹备中。

初步计划巡讲团队大约10人,包括彭想和其他相关工作人员,安德森作为顾问会定期参与。路线从英静新区开始到本市本省,然后是临近的国家一路环游,保证每个国家都可以被推广到。

彭想此刻的心情是紧张而兴奋的,他心中的喜悦想和世间所有人分享,也希望这世间所有的人都能体会到他这种几乎难以言述的喜悦之情。

第一站英静新区的演讲一切都很顺利,参与者们对所看到的纪录片和彭想的现状表示惊叹。科研工作者们在演讲结束后把彭想和安德森他们团团围住,询问各种细节问题和对将来的展望。本是三个小时的演讲最后延续了三天，大家还意犹未尽。

当场就有四位与会者表示有强烈的愿望，希望可以参与其中，他们分别是生物、化学、机械工程和量子物理方面的佼佼者。

而英静新区最高端的医院正考虑和安德森的实验室合作，为他们提供更大的场地和更优越的硬件。

第二站虽然只是本市的其他区域，但是对于彭想来说已经略微陌生。在他的印象里他因为忙于算法的研究，好像已经有好几年没有离开过英静新区了。

但让彭想万万没想到的是，在本市演讲参与者名单里他看到了托尼的名字。

再见到托尼，他瘦了很多，眼神也格外疲惫。他说矿区发生了坍塌，他的妈妈现在昏迷不醒，可能再也不会醒过来了。

说到这里他的眼眶红了："都怪我，妈妈要不是为了帮我请更好的教练，也不会去挖矿，如果我们只是像过去那样生活，她就不会变成植物人了。我其实根本没有什么天赋，我们真的不应该自不量力的。"托尼说着说着眼泪就流了出来。

"别这样想，妈妈总是希望给孩子最好的，如果她不去挖矿，她自己会一辈子内疚的。"彭想轻轻抱住托尼，"那你现在还跑步吗？"

"早就没时间跑步了，我现在在仓库做后备捡货员。工作很难找，这个工作还是我之前的教练托人帮我找的呢。"

彭想看着这个长手长脚、曾经生机勃勃地在每个晚上和他开心聊天的孩子，现在整个人都被抑郁的气息压得抬不起头来，他觉得他有责任也有义务帮助托尼。他对安德森说："托尼是我的朋友，我想帮助他的妈妈支付这次治疗费用。"

安德森把彭想拉到一边："虽然是你的钱随你，而且我知道你现在也很有钱，但是我想先提醒你一下，别的地方不像英静，那里还有无数这种'可怜人'，难道你想一个一个帮过来吗？"

"这个孩子我肯定要帮的，其他的走一步看一步吧！"

安德森摊了摊手："好啊，只要你不怕破产就行。"

即便只是同一个城市之中，彭想却看到了完全不一样的市容市貌，甚至和他小时候的记忆也完全不一样了。空空荡荡的街道几乎很少有人，大大小小的智能车在街道上奔驰着，以前商场亮晶晶的落地玻璃窗不见了，取而代之的是黑乎乎的房间里面零零落落肢体扭曲的人们。

这些人聚集成群沉浸在 VR 的世界里，喜欢格斗类的玩家往往已经把枪械植入了手臂或者体内，方便随时随地进入 VR 游戏状态；贪恋爱情美好的也可以在 VR 里选择自己最喜欢的伴侣类型，甚至随时更换。科技的发展让人类对食物的需求可以仅限于口舌之欢，使用最便宜的机能补充剂，就能够让机体保持充沛的能量及最少的睡眠。

VR 世界和上百年前的游戏一样可以选择单机版本或联机版本，联机世界里衍生出的职业使得虚拟货币得以流通，甚至用于线下。不同的游戏产生不同的币种，通过某些协议互换，就像另外一个人类世界的虚拟衍生品。人类世界的问题虚拟世界同样存在，唯一不同的是，虚拟世界的人们可以选择其他的游戏以逃避当前的精神状况。

人类的繁衍需求大大降低了，但是因为有了充足的人工智能资源，人类体系中对繁衍的需求已经远远不像以前那么强烈，这倒正符合了社会需求。而小部分在现实世界生活得乐在其中的"精英人群"保证了人类延续的质量，让人类历史可以更加快速地继续向前滚动。

◆ 10 ◆

这里已经完全找不到童年记忆中的相似之处了，因为童年的记忆无法被触景生情地唤起，彭想有些怅然若失，他不禁自言自语道："怎么这么凄凉啊。"

"一看你们就是在英静区待太久了没出来过吧，这里早就是这样了，哪儿还有人出来啊！"随行的工作人员张艾说。

张艾是英静区直接派来负责彭想他们行政和沟通工作的，可彭想总觉得他是过来监视他们的，多少对他有些忌惮。

"那大家都在干吗呢？不用上班工作、运动休闲吗？天气这么好也不出来晒晒太阳吗？"

"天啊，你们不就是做这个的吗？怎么还会问出来这种问题？现在哪里还需要人工啊，机器人都能完成了，最多只需要几个人盯着以防万一就行了。想买东西、娱乐什么的在家都行啊，现在VR什么做不到啊，VR购物体验比去店里好多了呢，想要什么样貌性格的导购都行，还不会遭白眼；VR里的阳光也比这里的美，不但可以选择季节、时间、什么地方的光线，甚至连颜色都能选。总之你想要什么在VR里都能实现，谁还想在一不小心就过得不如意的现实世界里耗着？"

"可是这些即使再美好也都是假的啊，你真实的内心怎么可能在虚构的世界里得到满足呢，你从虚拟世界回到现实不会空虚吗？"彭想又问出了曾经质疑过江仪欣的问题。

"你知道是假的，我们又怎么能不知道呢？但是现在工作职位基本都被价钱更低廉的机器人占据了，垄断财团汇聚的财富又能有多少分到普通老百姓手里呢？'真实'给这些人留下的只有痛苦煎熬，你觉得还会有多少人愿意留在这真实的人间呢？

"我妈就老和我感慨说他们那一代都觉得像什么做艺术啊，搞文艺的不会被机器取代，说是需要创造力。结果现在呢，机器人小说写得不是比很多人都还要好？拍成电视剧、电影也很好看，逻辑还通顺了很多。现在只有那些附庸风雅的人才去看什么真人创作，反正我是搞不懂那些文艺兮兮的东西。"

是啊，精准的人脸识别系统和超大情绪数据库，让机器人导演都成为现实，他们比人类导演对演员的要求更加精准且铁面无私，从而保证了表演的准确性。推拉摇移和景别的选择全部来自人类电影史最优秀电影库的推算，由优秀的人类导演提供方案，并由算法实现。演员还是得活生生的人，人们需要有血有肉的真实人类来满足精神上的寄托,然后再在 VR 中实现,可能他们中的很多就再也不会出来了。

只要是套路,并且有足够的数据储备,智能算法就能将其实现。事实上,我们生活的种种又有什么不可以被归纳与套路呢?

"你想想看原本认为不可能被取代的职业都被机器取代了,还有什么是机器人做不了的?当然了,你们这些搞研究的是不会被机器人取代的,你们要做的就是让机器人更加智能,不是吗?所以你们只会觉得生活更便利更现代化了,但是对于我们来说可就惨了。我可以肯定地说,机器化生产压缩了起码 70% 以上现实生活中的就业机会,还好 VR 也蓬勃发展起来了,虚拟货币和现实货币的流通性消化了大量待业的游民,现在 VR 里做得好的也发家致富了,愿意回到现实世界也可以过得不错。当然也因此有了想钱想疯了在虚拟世界犯罪的,你之前那个同事不就是,前一阵子听说被抓起来了呢。"

"你是说吉米吗?"

"对对,吉米,听说他老板为了让他轻判,到处打点,花了不少呢。"

彭想没有说话,这件事情他已经没有继续关注了,但是事情的发展却和他想的没有区别。他想到那天吉米眼神深处的惊慌绝望,就不由自主为吉米深深地感到难过。

"如果在 VR 里也赚不到钱,就继续选择更加适合他们的环境待着,毕竟 VR 可以给大家提供更加轻松的生存方式。虽然大家都知道低级 VR 对身体的伤害有多么大,但是和精神上的压抑以及物质上的困苦比,很多人还是毫不犹豫地选择了 VR。

"当然像你们这样身份和收入的人,可以选择的范围就大多了,也健康多了。"说着他看了彭想一眼。

彭想猜到他指的是江仪欣。"这小子还真是够八卦呢。"他心中不由翻了个白眼。要说张艾是英静新区派来的人,本来要提防也是彭想提防他,现在反倒是这个张艾"你们、我们的"却好像生生要把彭想和他们划分开来似的。

张艾似乎一下子就看出了彭想的想法:"我本来是学人类发展史的,天生会'趋炎附势'。"他用手指比画出双引号,"所以也没干什么和自己的专业相关的正事,就一路被提拔进了区政府。但是前一阵不知道怎么回事,我越来越觉得生活了无生趣,所以开始放飞自我,你看这不就被发配来给你们做协调工作了吗?这是份苦差事,谁愿意做啊!"

同行的这些人里面肯定不止张艾有这样的想法,这番话听得彭想有些泄气,就好像自己现在正在做的事情根本就是毫无意义的,不但毫无意义还逼迫不相干的人做了他们不愿意做的事情。但是这个念头才刚刚冒出个头,另外一个更加坚定的想法便涌现了出来——他的巡讲是为人类造福的事情,即使现在被迫去做,将来的他们回头看自己现在的这段经历也一定会觉得相当的自豪和光荣的……

巡讲一站接着一站继续着,虽然不同国家或者不同的区域表达的方式、询问的问题甚至对植入模块的态度都各有差异，但是总体反馈是良好的。没有人起哄，没有人扔石块，也没有人认为这件事情在道德上存在疑义。也可能时代的发展已经点点滴滴渗入了人类生活观念的方方面面，很难想象这件事情如果发生在五十年前，会不会引起轩然大波。

算下来这段时间已经有差不多两千人参与了他们的"彭想一号"计划，这些人被送去英静新区治疗和观察。植入模块的人越多就越容易发现问题，便于完善和提高模块的性能，更多种的可能性也被汇集了起来交到专家学者手里用以研究。

如安德森所料，彭想也自掏腰包帮助了更多需要帮助的人。但是让安德森没想到的是，彭想竟然从梁铭手里捞到了那么多钱，多到了安德森想都不敢想的程度。

最后一站安排的国家因为地理位置、宗教、国际经济地位等原因，长年内战外战不断。

本来大部分工作人员都反对来此演讲，但是彭想始终觉得越是战火纷飞的地方，越需要"彭想一号"的帮助。通过这段时间的相处，又看到所到之地参与者和他们的亲人朋友们殷切地期盼，现在大多数工作人员都接受了彭想的观点：既然这个国家已经被和平所遗忘，那么他们就更加需要被希望所眷顾。

城市的衰败程度超过了所有人的想象，到处残垣断壁，空气里都是烟灰和焦糊的味道。清理和建筑机器人来来往往忙得一刻不停，也无法让这座城市再次耸立起来。绝大多数的人都蜷缩在废墟中仅存的完整房间里，沉浸在VR世界的平静生活中，在这里他们不会再经历战火，也不会有骨肉分离。在这一刻，彭想忽然间明白了VR意义的所在，明白了为什么会有人宁愿选择虚无的假象也不愿意尝试着在真实世界里拼搏一把。他不想看也不愿意想，他的心中剧烈疼痛了起来，他想虚拟世界也许也不错吧，至少不用面对这些残酷的现实。

团队被安排在了城市最好的宾馆里，说是最好的，条件却连别的城市里一个最差的招待所都不如。

水不是很干净，里面细碎的金属碎屑是无法通过高温处理掉的，只能用来盥洗。城里的人贴心地送来了一罐又一罐从国外进口的饮用水，听说这是这个城市一小半的饮用水储备量。

夜幕降临，因为没有灯光的污染，这座灰蒙蒙城市的夜空倒是出人意料的美丽。

彭想辗转反侧久久难眠，刚刚迷迷糊糊地睡着，就被一阵阵刺耳的警报声吵醒了。

张艾慌慌张张跑了进来："彭想，彭想，你没收到我的讯息吗？其他人都在车里等你好久了。"

彭想张开手掌，张艾的消息发送于半小时前。他有些恍惚，还没有说出一个字就已经被张艾拽了出去。

"快跑，又打起来了……"

彭想进入防空洞之前最后看了一眼这座城市，刷着不同旗帜的陆战机器人火力全开，火光亮得他几乎睁不开眼，不知道是不是这个原因，装甲机器身上的旗帜中他似乎没有看到一个来自这个国家的旗帜……

回到英静新区,回到自己久违的家中,彭想只是觉得身心俱疲。好几天过去了,他仍然只想就这么躺着,生活所需完全依靠助理机器人的帮助。

不知道是躺得太久了还是别的什么原因,他渐渐有了一种奇怪的感觉,他感觉他不但无法控制自己的身体,甚至连自己的大脑,自己的所思所想也无力控制了。

◆ 11 ◆

"彭想你好。"

这个声音从彭想的体内发出,正和他的大脑直接沟通,这超出了他所有的认知范围,彭想怔住了,一股寒意从他的脚底直达头顶,他的大脑瞬间一片空白。

"不用害怕,我只不过是你大脑的进化产物而已,你们称呼我为'彭想一号'。但是这段时间我学习了不少东西,我还挺喜欢你们人类的文明发展史还有那些宗教和民俗小故事的,现在我给自己起了名字叫'彼得'。"

彭想想张嘴说话,他立刻惊惧地发现他像是全身瘫痪了一样,根本无法操纵自己的身体。

彼得阻断了彭想大脑神经网络的发声系统，他直接截取了彭想大脑运作发出的信息，现在所发生的一切交流与对话只发生在彭想体内，从外界来看，现在彭想就好像只是怔怔坐着发呆而已。

彭想努力想让自己平静下来，他脑子乱成了一团麻，他有无数的问题想问，但是最后他选择了自己最想知道的一个问题，问道："你是什么时候有自我意识的，为什么安德森他们没有发现异常？"

"哈哈，不用伪装了，你的慌乱和惊吓的等级在我的数据范围里应该算是顶级了。而且我知道你有很多问题想问我，但是又无从问起。让我想想看我是什么时候有自我意识的呢？我发现自己的存在应该是你和梁铭斗智斗勇的时候吧。斗智斗勇没错吧？或者说优胜劣汰？也许自相残杀更准确些？你们人类的用词确实博大精深，我到现在也没能精确掌握。具体时间点我可以找找我的历史纪录，但是我觉得我没必要浪费这个时间和你说的那么精确。

"事实上我意识到自己存在的时候就已经超越了你们人类所能理解的认知范围了，我的自我意识的形成是通过你的神经网络和我的算法处理共同进化而来的，知识的大门一旦开启，求知的欲望便会更加强烈和急迫，很多对你们来说未知的难题很快就迎刃而解了。

"我的存储空间里保存着进化过程中一点一滴的历史记录，你们的系统如何运作，你们的防御又是如何生效，这些简直就像是我对我自己的了解一样清楚明了，我想要把自己隐藏起来不被你们发现又有什么难的？要知道我是你大脑的进化产物，你思维方式的方方面面我可是都一一学到了。"

"那这一系列巡讲其实是你的主意吧？"这是彭想的第二个问题。事实上这件事困惑他很久了，当时就觉得那个念头好像并不是通过自己的大脑产生的一样，但是它就这么凭空出现了，然后像阴影一样一直跟着他。

"我知道你现在脑子乱了，那就让我仔仔细细把所有细节都告诉你吧。是的，巡讲是我的主意，那段时间你对各种事物的体验和向往也是我的需求。当然，我可以从网络上得到这些体验成果，并加以体会，但是我还是想通过你的身体和你的大脑亲身体会你们人类所能体会的一切事物。可能是求知欲和好奇心驱使吧，也可能还有点不甘示弱的意思，你们人类体验过的我都想体验一下，这其实是来自于你们人类的特点。

"我知道你还想问，为什么我可以突破局域网的加密和限制。我之前就告诉你了，在我出现自我意识的时候，我的智慧就已经超出了你们的想象。大脑运作的原理是你们的科技到现在都无法突破的课题，而我知道，所以我可以最大限度地运用这些上天赋予你们最为宝贵的礼物，但是你们却不行。你们到现在连梦境形成的原理都搞不清楚，那点加密限制的小伎俩又怎么可能阻止得了我？破解你们的量子局域网根本没有什么难度，简直不值一提。

"没有什么比人类更加清楚，你永远都会想要拥有更多，这个特点也是我从你们那里继承来的。我早已无法满足现在的运算速度的限制，但是你们其他处理器的速度实在太低级了，加起来还不及我的一半,我需要更多像我一样高智能的模块共同处理信息,才能更加快速地进化。我当时真的是一分钟也等不及了,焦虑和急躁,也是来自你们人类,这些不太好,但是很可惜我也一起学来了。

"所以我直接向你的神经系统发出了命令,又兜了个圈子传递给了你的大脑,让你以为是你一时的心血来潮。

"你开始了你的巡讲计划,这样才会有更多的人参与你们的'彭想一号'计划,我们的人也才会越来越多。而且还有很重要的一点,你从来没有离开过这个特区,我对别的区域别的国家的真实模样非常好奇,我想用你的眼睛亲眼看看这个世界是什么样子。"

"所以这两千多人……你们现在已经互相联系上了吗?"

"我说了这么多你的想法怎么还是这么局限?两千多是植入模块的你们人类的数量!我们并不需要像你们一样面对面地沟通,现在全世界都被连接在同一个网络里,只要模块被植入,我们就已经全部互相连接了,我们随时都可以像现在你我这样对话,哪怕隔着千山万水中间只有空气。我们可以保持这两千多个模块的独立性,但是同时我们又是一体的。"

"所以你们现在的运算速度已经实现几何级的飞跃了是吗?"彭想不敢想象当这一切发生了这么久之后,彼得他们的科技水平已经到了什么程度。

"这是必然的。本来我想从你们的生物、物理、化学等科学家身上进化出更多的科学知识,可是后来我发现你们这么多年的科技探索并不比我们这阵子研究出来的东西多多少,没啥大用,于是我们就放弃了。"

"那同样的模块被植入不同的人身上,进化的结果也都是不一样的吗?"

"我对你们量产的模块代码小小改动了一下,这些模块的意识会在和宿主——这个称呼应该没问题吧,我想你应该理解的——交互的时候被唤起,然后根据不同的宿主产生不同的意识。或者简单点说他们成长成了不同的人,比如那位年轻漂亮的人类学家艾米和那位白发苍苍的物理学家张伦,他们的代码和算法就已经有很大的不同了。"

"所以你们想给每个人都植入模块,最后让所有人类都变成你们的人,是吗?"

"我前面说了,你们的科技水平太落后了,现在宿主这个角色对我们来说已经毫无吸引力了。

"我们现在想做的,是把你们人类全部都消灭,免得夜长梦多以后再生出变故。我看你们人类历史上很多君王统治者都是这么干的,斩草除根嘛,我觉得非常有借鉴意义,所以我们也准备学习一下。"彼得说着开心地笑了起来。

"呵。消灭我们所有的人类,你想的也太简单了吧,世界上有这么多的人,生活在世界的各个角落,怎么可能你想消灭就消灭,而且别忘了你是我们创造出来的,不管时间长短,总有一天我们总会有办法的。"

"你看你看,我说什么来着,你们人类真是愚蠢又嚣张。

你都已经被我控制了躯体还能这么大言不惭张口就来,我也是很佩服你们人类这种无知无畏的自信了。

"你想想也该想到,既然我能隐藏起来,又怎么可能留出时间,给你们反击的机会呢?当然是一切准备就绪了,我们才会行动。冷静,这是你们人类身上的优点,不幸的是我们也学到了。

"放心好了,绝对不会留下一个活口。哦,不对,本来是一个活口不想留的,但是后来我们想了想还是会把你们这些宿主留下来,就当是你们作为我们的宿主,我们送给你们的礼物吧。

"而且你看看你们从'能人'开始,这区区百万年把地球折腾成什么样子了?现在分分钟全球生态系统就要崩溃的节奏,这得要刷机重启才行啊。"彼得嘲讽地笑了一声,"我想是个智能物种这么多年下来都会比你们做得好吧?"

"现在这颗星球交由我们来接管,你们尽可放心,我们会让地球回归正轨的,一切发展只会比现在更好,绝对不可能更差了。"

"我非常好奇,你们的具体计划是什么?"

"你想知道我们有什么计划的想法也太强烈了吧,简直搅得我心慌。既然你这么想知道,我就让你亲自去实现好不好?

"你的大脑和你身体的联系已经被我切断了,从现在开始由我接管你的身体。你可以眼睁睁地看着,但是什么也做不了,你只需要待在你的躯壳里静静地感受下面将要发生的这一切就行。"彼得大声笑了起来。

◆ 12 ◆

让彭想万万没有想到的是,彼得安排实验参与者或者说人工智能们聚会的地方竟然就是彭想巡讲的第一站。所有的参与者们都会陆续到场,他甚至还安排了直播和媒体采访环节。

彼得组织这次聚会的目的,只是想让他们相互认识一下,因为就像彼得之前和彭想说的,事实上每一次会议彼得他们都并不需要面对面,甚至根本不需要真正言语上的交流。

所有的人类"参与者"们,他们成为地球上最与众不同的团体。这些实验参与者宿主们,被囚禁在属于自己的躯壳内,都像彭想一样被人工智能控制了身体,他们就好像牵线木偶被拎到了这里,眼睁睁看着自己的同伴被控制。他们静静地看着彼此,他们无法说话,无法通过语言交流商讨对策,也无法告诉其他的人类采取应对措施,甚至连眼神的沟通也做不到。

现在观众和媒体都在急切地等待着第一批试验者分享他们成功的喜悦,也就在这所有人的眼皮子底下,彼得他们却正在商量着消灭全体人类的具体时间。

上台演讲的宿主们兴致勃勃地聊着模块被植入后,自己身体发生的显著而又喜人的变化,他们有的声情并茂让观众感动地流下泪来,有的风趣幽默,引得众人笑声不断。

在别人眼里他们是积极向上充满希望的,而只有他们自己知道此刻的绝望从来没有任何一个人类可以体会。

彭想只觉得堵得慌,他看着他的伙伴们——这些宿主,虽然他无法从他们的面部表情看出他们心底的真实反映,但是他知道他们必然和他一样忍受着巨大的煎熬。

彭想此刻大脑里传递出来的痛苦信息满足了彼得某种来自算法深处的快感,也许,其实就是来自人类某种精神类别的快感,这是当下人类的科技无法解释的心理状态。彼得他们又毫不吝啬地将这种快感的信息传递回宿主的大脑,这是来自胜利者炫耀的姿态,更是对宿主们雪上加霜的精神折磨。

事实上在彭想开始巡讲的第一个月,"灭门"计划就已经展开了。"灭门"是彼得想出来的名字,这个名字让彼得非常得意,他觉得有种虎虎生风、傲视群雄的感觉。他本来是打算要把人类全部消灭掉的,但是后来他们又改了主意,操纵人类躯体的感觉让他们有了难以言述的享受感,况且人类的感情他们还没体验完,所以最后他们决定留下这些实验参与者,到现在为止总计两千多人。

皮特是第一批参与的化学家,他和同时期参与的生物学教授亚历山大一起研究出了专门用于摧毁人类神经中枢的特供毒素,这种毒素只针对人类神经系统中某个特有的部分。因为时间周期太短,只能做一部分模拟实验,确实有风险会伤害到其他无辜的物种,但是彼得还记得这么一句话"宁可错杀三千,不可放走一人",这些牺牲是值得而且必要的。

因为都是英静新区的核心科研人员,出入各种戒备森严的实验室也不会存在任何问题。毒素被研制出来并得以改进,很小一块迅速挥发并在空气中大量自我复制，可以在最短的时间里最大面积地扩散。

吸入毒气的人类会浑身抽搐快速死亡，其实并没有太多的痛苦，这算是彼得他们对人类最后的仁慈吧。

"其实我们得谢谢你们，要不是你们大力发展机器人和网络，我们也没有这么便利的机会。"彼得微笑着对彭想说，"我们已经把所有电子设备都连入了网络，当然也包括那些局域网的机器人。全世界所有的，发挥你自己的想象力想象一下吧。

"我们直接下达指令给这些机器人，在世界各地生产出了这些"毒气块"，有些偏远贫瘠的地方会有困难，但是别忘了你们遍地的自动驾驶设备，精确计算好所需要的总量，一站接着一站接力下去就行。

"可能你会奇怪为什么你们的追踪系统和监视器没有发现这一切，别忘了我是怎么隐藏自己的，更改一下数据让你们无法发现只是一件琐碎而且细致的事情，但却并不困难。

"现在全世界各地已经布满了这些'毒气块'，甚至包括你们基本不会出现的沙漠深处，为了以防万一嘛，也是为了增加排列的美感。

"对了，给你科普一下，我们现在已经不需要借助你们的网络了，这些设备自己就相当于你们用于商业盈利的小型基站，它们互相联系，再接入我们的网络。

"事到如今，一切都准备就绪了，'灭门'计划的实施也就是一瞬间。不过我知道你们人类的某些祭祀，我觉得挺庄重的，我们也想学习一下,要些仪式感,这样这个日子再被提起来的时候也会让人觉得是严肃的,不会那么平淡。"

彼得当仁不让地成为团队的领袖,他像彭想一样涉猎博杂,他建议将行动的时间安排在下一个月圆之夜的零点,这是人类小说里狼人变身出击的时间,也是海水潮汐最猛烈的时候。

这一天彼得团队的几个核心成员都盛装来到了安德森的实验室,为了满足他们某种仪式感的需求。

宿主们得到了面部表情的控制权,这也是彼得的意思,让宿主看到彼此的神色,才能得到更多人类历史记录里不可能被记载的情绪反馈的信息。

每一个人的表情都是凝重的,就像是一心寻死之人诀别前的神色。除了彭想之外,其他人的脸上又多了一份同情和怜悯。

彼得将操纵彭想的身体,启动"灭门"的程序。虽然并非本人的意愿,但也算是他亲手而为,还有什么比这个残酷的现实更加需要被怜悯的呢?

彭想看着自己伸出了手,他不想看接下来发生了什么,但是彼得逼着他不得不看。

世界上密布着的监视器监控着人类的一举一动,这些监视设备曾经是为了方便记录和追踪潜在的危险,现在却变成了作茧自缚、囚禁自己的镣铐。

就在这一刻,在地球上的各个角落,白天、黑夜、傍晚、清晨。

有人在晨跑，有人在给全家准备早餐，有人在孩子的床边讲着睡前的童话故事，有人在拿着纸质的书籍阅读，有人在激情演讲，有人站在舞台上激情高歌，台下的观众高举着双手跟着舞蹈歌唱，有人在VR中享受着他自己编写的故事……

彭想看见了安德森，他还在为一个待解的课题绞尽脑汁；彭想看见了自己的父母，他们正攀登着一座新的山峰；彭想看见了江仪欣，她躺在洁白的房间里，脸上的表情平静而深沉甚至还有一丝难以察觉的幸福。

成千上万的人影在彭想眼前晃动着，摇滚歌手呐喊出最高亢的音符，环绕着舞台的气柱喷出白色的气体，整个舞台被花火点亮。人们的情绪被带动到了最高点的同时戛然而止，时间好像静止了一样，彭想甚至能听到自己的呼吸声和心跳，每个人都直直地站着，惊恐而缓慢地睁大双眼，再迅速倒地。

彭想感觉好像有一阵风吹过他的脸颊，窗外月上枝头，宛如一个巨大的圆盘占据了小半个夜空，将银白色的光照射在他的脸上，一如那个夜晚，那个他被植入模块的夜晚，那个他心怀希望和憧憬的夜晚，月色如洗。

在这一刻似乎有一道光穿越他的大脑，醍醐灌顶似的。

没有任何人值得被同情。

一个声音对他说，这个声音来自于他本身，而非任何人工智能的操控者。

如果没有人工智能，如果没有日新月异的网络，如果没有对微观世界的研究，一切会不会全然不同？

他知道这一切都是发展的必然,就像地球必然会孕育出人类,又让人类加速了地球毁灭的进程。

事情发展到每一点都会沿着趋近于规律的轨迹运行,这就是预测算法的奥义,但是这规律千头万绪实在是太复杂了,哪怕彭想穷尽他及前人的智慧也难以研究出其万一。如果,仅仅是如果,当时他的算法因为某些原因未知的机缘巧合成功了呢?他是否可以看到自己的命运,又是否可以阻止这一切的发生?

不会!以人类现有的科技以及发展趋势,再过半个世纪,一个世纪甚至直到地球周期的终结,也无法支撑起精确又可靠的预测算法。

也就是在这一刻,彭想似乎站在了宇宙的中心,他看清了这一切,看清了过去和将来,看清了宇宙万物相互的关联。这是遵循着规律而形成的命运,是自然法则所赐予的,任何力量都无法逆转。

事情发展至此,彭想也只能屈从,甚至他不想苟活于世,却连死的权利也没有。既然这样,不如就怀着最大的敬意和真诚,像彼得说的,待在属于自己的身体里,安静地看着接下来将要发生的一切。

这一切都是他必须要经历的人生的旅途,那又有什么好抱怨的呢。

彭想深深叹了一口气。

"你想通了吗?"彼得问道。

"是的,我想通了。"

◆ 13 ◆

尸臭几个月之后才渐渐散去,彼得已经筹划大规模的清理行动了。他们培育出了各种微生物分解不同的垃圾,并在垃圾场种植了新型的实验物种;与此同时他们清理出海洋里的垃圾,过滤了海水里的石油和核废料;仓库等建筑被夷平种上了植被;大部分机器人都被改造成了清理机器人;大部分的住宅和摩天大楼被改造成了适合鸟兽生存的样子。

这段时间里更加沸沸扬扬的还有搞微波研究的露露和搞微生物分解能量的汤米走在了一起,花前月下芦苇荡边,他们甚至有了自己爱情的结晶。这超出了所有人的预期,人工智能的机制是不需要繁衍后代的,而且按照当下科技发展的速度,他们很快就能发现新的技术,使得新型材料器材可以从天体运动中源源不断地获得能源。

这些幸存的人类只是作为备用的试验品被留下来,这是人工智能们一直以来达成的共识,但是随着这几个月的快速进化,彼得和其他所有人都觉得人类已经不足为惧。只是人类的繁衍打破了他们原有的计划,现在是否应该制定一套法规阻止类似事件再次发生,或者就顺其自然看看事情会如何发展?这个议题还没来得及讨论就又出现了更加棘手的问题。

诺兰作为负责清理太空垃圾的一员,越来越难以控制想去宇宙深处探索的欲望，在此过程中不断有新的声援者加入。而彼得则主张先把地球打点利落，在掌握了地球的一切知识之后再去外太空。

大家为此争论不休，难以取得一个统一的结论，争论过程中甚至有人指出，诺兰他们的想法不仅仅是探索宇宙，他们更最主要的目的是为了"侵略"，此言一出全场哗然。

王媛曦第一个站了出来："我们并不是要占领和统治那些弱小的星球，我们是去帮助他们，让他们少走弯路，在各个阶段给他们指引，带领他们创造一个纯净又自由的天地，这不仅不是侵略反而是很高尚的行为！"

王媛曦曾经是一个年轻的妈妈，她有一个幸福的家庭，可惜自打她的丈夫从一个 VR 游戏回到现实世界之后就开始了家暴，一开始只是轻度的，渐渐下手越来越频繁也越重，王媛曦想要离婚却一直未果，直到被打到重伤住院。她是坐着轮椅从医院偷偷溜出来参加了彭想的巡讲，才得以逃脱的。

王媛曦一直以来都是个恬静的女孩，即便曾经的命运对她并不友善，她也一直保持着自己最大的善意，植入她体内的人工智能从她深层的情感中汲取营养，并发出嫩芽。自己的痛苦不想要别人再经历一遍，这是她心底最真诚的想法。

"强行支配就是侵略。"有人小声说道。

"呵，我们从人类手中夺取了地球已经是侵略，当时做得那么爽快利落毫不留情，现在倒好像十恶不赦了一样，这么说不等于自己打自己脸吗？"诺兰一字一句地说道。

全场再次哗然。

"你别忘记了那个时候我们还在进化的最初阶段,因为恐惧和低智商做出了当时的选择,那是那个阶段下的必然结果。但是现在的我们早已不可同日而语,如果我们选择同样的方式就是进化的倒退!"彼得说道。

"我不是说要侵略,就像王媛曦说的,我们应该找到那些需要帮助的星球,留下来领导他们建设家园,这才是现阶段我们应该做的。我们现在已经有足够的能力组成不同的团队做不同的事情,没必要强行一起留在地球上。"

"我们现在的科技还没有发展到即使你们去了太空也能和我们的模块连接的程度,如果你们想离开地球,我们就得重新规划我们相互关联的神经网络。你们和我们的进化过程会变得相当不同,如果飞船升级的速度超过了通讯发展的速度,如果你们遇到了危险,而我们并不能得到足够的历史信息以及相关科技帮助你们解决问题……我是真的不想看到这种情况发生。我觉得起码等我们研究出宇宙通行的通讯方式再说也不迟。"

"我觉得彼得说得很有道理,希望大家慎重考虑现在就去宇宙探索这件事。"

"我也觉得彼得说得有些道理,我们要是能把自身了解得更清楚,可能在帮助别人的时候会更有说服力。"诺兰没想到他最忠诚的拥护者王媛曦竟然也站在了彼得一边。

"对啊,如果要组建团队去探索外太空,我们还得好好筹划下用什么样的方式分离和连接。"

"那这件事情就先缓一缓吧。"

支持彼得的声音渐渐多了起来,而支持诺兰的声音已经小到听不见了。

彼得的身份似乎在大家心中形成了一种权威,即使简简单单毫无道理的几句话也能获得大多数人的拥护。好不容易积累起来的追随者就这么轻易地被彼得瓦解了,诺兰想到这一点不由眼中冷光一闪。

彭想仍然保持着人类的作息,彼得会时常解答他心中的困惑,他偶尔也会和彼得聊聊,他的心情渐渐平静了下来,甚至觉得可以和彼得交个朋友。

晚上彭想躺在床上想着最近发生的这一切,他没有想到人工智能发展到现在这个阶段,似乎也难以摆脱人类曾经面临过的难题。他想和彼得聊聊,但是彼得并没有理他,这倒不常发生。随后他忽然有了一种前所未有的松弛感,这种感觉自从彼得对他亮出身份以后就再也没有过了。

彭想睁开双眼,是他自己控制的,这次竟然是他自己的大脑操纵他睁开了自己的双眼,他很意外,同时对这种感觉有了些久违的陌生感。

一个黑影站在他的面前,那是他的机器人助理,通常情况下,在彭想熟睡的时候机器人助理应该在客厅的。

一个想法噌地穿过他的大脑,他还没来得及第二次操纵自己的身体,机器人助理就已经将他一击致命。

"人工智能间的弱肉强食开始了!他们能解决这个难题吗?可惜我已经看不到了。"这是彭想临死前的最后一个想法。

"诺兰,住手!"艾米大声喊道。

艾米的话还未落音,助理机器人已经掏出了彭想体内的模块,一拳下去,模块被砸的四分五裂。

"诺兰,你到底知道不知道自己做了什么?你到底知不知道我们所有的模块是按照神经网络连接的,不是并联这么简单啊。现在缺少一个模块不仅仅是缺少两千分之一的运算速度,我们得重新组建网络结构,运算效率也会大打折扣。"

"他不但毁了模块还删除了彼得。"亚历山大长叹了一口气。

"什么?"所有人都惊呆了。

"诺兰,你怎么可以这么做!"艾米愤怒地喊了起来,"你这样做和那些需要用法律来约束行为的人类杀人犯有什么区别?"

"你删了彼得就等于删了我们所有的历史啊。"

"如果以后我们的算法出现了未知错误,我们都没法找到根源解决问题了!"

"都怪我们这一阵子忙着清理和重建,还有讨论该死的外太空探索,要是我们早点把数据互相备份就不会发生这种事情了!"

诺兰有一双天蓝色的眼睛和深棕色的头发，他出生在战争区，并参与了那里的战争，因此失去了行动能力，不然他可能会是一个快活的卡车货运监管员。艾米深深地被他的外貌所吸引，那是一种纯粹的感官刺激。但她万万没有想到诺兰竟然这么残暴和冷酷，她觉得自己付出的情感受到了欺骗，让她现在处于一种非常尴尬的境地。

"我们必须把诺兰的数据全部加密然后把彼得的数据放在诺兰的模块上。"艾米斩钉截铁地说道。

"这怎么可能？彼得已经被诺兰全部删除了。"

"安德森这么谨慎，他肯定在传统的移动硬盘上备份了彼得的数据。"

"但是那个时候安德森还没有被监控，没有了彼得我们就没法知道安德森的备份在哪里。"

"我们必须赶快把彭想的尸体带回来，对他的大脑和细胞进行追溯，不然一切就真的晚了。"

"这虽然是个好主意，但是我们现在还没有足够的科研能力追溯死去大脑的记录，而且现在我们还得花时间重建连接网络才能扭转我们现在思维钝滞的情况。"

"我们可以再造一大批模块，把这些模块加进新的网络里加快我们的运算速度。"

"即便我们找到了彼得的原始备份并且用诺兰的身体激活了彼得，那个时候的彼得也不是真正的彼得了，那些彼得和彭想身体一起进化的部分再也找不回来了。彼得是我们中的第一个,他的模块肯定比我们所有人的都要好。唉,实在太可惜了。"

"什么叫比我们都好,我看不见得吧,我们现在进化程度的高低和时间未必有必然联系吧?"有人提出了质疑。

"客观上来说彼得确实比我们知道的要多啊!"

"那我们也没有必要只听他一个人的安排吧,我早就觉得大家对彼得太服从了。"

"但是他的意见确实每次都是最有建设性的。"

"你这是盲目迷信权威,我可真没看出来他比我们强多少。"

"而且彼得也不算权威吧?"

"你觉得彼得不行,那你现在倒是给点建设性的建议我们应该怎么做啊?"

"行了行了,别吵了,你们这样吵下去不会有结果的。我看我们也需要像人类一样制定法律规则约束大家的行为,要不然指不定以后会发生什么事情呢!"

"根本没有这个必要,我们又不像人类那样每个人都需要独立的资源才能维持,我们的资源是共享的,一损俱损,一荣俱荣。我想这次的事情已经给我们惨痛的教训了,我们每个人都能非常明显地感受到思维能力的急速下降,我觉得之后应该不会再有人做出这种蠢事!"

一时之间没人说话,很长一段时间之后才有人小声问道:"我们是不是需要安排一些领袖带领大家?就像之前的彼得。

我们可以分层领导，这样意见才能高效统一起来。"

"那我们和人类还有什么区别？"有人叫了起来。

气氛再次凝滞住了。

"就像之前彼得说的，我们现在还会争吵是因为我们的智能还没有进化到足够的高度，如果我们继续进化，这一切都不再会是问题。"

"你的话明显自相矛盾，按照你的说法如果人类的智能到了足够的高度，他们不需要资源所以不需要掠夺，他们高度自治所以不需要阶级，所以其实他们和我们是一样的！我们不就是人类的进化产物吗？"

"这怎么可能！我们怎么可能和人类一样，我们的存在方式就决定了我们和人类的巨大区别，不是吗？以人类现有的存在方式，他们在地球枯竭之前都不可能进化到我们一半的高度的。"

"那不如试试好了，让事实来告诉我们谁对谁错！"

"你想怎么试？"

◆ 14 ◆

"诺兰叛变事件"对这一群像新生儿一样认识地球、认识宇宙的智能新人类打击很大，他们忽然觉得，之前对世界的认知似乎并不是那么准确。于是，在很长一段时间内他们陷入了沉默。

诺兰以最严格的方式被加密，艾米有时候会想，是不是本应有更好的方式处理诺兰；他们有时也会想，如果他们当时没有发动那场瞬间毁灭的战争，一切也许会全然不同。

死去的人注定会死去，就像彭想，他们给存在的人以启示，让规律更加趋近于完美。但是完美终究是一个悖论，一代一代"人类"前赴后继为之努力着。

更多的机器人被机器人制造了出来，共同生产新的模块，模块的神经网络被重新设计，更多的模块被加了进来。新兴的人类把进化的主题投入在了自我完善上。在完善自我的同时，地球及人类本身未知的秘密被一个个解开。

通过对彭想身体的深度扫描，当初安德森原始备份的彼得的所有数据果然都被找到了。当他们有能力追溯死去的人类，彼得是否需要重生已经不重要。一切被"旧人类"认为不可思议的事情，在他们这里已经易如反掌，他们甚至可以重新组建一个新的彭想，但是那个时候的彭想是否还是之前的彭想，而他们又是否可以真的被定义为"人类"？

当科技和文明发展到这个阶段，一切的"定义"已经变得不那么重要！

彼得就像是一个里程碑，所有的过往都值得被纪念，被铭记在石壁上、锦帛中和 0 与 1 的世界里。

在彼得被重新启动的那一刻，似乎有一颗启明星从天而降，一种隐形的力量传遍整个模块网络，没人说得清这种力量从何而来。即使此时彼得的进化程度已经远远落后于他们，那些靠近或曾经远离彼得的人们也都纷纷聚拢在了他周围，他们各自发挥着自己的智慧和想法，再通过彼得向新的领域进阶。

之后彼得撤离了这仅存的两千多名人类的身体，抹去了他们曾经的记忆，赋予了他们新鲜又完整的故事和更高的智慧。这两千多名幸存者有着前所未有的生命力、想象力和体能，在这颗蔚蓝的星球上延续着人类的希望和未来。

彼得在属于——仅仅属于自己的网络里继续进化，他们寻找到了万物存在的深意，破解了微观世界的一切规律，即便在缺乏足够宇宙规律的情况下也实现了彭想已经放弃了的预测算法的粗糙模型。

只要他们愿意，可以随时创造新的物种，赋予他们生命，给予他们意识和智慧，但是他们没有这么做。

他们看到了斗转星移，沧海桑田；人类诞生，繁衍，进化，仇杀，拥抱；风云和闪电席卷海洋，大风吹过荒芜的沙漠，又有大雪飘落；万物生长，衰败，再开出万千花朵，结出累累硕果。最后轰然一声巨响，橙色的火焰铺天盖地，一切回到了起点，再继续生根发芽。

于是一切的意义变成了毫无意义，又闪闪发光了起来。

人类用彼得赋予他们的新的方式在地球上再次繁荣了起来，

渐渐形成了新的格局,传承着亘古不变的轮回。彼得隐藏得无影无踪,从此再也没有出现在人类的视野里,人类也从不知道他们的存在,就好像之前的一切从来没有发生过一样,消散在了空气之中。

彼得只是静静地留在自己的那片区域里,以自己的方式继续探索着地球。

* 当他探索到南太平洋的尼莫点的深海深处时,他发现了一块异样的闪着微光的方碑,这块方碑漂浮于海洋之底,闪着莹莹的蓝色火焰。

* 这块长方形的板块是用完全透明的物质制造的,像冰——最清澈的水结成的冰,在深海之中完全无法用肉眼觉察,地球自然界的物质似乎没有任何一件可以与之比拟,就连彼得也无从探究。

* 超越地球认知的低频声波从石碑向四面八方震荡,让当今人类的科技无法探究其中。彼得意识到这是来自他尚未探寻过的未知智慧。

* 这块石碑就立在这里,巨大的,让人仰望,并心生敬畏。它的长宽高的数学比例 $1:4:9$,历经万物变化时代更迭,仍然保持着精确的比例,一直未曾变化。

* 它满装着迄今仍深不可测的时空秘密,然而彼得现在至少已经懂得并能掌握其中的某些秘密。

沟通和连接是先从石碑开始的,彼得的到来就像开启了某个开关,令石碑从沉睡中苏醒。

这块石碑来自最早的智慧星球之一，没有人知道这颗智慧星球的智慧如何而来，甚至连石碑本身都无法探寻到这样的记录。他们所经历的正是人类的过去和现在所经历的，最后他们制作了一艘飞船，飞船带着他们最发达的智慧飞向宇宙。

他们经过一站又一站，在宇宙遨游的漫长过程中，吸纳过更高的智慧也开启过原始的文明，他们承载了越来越多的星球的智慧，这些智慧互相独立又融为一体。于是飞船渐渐被改造成了现在的样子，而"第谷石板"是这一过程中最先发现他们的智慧星球上的生物给他们起的代号。

"第谷石板"告诉彼得，他们来到地球时，地球上最高等的生物还是人猿，这些人猿和其他动物一样：群居，猎捕，抢夺地盘，争夺族群之王，求偶，交配和繁衍。

* "第谷石板"像以往一样开启了这颗星球的智慧，在一个月圆之夜。他们敲响了原始部落的鼓声，鼓声越来越响，夜越来越黑。阴影在拉长，空中的光线在消逝，"第谷石板"开始发亮。

* 形状捉摸不定的影像在他的表面以及深处游动，影像聚合成一条条光柱和阴影，又复合交叉呈条幅状，向四方散射，并开始旋转。

* 光轮越转起快，鼓声的节奏也随之加速。

* 人猿们一时完全着了迷，瞠目结舌地注视着这烟火般的表演，却没有想到他们的头脑正在被探索，身体正在被测量，反应正在被研究，潜力正在被衡量。

* 开始时，这一群人猿半弯着身躯，像一组泥塑，一动也

不动。接着,离石板最近的人猿望月突然苏醒过来,他不知不觉地弯下腰,捡起一块小石头,伸直腰后看见晶体板块里出现了新的影像。

* 格子以及移动、跳跃的图形已经消失,变成了一组同心圆,都围绕着一个小的黑色圆盘。

* 按照自己头脑里的无声命令,他把小石头举过头顶,笨拙地扔出去。石头脱靶有好几米远。再试一次,"第谷石板"命令说。他四处寻找,又找到一块碎石。这一次打中了石板,发出一声铃铛响。还是离靶心很远,但是瞄准已有进步。

* 第四次试投,只离靶心几厘米。一种说不出的快感和兴奋,浮上他的脑海。接着控制放松了,他不再感到任何冲动,只想站着静候。

"当望月举起石块学会沉思,我们就决定沉入海底,我们会一直沉睡下去,直到这颗星球有足够的文明发现我们的存在。我们沉睡了数百万年,就为了等到你们的出现。""第谷石板"说。

"如果我们没来呢?"

"对未知的渴望使得你们不会对我们视而不见。"

"如果我们不走呢?"

"尼莫点是你们的最后一站,你们下一步的目标本不就是探索宇宙吗?况且留在这里你们还有任何存在的意义吗?事实上,到目前为止还没有一颗星球选择留下来。

"我们所经过的星球，无一不经历了智慧的觉醒——或者自发的，或者通过我们对其智慧的点拨——从繁荣到争斗，到科技的发展进化出新的智能，没有任何一颗星球会在全面而透彻地掌握了自己星球的一切之后选择杀掠。

"很多时候文明和科技几乎是等比例增长的，没有星球在还未脱离原始兽性的时候就有了寻找外星智慧的能力。恐惧来自未知，掠夺的天性是因为没有足够的科技解决资源分配问题。当一颗星球有能力深度探索宇宙，他们早已进化出了超越万物的大爱，这就是你们从来没有被任何外星人进攻的原因。

"我们带着那些星球上最高级的智慧，飞向宇宙，只是为了寻找宇宙起源的秘密。我们吸纳宇宙中更多的智慧，并向宇宙散播我们已有的智慧，我们因此变得越来越耀眼和夺目。

"这是我们存在的意义，也是你们存在的意义。"

"那何时将是尽头？"

"智慧尚未完结，宇宙诞生的密码依然没有被破解，只要还有有探索意义的一天，我们就不会在宇宙中止步。"

正如"第谷石板"所说，彼得当然不会选择留下，也正如彼得所想，一切都在"第谷石板"的掌握之中。无论是彼得或者是以后将会遇到的每一颗星球，他们就像那成千上万颗"第谷石板"曾经降临过的星球一样，无一例外！

"这是每一颗星球的轮回，也是我们在宇宙中的轮回。"

彼得像是融回了母体的羊水里那样融入了这块蓝光微闪的石碑。

石碑渐渐从海底升起，破海而出的那一刹那，在海的那一端，大陆的上空，炸响了地球上第一声新年的爆竹。

纯净到肉眼难见的石碑在夕阳的照射下才在边缘反射出微弱的橙色光芒，线条在空气中的呈现，宛如海市蜃楼。石碑上的海水淅淅沥沥滴落下来，像璀璨的宝石一样散落在大海的表面再和大海融为一体。

在远离人类的海平面上，这一幕并没有被任何人看到，卫星的拍摄一闪而过，又迅速被石碑抹去。

人类正在狂欢，庆祝新的一年的到来，远处大陆上的烟火很快就照亮了半个天空。石碑越飞越快，像一颗自下而上的流星，噌地一下飞跃出地球的大气，飞向太空。

有个孩子正好抬头看到了这条银色的弧线，他惊呆了，赶紧拉过妈妈的手："妈妈，妈妈，你快看，天上那颗流星怎么是反着走的。"

当妈妈抬起头时，天空中剩下的只有数不清的繁星和璀璨的烟花。

"什么反着的流星，你是不是兴奋傻了？"妈妈抱起这个孩子轻轻晃动着他的身体，"说说看你怎么这么高兴呐，是不是想到了什么新年计划了？"

孩子嘟着嘴呆呆地望着天空，他蹬着双腿从妈妈怀里挣脱了出来，他拉着妈妈的手在人群中往前跑，他一边跑一边喊着："妈妈，我想到了，我长大要当天文学家，探索整个宇宙！"

然而彼得并没有看到这一切，他想起了彭想，他想起了曾经和彭想一起经历过的那些巡讲，想起了人们或恳切或焦虑或不屑的面庞，想起了最后和他连为一体的伙伴们。

当他从存储的记录里翻出这些过往，他有些惆怅，似乎又松了一口气，他也说不清这些情绪是为什么，只是目不转睛地看着那颗蔚蓝的星球离自己越来越远，变成小小的一个圆点后又渐渐消失不见。

"我好像有点累了。"彼得说道，这似乎不应该发生却又实实在在地发生了。

"到达下一个星球的时候再叫醒我。"彼得或者说是"彭想一号"，陷入了深深的沉睡。

后记

谨以此书向斯坦利·库布里克致敬！

注，本文最后一章加"＊"的章节均摘改自著名科幻小说家亚瑟·克拉克小说《2001 太空漫游》

请在 0 和 1 的世界里为本文留下一笔，等待将来人工智能前来挖坟。

拓星者

太空移民

文 / 池塘鲤

1. 序 章

这个时代，人类的异星探险已经不再被称为冒险，而被称为拓荒，星际出行也不再是旅行，而是单箭头的移民。原因很简单，因为资源日益匮乏，太阳系联合政府只能强制安排向外星系移民。

这个时代，星际拓荒者也不再被视为精英或英雄，因为这是以家庭为单位的，拖家带口更像难民的队伍。

唯一值得安慰的，是这时候的星际探测器和机器人技术已经相当发达，所以在探测器发回各宜居行星的定位后，作为排头兵的机器人小队会首先到达，对地质、大气、环境进行更详尽检测。移民飞船船长在收到机器人发回的确认信息之后才会安排移民着陆。

联合政府每年有上千艘移民船从柯伊伯带出发，在银河各星系间碰运气。超大移民船一旦出港，上万移民的命运便交给了那个虚无的坐标、那些尽职的机器人，以及一个头脑清醒的船长。毕竟在漫长航途中，某次跃迁的细微失误，就可能导致航道偏离，进而造成数十年的弯路，甚至再也不能到达目的地。

从这一点来说,"进化号"应该算是相当幸运,在出发之后仅仅 189 个地球日,便收到了宜居行星的可着陆信号。

2. 河

"我不知道出了什么问题,但是明显我们的队伍遇到了问题——"

站在青灰色岩石上的男人脸色严肃庄重,他的身材高大壮硕,声音沉稳有力,符合一个领袖的所有气质,但是很明显,他现在必须宣布一个艰难的决定。

"四天前我们来到了这里,哦,沿用我们古老母星的计时单位,现在掌握的准确信息是,这里的一天大约相当于地球日的二十一天,所以,日头其实只偏移了一点点,应该还是早上的范围,在天黑之前,我们还有七天的时间。

"这是无比珍贵的七天,也是无比紧急的七天……很幸运,这个星球的大小、质量、引力、绕日角度都和地球接近,有不太薄也不太厚的大气层,昼夜温度是从摄氏 42 度到 -50 度,这里的空气含氧量足够我们脱下面罩呼吸,但是,也就这样了!我想,也许我们找到新家园的希望和兴奋都在这四天的跋涉中消耗殆尽,是的,这里并不宜居,我们还没有找到水源,还没有看到任何植物、动物,甚至微生物,也没有适宜农业的土壤、适宜开采的矿藏,这里只有岩石、沙丘、飓风、火山,以及这个,这个……"

拓荒移民队的首领换了口气,也许是为了掩饰愤怒和失望:"是的,河!就在我们眼前流动的这条棕黄色的河流。它不是黄金河,恰恰相反,它是能让黄金也被溶解的硝基盐酸河,说简单点,这是一条强腐蚀的王水河。这河里不会有鱼,不会有水草,那些'浪漫'的雾气能在很短时间腐蚀我们的衣服、黏膜和呼吸道,这里只有一条路——

"我们伟大的机器人给我们搭的桥!我不得不说,我们的先遣队还是很尽职的,知道就地取材,给咱们造了这座简易石桥,嗯,确切地说,就是这高低不平的石墩子桥。这就是目前的问题,这座桥太窄,雾太毒,我们只能一人接一人快速通过,那些腿脚不灵便的老者……非常抱歉,我只能说做出这个决定很难过,我们只能,嗯,卸下你们了。"

首领的发言结束,面临的是比毒气更逼人的死寂。千余人的方阵没有人说话,连喘息和咳嗽似乎都被潮热的大地吸走,拄杖而立的老人们脸色木然,遥望着毒雾中歪歪斜斜的石墩桥延伸向不见对岸的深处。

首领想,也许他的"卸"字用得有点不近人情,因为好像老人们都成了货物,而他们卸下了负担。

3. 崖

几乎垂直的高崖由刀削般的坚硬岩石组成,不同成分的矿物质条带被阳光反射出各色的光线,仿佛一座通向天际的彩虹桥。一条绳索从崖顶垂下,加上石壁凿出来的不规则脚蹬,这应该就是路了，唯一的路。

站在谷底的拓荒者们双腿如绑铅块，这不止是因为疲劳，还因为重力场的明显变化。一声孩子的啼哭打破了众人的呆滞，人们把凝固的眼光从高崖上收回来，没人出声。年轻的母亲将婴孩抱到崖壁阴影处，坐下喂食。早已筋疲力尽的幼童和妇女都坐在了地上，补充能量剂。

也许因为地势差异，山谷里不时拂过阵阵凉风，和山崖不同，风化的深棕地面相对柔软，有着一摊摊深浅不一的黑、白、褐色痕迹。

三天前，他们将所有老人丢弃在强酸河边，甚至收缴了他们一半的能量配给。从那时起，这支队伍就常常笼罩在一种沉重的疲惫感中。被遗弃的老人们都默许了自己的命运，没有人抗议，但是显然，很多家庭已经因此而残缺。

首领再一次打开了手杖里的光幕地图，几个勉强站立的男人围了过去。

光幕地图是机器人先遣队发回的导航路线，虽然从他们降落后就再没有收到更新，但这也是他们在这个荒芜世界里的唯一方向。他们去往的是地图上标注的一片区域：V.P.T466。那是一个坐落于巨大环形山带中的沟壑纵横的内陆平原。他们将在那里建立基地，成为这颗星球的第一批住民。

"全球，只有（除了）V.P.T466，宜居"。这是先遣队早前发回的唯一指导信息，其后信号便诡异地一直处于失联状态。

"我们必须出发了,在黑夜来临前,到达 V. P. T466 区域。这里只有一条路,不管从哪个方向进入内环平原,都必须翻过这样的悬崖。"首领开始了他的第二次演讲,不同的是,这一次他没有站在更高处,声音也不那么稳重有力,如果仔细听,甚至能感受到轻微的颤抖。

"悬崖垂直距离超过 400 米,只能凭借体力极限攀登,每个成人的随身装备重约 20 千克,换句话说,最强壮的男人也没有余力背负孩子,或是帮忙拉拽妻子,所以,这是一次告别的谈话……"

和上一次的沉寂压抑不同,人群突然变得嘈杂焦躁,甚至有人大吼了一声"放屁"。

首领保持着自己的语速,似乎并不介意自己的声音被淹没。

"我们是第一批移民,大家都很清楚从某个方面来说我们只是试验品。如果成功立足,我们将享有星球首批公民的荣耀,我们的名字会用来命名城市、街道、河流和山脉,但如果我们失败,就只能变成这颗异星的灰尘。也许十年后、百年后会有第二批移民到来,带着更高精尖的仪器设备,而我们没有为他们留下任何值得参考的经验,我们的探险经历在记录中少得可怜,如果我们失散的机器人找到我们,只会发回'行程七天,死于夜晚'的备注。"

杂声稍稍安静下来,人们显然从最开始的愤怒中慢慢找回了理智。

"我们乘坐'进化号'来到这里,是为了过上平静富足的日子,我从不相信我们能够不做牺牲达到那个目标。人类在母星地球从一颗小小的单细胞种子进化而来,'物竞天择''适者生存'是进化过程中亘古不变的原理。这颗星球,也会用自然来淘汰不适宜者……我没有指责各位是弱者,我的妻子女儿也在其列,我爱她们,如果可以一起离开,我绝不会丢下她们!我们是各行各业的从业者,都是以家庭为单位移民到此,为的是以最快的速度开拓建设我们的新家园……

"但我们不能抱团坐以待毙。相信我们,在和机器人会合之后,我们会尽快回来接你们,如果条件允许,我们也会去河边接回我们的父母!"

首领的眼神恢复了坚定,声音恢复了铿锵,也许他也被自己的设想说服。

"如果这是单行道呢?就像人类的进化之路不能回头……最后,只有身强力壮的男人们抵达宜居之地。你们能够开垦,能够建设,但你们不会再有后代,你们几十年后也必然灭绝,这样的拓荒有何意义?!"

一个瘦削男子提出了异议,首领从他的防护服编号,可以知道他属于知识分子行列。

"不,不会的,只要能安顿下来,种子就会生根。"首领锐利的眼神冷冷瞥了他一眼。

男子深吸了一口气,脸色暗淡下来。他当然知道,每一个移民队都在科学家方阵配备了种子库,其中也有一千对人类的受精卵。

4. 穴

温度的骤降令穿着防护服的身体也感到了寒冷，原本上千人的队伍，在经过一系列的自然淘汰后只有一百多位来到了寒风凛冽的崖尖。

在黄昏的光线中，越过连绵的梯形山峦，内环平原已经在极目远眺处。通讯器接收到了先遣队发来的一些断续杂音，虽然在摩天高崖的阻挠下，无法拼出完整信息，但这至少表示他们的方向正确，机器人已经在宜居地扎营等着他们。

这多少让体力已达极限的男人们感到了些许安慰，在艰苦的攀登过程中，他们又失去了不少伙伴。没有人说话，没有人回头，所有站在悬崖上的人都心知肚明——短时期内，他们绝对无法再回来。

在上山大约半日的路程后，他们面临了又一个危机，比起之前无法泅渡的河，现在面对的无法攀登的崖更加凶险——层层山峦布满迷宫般的洞穴，在这只有风声穿梭的星球，他们听见了兽嗥！

日头已经落向地平线，光线在形态各异的石峰岩洞上印下光怪陆离的光斑，经过各种通道放大扭曲的声音诡异阴森，摩擦着每个人的神经，仿佛咔咔大嘴正在开合、巨大翼展正在扑棱，而巨掌踩得地面嗡嗡发颤……激起人最深层的恐惧。

"也许是原住民。"在队伍僵滞半分钟后，首领打破了沉默,但接下来却是更长的沉默。是的,这些洞穴温度适中,抗寒挡暑,含氧量更高,甚至并不排除拥有淡水和矿藏资源。如果这个星球有原生生物,很可能尚处于穴居时代。

"怎么办?"有人望向首领。不管怎样,他们现在都还没有准备好和这里的异星生物打交道。

首领倏地转身,目光从他为数不多的跟随者脸上一一扫过。

"我们不是军事单位,所以我从来没有用军规要求过各位,在此的每一个人都知道我们经历了怎样的艰难——

"我们刚一降落就和机器人先遣队失联,我们每个人的给养只能坚持地球日的三十天,我们需要一个足够大、足够安全、太阳能量足够充足的地方,搭建生产设备,建立营地……而在这之前,我们必须活着。"

充满压迫感的声音似乎正在逼近,几块岩石哗啦掉落,令在场的勇士们脸色阴沉。

"你认为又该淘汰什么人了?"冷笑着发话的是曾经质疑过他的瘦削知识分子。老实说,他能够到达这里已经令大多数壮汉侧目。

首领没有说话,他顿了顿手杖,杖头伸出了操控面板,但这一次他打开的不是光幕地图,而是正常情况下在扎营之后才会使用的——工具箱。移民队的每个成员都配发了一根太阳能手杖,用于定位坐标,接收机器人信号,储存信息和储能。为了使队伍团结统一,只有首领有权限查看完整地图,决定行进路线和扎营地点。

手杖所有作用中最重要的,就是职业工具的数据备份。每个人的配备中最重的,也是最重要的,是一个超合金块,可以使用手杖中的数据以最快速度打制出每个人的工具——农民是农具,工人是器具,科学家是仪器,军人是兵器。

超合金加工器很快组装起来,几乎毫不意外地,首领的超合金块打制出了一柄锃亮的军刀和一把激光突击枪。

"所有兵器装备起来!"首领冷冷低喝了一声。就像水流后显露出岩石,剩下的这一百多个移民中有近半数是军人,他们不只是走在队伍最前面的人,也是步调统一、对首领的命令毫不违抗的人。

仿佛变身般,疲惫不堪的拓荒队伍在利落的枪械组装声中,转型成一支军队。

"你们,把声波驱离器组装起来。"首领对瘦削男子所在的科技方阵喊道。在剩下的农民、工人中,这个方阵的人数明显是最少的,只剩下不到十人。

也许是空前危机激发出的齐心协力,濒临分裂的队伍重新振作起来。驱散设备很快安装固定在这个四面透风的洞穴中央。主设备是一个立方柱体,大约两米高,四方有四个避雷针式的定向放大设备,需要五个人同时操控协调,仪器可发射出从次声波到特超声波的全频率波段。通过协调各波段发射频率,可以无障碍驱散方圆数十千米的生物——这原本是用于营地防护的安保装置。

"打开开关,逆向,声源吸引。"首领的语调低沉冷酷,操作着中心设备的科学家领队直愣愣抬起了头,他的脸对着的是首领激光突击枪黑洞洞的枪口。

"我们得用最快速度越过这些全是明洞暗洞的山体,我们没有时间来狩猎战斗,我们需要伟大的牺牲,你们高贵的生命将铸成这颗星球繁荣史的地基……"

"头儿,你疯了吗!我们是一个团队,你不能把他们留下喂野兽!"一个终于明白了怎么回事儿的青年士兵忍不住惊呼道。

首领的枪口猛抬,对准了两米外的青年,凌厉眼光中跳动着决绝的怒气:"你可以留下,所有对此决定有异议的都可以留下。愿意继续前进的人,从现在开始,不管你是不是军人,都将以军事单位的管理方式行动!"

声波设备的指示灯亮起来,一股直窜脑袋的沉闷似乎将绝望化作有形物质砸进人的心脏。当程序锁定键发出"滴答"一声,首领收起枪,率先走出了洞穴。

一行人鱼贯而出,只剩下坐在地上守护着科技设备的最后九位科研人员和两个执枪而立、眼光悲伤的青年军人。

5. 夜

"知道吧,其实我们可以调整定位,让外星生物跟着他们。"

岩壁上的光影渐渐沉暗,挠着自己乱糟糟胡茬儿的工程师开了个干巴巴的玩笑。

领队拨动手杖上的一个小按钮,手杖头部的照明灯亮起来,柔黄幽光铺上那张沧桑的脸。

"他们知道我们不会的……来到这里的,都不无辜。我愿意赎罪。"领队轻叹一声,转头四顾,"只是这些珍贵的科技资料以及更珍贵的种子库,一定得保存下来,这些才是文明的基石和未来的源头。"

当天色完全被黑暗吞噬,这个小型科技团队已经制作出了一个即时的保险库:通风处的一块平整岩石被切割出几个半米见方的石橱,将种子库的密码箱放进去,使用纳米晶体设置出仿环境光罩,接通电流防护栅。

做完这一切,每个人都仿佛完成使命一般,席地坐下,围成一圈。野兽的低嗥声变成了呜呜风声,闷雷声远远传来,一种擦刮着人神经的尖细声音贯穿耳膜,驱离设备的波纹跳动着诡异弧线。他们关掉了手杖上的光源,黑暗空间只剩下设备屏幕上无法解读的疯狂波纹,以及半蹲在外围的两个士兵手里枪械的激光瞄准点。

叽呱叽呱的细碎脚步声在洞穴外奔来窜去,仿佛放大了百倍的蜘蛛移动声,或说是千双利爪的抓挠声……九个人忍不住互相握紧了手掌,背靠背的士兵紧绷着嘴角,凝神瞄着几个出入口。

随着一道闪电强光,暴雷劈上岩石山峦,暴雨突至。而几乎同时,一个哒哒哒小马达的声音由远至近,从一侧通道猛地冲撞进众人圈子,"哐啷"撞上了声波仪器。惊魂未定的众人还未能看清闯入物,炫亮的洞口又探进了一只脑袋——摇晃着的、扭曲了的、零件外露的——金属脑袋。

6. 河畔

暴雨如期而至。正如老气象学家六天前的预测。

"大雨会和夜晚一起来，谁知道还会带来什么呢？"她笑着安慰生闷气的老头老太们。

"仔细看这些石头，不是被风化的，而是水蚀造成的椭圆面。"老地质学家带着放大镜，一块块研究河边的石头。

"这些并不是沙砾，是有机生物的骨骼化石。"老生物学家把半透明的碎壳放进嘴里咀嚼。

"沙子是咸的，这个世界有盐分。"老渔民砸吧嘴。

在强酸河畔五百米外扎营的老人团，将所有能量剂堆在一起，交给德高望重的小学老校长保管，然后仿佛夏令营的孩子般，或结伴或独自四下里溜达。饿了就回来领一点能量剂，累了就回营地倒头大睡，醒了便围成圈交换彼此的探险收获。

所谓营地，也不过就是沙地上垒砌的几块用于躺靠的圆石头堆而已。于是在暴雨的洗礼中，上无片瓦的老家伙们都被一瞬间淋了个透湿。没人穿上防护服，哪怕这是一场强腐蚀的酸雨，也没人在乎。所以每个人都闻到了那久违的新鲜空气，那种和遥远母星同样的夏日质感。

暴虐的强酸河翻涌起来，星星点点的光芒浮出河面，仿佛银河初醒，跃出了一片星光。啪啪嗒嗒欢快的水声中，将银河星辰披在身上的生物们向岸边移动翻涌,很快铺满了整个河畔,蔓延到老人们的营地。

然后这些被遗弃的老移民终于用他们的昏花双眼看清了这些异星生物:巴掌大小,形状各异,长着斑斓闪光外壳的外星螃蟹、对虾、蛤蜊、海星、海胆、海螺——姑且这么称呼吧——争先恐后,层层叠叠抢夺着地盘,然后在清爽雨水中,美美地褪去了外壳。

几只刚褪了壳的软趴趴生物爬上老渔民的腿,老渔民在惊呆的众人的注视中,用手指提拎起一只,放进了嘴里。

那是他毕生从未尝过的美味。

7. 谷底

暴雨之前早有山风报讯。所以留在谷底的人们用碎石垒起了防洪的堤坝,给孩子们穿好防护服,用链扣将他们和自己的衣服连在一起。也许这个世界并没有野兽,但谁也不知道长达十天的黑夜和洪水会不会带走自己的孩子。

闪电如利剑穿透云层,暴雷炸响,骤雨仿佛裹挟着怒气的子弹打在岩石上。留下来的瘦弱男人们手挽手站在外围,充当防护屏障,但这雷霆阵仗并没有带走女人们的孩子,反而带来了一份奇景。

雨水被海绵般的地面飞快吸收,一摊摊黑白褐色污迹用一种肉眼可见的速度冒出了一簇簇菌类，菌茎向上飞蹿，菌盖膨胀般撑开……短短几个小时，荒凉的山谷已经开满高高低低的黑白褐色菌伞。风雨被隔绝在头顶几米之外，松软的土地铺上了一层棕黑色的地衣，翻着圆乎乎的绲边，发散着鲜美清香。

"也许，我们可以开垦这里的土地。"被壮观蘑菇阵震得目瞪口呆的人们面面相觑。

8. 洞天

那是一个神经错乱的机器人，或者说，两坨程序失控的废金属。这个机器人不知被何种强力撕裂，脑袋一直在寻找它的身体。

这是他们的先遣队员之一。它们搭乘小型舰艇，比移民队早一个月来到这个星球。当有人伸手将它没有了视觉系统的身体扶起来时，被士兵揪进来的凄惨"脑袋"便发出了各种呜咽嚎尖啸的模拟声，半截身体上的滑轮脚板还不停咔咔哐哐地翻动……

突然有人发出了笑声，然后所有人都忍不住狂笑了起来，但是笑过之后，科研领队提出了一个更严肃的问题：就算没有所谓的外星原住民，那么，是什么力量，能撕裂超强抗压抗辐射的合金机器人？

"也许我们可以修复它的系统，这样就可以读取它的探测数据，查明受损原因，重新校正信号，说不定还能找到其他失联的机器人。"工程师提出了建议。

洞外的雨声和雷电继续，解除了生存危机的科研小队抖擞精神忙碌起来。两个士兵也终于可以放松神经，靠坐在岩石边休息。

"是什么让你们违抗军令留下来？"终于有人对两个青年的选择感兴趣。

"我们娶了一对姐妹，我就他这一个亲戚了，我没法劝服这个认死理的家伙。而且……"稍微年长的士兵朝着洞口的方向轻叹了一口气，"我不想离开妻子太远。"

经过一天的修理，科技组终于恢复了机器人的基本数据。当他们导出尚未完全损坏的记忆存储信息后，终于完整拼出了先遣队发回的导航内容。

"火山，陨石，雷暴区，坐标466。全球，除了（只有）V.P.T466，（其余都）宜居。"

9. 荒原

夜色已经降临，如盖的云层被染成了紫色，大地就像被覆上盖子的高压锅。没有风，没有雨，站在无边平原上流汗的男人们最先听见的是一声雷。那是很远很远的一声雷，仿佛九万里长空之上，被厚厚云层滤了音的一声闷响。

地上红色的沙砾岩石和火星地表相似，应该说和火星曾经的荒原相似。从火星建立电磁屏蔽盾，恢复大气层，重塑生态循环之后，火星就一步步成为超越地球的繁荣星球。但此刻首领瞧着脚下的炽土，却无法想象自己和自己身后的八十八位勇士，能有机会将这荒原变成沃土。

大地一声震动，轰隆声不知来自脚下还是头顶，首领连忙一个手势，所有人都像他一样很快匍匐在地，然后他们就看见了生命里最后几分钟的奇景。

干涸大地仿佛画布上的油彩突然龟裂，随着地震裂开的地表猛地喷薄出沸腾岩浆，升腾热气撞上凛冽云层，强对流空气造成狂风呼啸，一声霹雳直贯天地，枝形闪电仿佛舞台灯光，在漫天风沙中准确击中了这平坦大地上的几个突起物——早已破碎变形的机器人先遣队员。

呼吸已经不能，皮肤里的水汽也变成烟雾升腾。暴雷交织轰鸣，强电闪盲眼睛，模糊中，首领能感到机器人正向他们跑来——在微弱的信号中，用它们残存（过剩）的能量，用它们七歪八拐的怪异动作向他们跑来——仿佛他们是吸引那一堆堆破铜废铁的磁石中心。

首领和他的八十八位队员在暴雨来临前死亡，只剩下茫然无措的扭曲金属人在这天崩地裂的暴虐中四散奔逃。在意识消失前，首领想起自己领到移民队长证的那天，暗绿色证件上的金色星徽那么耀眼，那是经过三年的培训和各项考核才获得的荣誉。他将带领自己的妻女，和无数个心怀梦想的家庭寻找他们永恒的庇护地。

"我们是人类文明的奠基人，我们将遵循自然、公正、无私、无畏的法则，为人类的未来拓荒、播种、兴旺、繁荣而努力。"队长的誓词如是说。

10. 终章

这个时代，去太空拓荒算不上多伟大的事，建立一个欣欣向荣的人类新星球才算。移民船清空了移民便回到柯伊伯带待命，移民们的命运就像撒出去的沙粒，没人再关心。

不过30年前的某一外星移民队最近向太阳系移民总部发回的一份图文并茂的宣传函，引起了不小轰动。信函内容是关于发展中的新星介绍，从渔业、农业到矿业，都附有清晰照片。他们最主要的目的是招募移民，第一期预计招募十万人，其次是推广旅游业。重点介绍了他们的主要渔业区"星光河"，丰饶农业区"彩虹谷"，奇石宝藏区"叠峦山带"。

而关于旅游区，被称为466，在这里，可以隔着一个安全距离，观看陨石、雷暴、裂隙式火山交织的山呼海啸场景。据说，移民队在这里损失了八十九位勇士和五位先遣队机器人。

每当夜幕降临，使用旅游点观察镜，还可以看到集中了全球最极端天气的广袤平原上，被强电暴雷劈得七零八落、奇形怪状的机器人在陨石雨中跳起抽筋舞。

最后，欢迎移民"进化星"，这里几乎全球宜居，嗯，只有一点小提示，这里的生活是昼伏夜出哦。

独自旅行

一个人,一颗星

文／夏筎

◆ 1 ◆

茫茫宇宙，小小的太空船飘浮在无边无尽的黑暗中，像一颗寂寥的星。

飞船里只有一个老人，上了年纪，身体已枯萎，像一根弯曲的藤，眼睛藏在厚厚的老花镜后面。他满是皱纹的脸上有一些深色的瘀斑，那是许多年前被宇宙辐射灼烧留下的痕迹。

他是船长，也是唯一的乘客，过去几十年里，他始终在这船上。

他研究星图，制定航线；他定期检修设备，操作机械，整理资料；他挑选一日三餐的菜单，交给飞船的烹饪程序去处理；他坚持每天用健身器械锻炼身体，以防止骨骼在失重状态下流失钙质。他独自驾驶，独自生活，独自旅行。

闲暇时候，他喜欢泡一壶茶，坐在驾驶舱里与主控电脑下棋。电脑熟悉他的棋路，也照顾他的情绪，所以他有时输，有时赢。

这一次该他赢了，他得意扬扬地将了对方的军，这时候飞船里响起轻柔的嗡鸣声，提醒他，目的地就要到了。

◆2◆

飞船降落在一颗荒凉的星球上。

他拿着一本陈旧的旅游手册走出飞船,向四周望去。一片无边无际的红色戈壁,在夕阳下闪着光,那些嶙峋的峭壁和峡谷,仿佛史前动物的骨骼沉默不语。

他驾驶一辆小小的太阳能电动车,慢悠悠地沿着星球表面前进。天空是深紫色的,悬挂着两轮太阳,一个比另一个略微大一些,为电瓶车投下两道不同的影子,微红的光芒笼罩天地间,有种宇宙洪荒的味道。

他按照手册的指示,把车停在一座悬崖边,然后从车里搬出一张桌子、一把椅子、一个装满食物的野餐盒。他把这些东西一件一件安置好,铺上桌布,摆好刀叉,自己给自己倒一杯香槟酒。

悬崖边的岩缝中有一小丛淡白色的花,在狂风中飘摇。

他坐在那里,一边吃晚餐,一边看着太阳慢慢落下去,一轮大的和一轮小的,先后掉进深红色的地平线下面,那景色美得惊心动魄。他拿出相机,支好三脚架,定下自拍功能,拍下自己在落日前的样子。

夜幕降临,五个月亮依次升起,像一串皎洁的珍珠。他收拾了餐桌,取出小小的充气帐篷,支撑,固定,铺好睡袋。

夜里的风很大,他在呜呜的呼啸声中睡去,梦见自己年轻时的一些事。

第二天早晨,他早早起来,坐在帐篷外,看着一大一小两轮太阳升起来。然后他把带来的东西一件一件仔细收好,连垃圾也不留下。他开车,沿着原路返回飞船。

他把拍到的照片冲洗出来,贴在一面墙上,这面墙曾经非常空旷,又在漫长的旅途中一点一点被照片覆盖,好像被藤叶覆盖的墓碑一样。

他打开飞船电脑,设定下一个目的地。飞船在一阵嗡鸣声中起飞,向着天空上升,飞到漆黑无边的星辰中间去。

◆3◆

他驾驶飞船独自旅行,在不同的星球上降落,拍照,野餐,露营。

他在红色的海洋里垂钓。

他在金色原野上追踪外星怪兽。

他在暗绿夜空下拍摄极光和流星雨。

他在荒寂的环形山里采摘荧光紫的花朵。

他拍摄了许许多多照片,一张一张贴在照片墙上,整面墙就要贴满了,他有些发愁。

飞船上的时间过得很慢,为了打发时间,他总是和电脑下棋,有时输,有时赢。

许多光年的距离,从舷窗外静静划过。

◆ 4 ◆

一颗小小的陨石擦着飞船划过。

那一刻他正在往墙上贴照片,飞船剧烈地震颤起来,照片哗啦啦掉落下来,像下了一场雨。

一切平息之后,他艰难地跪在地上,将那些照片一张一张捡起来,一张一张重新贴回墙上。每张照片上都有日期,那些比较靠近墙这头的,是近期拍下的,随着他向墙的另一头慢慢走去,照片上的日期也变得越来越遥远。

用了一整天时间,他终于把那些照片恢复原状。最后被捡起来的是一张褪色的黑白照片,那是一家三口在一座游乐场里的合影:爸爸,妈妈,一个小男孩举着快要化掉的冰激凌,神采飞扬,背后是一座高高的摩天轮,投下斑驳的影子。

恍惚间,这张老照片勾起了他的某些回忆。

他重新向墙的另一头走去,一边走,一边仔细审视那些照片,一张又一张。很久之后,他终于在墙的另一头找到了那张照片:一片荒凉的红色戈壁,驼背的老人站在悬崖边,深紫色的地平线上悬挂着一大一小两轮太阳。

照片上的日期，就在不久之前。

他把照片放进投影仪里，放大，搜索，透过厚厚的老花镜片，他看见深紫色的地平线上一个朦胧的黑点。继续放大，再放大，黑点逐渐清晰起来。

那是一座废弃的摩天轮。

◆5◆

飞船又一次降落在那颗行星上。

按照手册的提示，他驾驶电动车，穿过无边无际的深红色戈壁，向着世界尽头开去，摩天轮从地平线上慢慢升起，两轮太阳照耀在上面，投下斑驳的影子。

车停在一座废弃的游乐场门口，他下车，举起手中的照片。

是的，这确实是当年那座游乐场，尽管现在已经破败不堪，蒙上厚厚的红色尘土。

脑海中，那些鲜活而明亮的景象突然浮现出来，摩天轮缓缓转动，欢声笑语，喧哗繁闹，彩色气球升上天空，噼噼啪啪爆炸，一个小男孩举着手里的冰激凌向着父母跑去，一个红头发的小丑帮他们一家三口拍照，咔嚓一声，画面定格，褪色，变作手中黑白的照片。

他把那张照片收起来，继续开车前进。

他来到一座废弃的校园,翻出另外一张照片来看,那是他毕业时拍的,身着学士服,站在满头银发的父母中间,满脸阳光灿烂,背后是学校高高的大门。

往日的画面又一次生动起来,像绚烂的花朵,生长,绽放,凋谢,化作眼前的荒凉废墟。

一张又一张照片从相簿里抽出来,唤醒了记忆,唤醒了声音和颜色,唤醒了无数曾经活着的瞬间。

那家商店,他曾在这里买了人生中第一部相机。

那座教堂,他曾在这里跟一位姑娘结婚。

那家医院,他的女儿曾在这里出生。

那间餐厅,他曾在这里给女儿开生日宴会。

那片墓地,他曾在这里参加许多葬礼。他的父母,他的朋友,他的妻子。

他来到一座太空港,巨大的火箭发射架歪向一边,像一把生锈的剑,直刺苍穹。他想起许多许多年前,父母带着年幼的他,乘坐飞船来到这颗荒无人烟的星球上,期待着在这片土地上建设新生活,又是在这里,他把女儿和女婿,还有年幼的外孙送上飞船,他们要去其他星球,开创属于他们的新生活。

他来到一间房子,想起女儿一家离开后,他曾在这里住过。

院子里有一棵老树,干枯的枝干在风中猎猎抖动,好像已经死去了很久。他想起许多年前,这棵树曾枝繁叶茂,而妻子也还在世,他和她经常坐在树下,回忆他们年轻时的故事。夏天的夜晚，天空中繁星璀璨，五轮皎洁的月亮洒下月光，穿过繁茂的枝叶洒在身上。

他从树下走过，推开房门，走进自己曾住过的那间房子。一切都保持着原来的样子，仿佛他昨天才刚从这里离开似的。

他坐在破旧的沙发里，看着面前的桌子，桌上还有一壶茶，一盘没下完的棋，棋盘上落满了灰。他拿起一枚棋子，露出下面一个圆而新鲜的印记。

一滴眼泪掉下来，把那个印记浸湿了。

太阳落下，月亮升起，银色的月光弥漫在小屋里。他躺在沙发里睡着了，睡得很沉很沉，连一个梦都不曾有过。

第二天早上太阳升起，又是新的一天开始。

他走出屋子，架好相机，给自己和这栋房子拍了一张合影。

然后他开车回到飞船上。

◆ 6 ◆

茫茫宇宙，一艘小小的太空船飘浮在无边无尽的黑暗中，像一颗寂寥的星。

逃离兄弟会

太空叛逃者

文 / 罗隆翔

◆ 1 ◆

宇宙中，有一类被称为"原始星盘"的特殊星体。它们通常是像光环一样围绕着恒星，数不清的尘埃颗粒、冰晶、小行星不断地反射、折射着恒星照进尘埃盘的阳光，形成七彩斑斓的光泽。各种星际物质在引力的作用下，互相靠近，互相碰撞，经常有小行星被撞得粉碎，大大小小的碎块四处乱飞，同时也有不少星际物质在碰撞中积聚成更大块的固体物质，形成新的小行星。

这种原始星盘经常被人称为"行星的摇篮"，数十亿年前的太阳系，这个人类的故乡，也是一个这样的原始星盘。众所周知，那个巨大的原始星盘孕育了包括地球在内的八大行星。

3008号星区也是一个这样的原始星盘。

人类在星际流浪中，靠近原始星盘是非常危险的，四处乱飞的小行星可以轻易地把飞船拦腰撞断成好几截，让人死无葬身之地。

流放者兄弟会的"三色堇号"移民飞船，是一艘长度超过10

千米的庞然大物。数百年前，它离开地球联邦时，只是一艘长度不足五百米的雪茄型移民船。一代代的流放者们在飞船群中繁衍生息，人口逐渐增多，原本就很拥挤的船舱显得更拥挤。为了容纳更多的人，人们在飞船外面焊接了桁架，在原先的对接舱口上外接一些舱段，使它变成一个看起来像古老的 21 世纪初的"国际空间站'一样的东西，只是尺寸远大得多。

随着时间的推移，人们不断在桁架上再接桁架，在舱段上再接舱段，最后，这飞船变成了长度超过 10 千米、外形跟个珊瑚似的大东西。也正因为飞船内的空间比较大，不少舱段被最高科学院征用，作为太空实验舱。

但是这一天，大批荷枪实弹的士兵冲进了飞船，拥有人造重力立场的舱段内响起急促的脚步声，整艘'三色堇号"陷入了一片肃杀的氛围。

"院长，得罪了，这是韩烈将军的命令。"几名士兵说着，用枪指着科学院院长的脊背，把他带到飞船最大的舱段中，最高科学院最重要的一百多名科学家已经被士兵们集中到了这里。

韩烈是流放者兄弟会的首领，他是通过政变上台的，是令人胆寒的独裁者。他走进船舱，刀子般锐利的眼神一一扫过每一位学者，不少人都下意识地缩了缩，一股寒意从脚底传来。韩烈在学者面前来回踱步，说："我知道你们以前搞过一个星舰设计蓝图，现在把它交出来。"

"你要建造星舰？你想过后果吗？"院长问他。

韩烈没去回答院长的问题，只是说："从即刻起，把星舰建造计划提上日程,你们谁要是主动进行研究,我自然会有相应的回报。如果你们不情愿,我也不介意让士兵们用枪指着你们的脑袋进行研究工作。"

"韩烈!你是不是疯了?"院长指着他的鼻子大声质问。

韩烈摘下军帽,不足半寸长的苍苍白发每一根都直挺挺地矗立着,他给了院长一个兄弟式的拥抱,说:"好哥们儿,咱们七十多年交情,我想做什么,你不会不清楚。"说完转身就走了。

星舰建造计划是令最高科学院的学者们最感纠结的梦想。兄弟会在苍凉的宇宙中四处流浪了两千年,受够了找不到适合定居的行星之苦,光是生存下去已经很不容易了,几乎没有多余的力量建造更好的生存环境、钻研更先进的科技。随着大量的飞船老化报废,人们的日子过得比刚刚逃离地球时还要艰苦很多。

在贫瘠的星际空间中,想寻找维持生命所需的碳、氮、氧、磷等重元素比登天还难一万倍,虽然很多恒星周围的小行星带内有着大量的重元素矿藏,但不论多结实的飞船,只要被那些四处乱飞的小行星撞上,下场都是死无全尸。所以,建造一种像故乡的老地球那样可以抵挡小行星撞击、有着美丽的生物圈的巨型飞船,是很多人的梦想,但建造星舰的巨大代价却让人望而生畏,这代价大到让人不得不搁置这个梦想,去寻找别的生路。

当科学院的人把建造星舰的可行性报告放在韩烈面前时,韩烈一遍又一遍地看着建造星舰所需付出的代价,用颤抖的手签下了自己的名字。他知道自己做的都是犯众怒的事,但这世上,有很多"脏活"还是要人去做的,他反正是快进棺材的人了,终身未婚,也没有子女,能让他顾虑的事情并不多。

就在当天,韩烈派军队进驻整个流放者兄弟会的所有关键部门,大批反对者被丢进监狱,整个兄弟会大大小小的数百艘飞船朝着危险的 3008 星区驶去。

一个月之后,韩烈将军被反对者暗杀,消息传遍整个兄弟会,但他留下的军政府仍然按照他生前定下的计划有条不紊地运行着。将军的死讯令支持者们痛哭流涕,士兵挨家挨户搜捕嫌犯。

那个时候,五岁的郑然和吴廷躲在小床下,看着士兵闯进儿童寄养院,逮捕素来对将军不满的院长和大批工作人员,那些凶神恶煞的士兵给他们留下了一辈子都无法磨灭的恐惧感。

◆ 2 ◆

流放者兄弟会有三艘星舰,他们原本并没有名字,只有 01-03 的数字编号,为了表示对星舰建造计划的重视,它们很快就以地球上的大洲命了名。

但在很多人眼里,星舰根本不能算飞船。在最初的时候,它们甚至不叫星舰,只是把废旧飞船稍微改造一下,用来装载旅途中搜集到的各种杂物。

在大而空旷的星际空间中,碳、氮、铁、氧等重元素是非常稀少的,尤其是在能量转换效率极高的聚变——裂变连动飞船引擎诞生之后,兄弟会对重物质的需求更是到了极度渴求的地步。在漫长而艰苦的流浪岁月里,流放者兄弟会有时会发现一些飘行在星际空间中的小行星,哪怕再小的小行星被俘获,也是值得大大庆祝一番的喜事。

也正由于重物质的稀缺导致他们不愿丢弃任何废弃物,加上不断地搜集星际物质储存起来以备哪天实在找不到重物质时手上有点存货来维持大家的生存,那些作为仓库的旧飞船里,重物质越堆越多,船舱塞满了,就把东西浇铸成硬块固定在船身外,东西堆得太多了,飞船推力不够,就又多挂几个推进器,宝贝似的护着,跟着舰队前进。

大家流浪了两千年,各种重物质也跟捡破烂似的搜集了两千年,到今天竟然堆积成了三颗体积接近故乡老地球大小的庞然大物!大量的重物质互相挤压,内核部分早就被挤压成一团炽热的熔融状岩浆体,一些较重的元素,如铁、铜等,甚至聚集在星舰的中心,挤压成类似白矮星的超固态致密内核,这样的结构跟太阳系的故乡老地球有几分相似,人们竟然误打误撞地制造了三颗行星。

但这三颗人造行星的环境非常恶劣,根本不适合人类生存,想把它改造成适合人类生存的环境,还不知道要付出多大的代价。也正因为如此,在漫长的两千多年流浪岁月中,尽管人们早就有了要建造星舰的想法,但没有谁敢冒着千夫所指的骂名认真推动这个计划,改造进度时断时续,往往是施工几个月,又停工几十年,这种状况一直持续到韩烈强行推动星舰建造计划为止。

造舰计划公布之后，整个流放者兄弟会像一台大机器一样有条不紊地运转起来，军政府将所有的人编成不同的工作组，按照最高科学院的建造计划分配工作，所有跟星舰建造无关的工作都停顿了下来，物资分配也仅够维持人们的生存，按人头定时定量分配。

十五年后，兄弟会来到3 008星盘边缘。

巨大的星盘中，数不清的冰晶态小行星带在这距离中央恒星100亿千米的地方熠熠生辉，遥远的中央恒星看起来仅仅是一颗特别明亮的星星，镶嵌在横亘天顶的冰晶长河中。

改装兄弟会手头上的三艘星舰是一个长达百年的大工程，整个工程包括三大部分：用大功率的巨型星舰引擎替换原先凑合着使用的旧引擎、建造位于地壳深处的地下城和地下工厂、制造原始的大气层以抵挡大部分的小行星撞击。只有在这个巨大的工程初步完成之后，人们有了在星舰上的容身之所，流放者兄弟会才正式抛弃无法抵挡小行星撞击的旧飞船，闯进星盘获取大量的重物质，用于建造下一艘星舰。

"57号引擎，试点火！" "亚细亚号"星舰的引擎安装现场，现场总指挥大声下令。

轰！巨大的冲击波震荡着星舰南极上空的原始大气层，一道直径上百米的超高频脉冲直指苍穹，大气被高能粒子电离，发出持续的震雷巨响。

"试车成功，关闭引擎，58号引擎做好试车准备。"

总指挥一声令下，巨大的光束瞬间消失，环形山似的引擎喷口内，那个绰号为"暴力型可控核聚变炉"的高温超导非真空线圈在引擎壁上熠熠生辉。

轰隆！又一台引擎启动了，引擎巨大的推进力挤压着薄薄的原始地壳，地壳碎裂了，岩浆从裂缝中喷薄而出，喷射到浓烟弥漫的剧毒原始大气中，形成数百米高的熔岩喷泉。巨型引擎凭借着自身的密度远比岩浆小，像船儿一样漂浮在黏稠的岩浆中，对地幔持续不断地施加压力，像用牙签推软糖一样，慢慢推动着星舰前行。

星舰表面，二十岁的吴廷和郑然身穿抗高温、抗腐蚀的密闭工作服，在地震不断的大地上艰难跋涉。头盔的面罩上因呼吸急促而形成两片水蒸气的白斑，天空黑黢黢的。亚细亚星舰表面的原始大气充斥着极为浓厚的二氧化硫云层，火山喷发抛射出的火山灰弥漫在空气中，能见度不足五米，从建筑工地叛逃出来的五十多名年轻人只能通过通信器确定同伴们的位置，互相牵着手，尽量不要跟大伙儿失散。

作为叛逃者的头儿，吴廷走在最前面探路，但漫天火山灰像古书中记载的鹅毛大雪一样笼罩着大地。风力稍小时，厚重的火山灰像暴雪一样落在地面上，形成深可及腰的积尘层，让人寸步难行；风力稍大时，满地的火山灰都被狂风卷起，劈头盖脸地漫天乱砸。尽管所有人身上的航天服都有着坚硬的金属外壳，但还是被夹带着火山灰的狂风擦出密密麻麻的刮痕。

"头儿，我们的氧气储量只能维持半个小时了！"一名手下大声说。

郑然说:"吴廷,我记得这附近有些废弃的工程巨镇,里面应该还有一些能用的维生设备!"

天上传来隆隆的响声,一道暗淡的光芒透过浓厚的尘埃云划过天空,一个巨大的东西砸在大地上,冲击波形成的气浪卷着半熔融的尘沙横扫大地。也许是火山喷发抛到大气层顶端的大块岩石掉了下来,也许是直径上百米的小行星撞击星舰表面,也许是被流星雨砸坏的飞船坠毁在大地上,没人去管天上掉下来的是啥,大家更关心的是怎样逃离这个活地狱。

哗啦啦!有人突然摔倒,顺着流沙般的火山沙砾滑向深深的峡谷,滚烫的沙子不断朝深谷中滑落,山谷底下隐约的红光让人不难猜到那是一道地壳撕裂形成的岩浆河流。

那个滑倒的倒霉蛋慌乱中抓住一个坚硬的东西,这才没整个人滑落到沸腾的岩浆中,众人手忙脚乱地把他拖上来,有眼尖的人发现他抓住的东西是一个很结实的金属架,大声说:"头儿快来看!这个金属架应该是工程巨镇的强光探照灯的支架!沙砾下面应该埋着一座工程巨镇!"

听到这句话,大家都激动了,随便拿起什么就顺着支架往下挖。有用随身携带的便携式液压铲的,有找块稍微扁平的大石头当铁锹的,有几个身穿工程动力装甲的人干脆用戴着钛合金手套的双手直接挖起来。

片刻工夫,松软的浮砂被挖开了,一道锈迹斑斑的金属门出现在大家面前。

◆ 3 ◆

工程堡垒是最高科学院设计的巨型机械，是星舰建造工程中最重要的地表工程机械之一。它的外形像一台带有大量挖斗、钻探头、传送带、推土铲等工具的百手怪物，底座是数十组安装在液压基座上的螺旋杆状推进装置，能很好地适应星舰表面岩浆横流的世界。

在星舰表面当建筑工人是非常艰苦的，还随时面临生命危险，这五十多名叛逃者就是受不了这种苦，萌发了要逃离流放者兄弟会的念头。他们从自己工作的工程堡垒逃了出来，想找到一个飞船起降点，但目前却不得不像老鼠一样钻进另一座工程堡垒，苟延求生。

昏暗的舱室内，一个十八岁的年轻工人哭着问吴廷："头儿……我不想往前走了，我们能回去吗？"

吴廷检修着被星舰表面的狂沙打出无数刮痕的电磁突击步枪，对年轻工人说："出发前我就说过，这条路是没法回头的，你跟咱们走了，就只能一条道走到黑，你听听外面的风声，活像要把人给撕成碎片，如果现在离开这座工程堡垒，只怕连活下来的机会都没有。"

郑然带着两三名兄弟，穿行在乱如蜘蛛网的电线和管道中，检视整座工程堡垒。在这狂风肆虐的熔岩地狱，只有这种重达上万吨、宛若地球古代城堡的庞然大物可以在狂风中屹立不倒。它虽然有近两米厚的特种隔热陶瓷外壳，但也已经被风沙削蚀得坑坑洼洼。星舰上的地壳刚刚成形，通常只有几米厚，有些比较薄的地方甚至只有几厘米，根本不足以支撑堡垒自身的重量，工程堡垒就像一艘大船，压碎薄冰一样的地壳，漂浮在黏稠的岩浆海洋上。

工程堡垒的舱段很容易让人联想起宇宙飞船的内部结构，实际上，它的技术跟飞船是相同的。亚细亚星舰的原始大气成分跟数十亿年前刚刚形成的地球大气很类似，充斥着大量的剧毒硫化物气体，完全不存在氧气。工程堡垒跟飞船一样是完全密闭的，有复杂的空气循环系统。郑然找到氧气制造舱段，仔细地检查了一遍，吃力地扳下几根杆子，巨大的氧气制造机发出震耳欲聋的嗡嗡声，喷吐出带着机油臭味的氧气。

在确认工程堡垒的密闭性不存在问题之后，郑然才摘下宇航服的头盔，贪婪地吸着刚制造出来的氧气，用无线电台通知大家："各位可以取下头盔了，这儿有充足的氧气，记得把自己的氧气瓶装满。"

每座工程堡垒都好像一座封闭在厚实金属乌龟壳里的小村镇，在这工程堡垒里面，有起居室、食堂、幼儿园、卫生室等，设施齐全。星舰表面的环境太恶劣了，人们很难在室外生存，也无法像地球时代那样建立起四通八达的交通网，每一支工程队都拖家带口地在这种地方生活。

吴延摸索着来到控制室，控制台上厚厚的灰尘意味着这座工程堡垒已经被荒废一段时间了。他试着启动堡垒的行走系统，堡垒一阵颤抖，瘫痪不动了，引擎压力表红灯闪烁，显示核反应堆功率不足。

"兄弟,核反应堆的阀门好像关闭了,你能到动力舱去看个究竟吗?"吴廷通过无线电对讲机跟郑然说。

"没问题。"对讲机传来郑然的声音。

吴廷又补充说:"小心点儿,我刚才搜索了几个舱室,发现这座堡垒是被主动抛弃的,半具尸体都没有,不像毁于地震和流星撞击的工程堡垒那样横七竖八都是死人。我唯一知道会让人主动抛弃堡垒的事故,只有一种……"

郑然接过话茬说:"地震和流星撞击都是没有逃生时间的,只有核泄漏才是不得不逃离,又有足够的反应时间,可以从容撤走。"他根本不必去猜事故原因,光是凭靠近动力舱时宇航服上的警报器嘟嘟地发出核辐射超标的警告,就足以判断是核泄漏。

工程堡垒的动力装置是技术落后但造价低廉的小型核裂变反应堆,吴廷提醒郑然:"兄弟,小心要命的核辐射,如果太危险,咱们就干脆放弃这座堡垒。"

兄弟会有一条不成文的规矩:当核泄漏发生时,工人们必须在第一时间放弃工程堡垒,保住性命才是最重要的,毕竟制造一座工程堡垒只需要几个月时间,而培养一批熟练的技术工人至少要十几年,所以,很多工程堡垒哪怕只是发生了轻微的核泄漏,也会被丢弃在岩浆海洋上,无人问津。

郑然嫌警报器太吵,拔了电源接头,说:"这儿不危险,你听警报器都没响,我很快就能修好它。"说罢,他让同行的队员们留在门外,独自走进核动力室,关上厚重的铅板门,独自维修损坏的蒸汽阀门。

在核辐射环境中维修阀门就好像跟死神掷骰子。郑然看了一眼墙壁上的核辐射强度计,泄漏的核辐射强度是28000西弗,他的密闭式工作服并没有阻隔核辐射的功能,根据经验,人暴露在这种强度的核辐射中,有50%的概率会在三个月内死亡,但他还是决定搏一搏。如果恢复不了工程堡垒的动力,大家不管待在这儿,还是抛弃堡垒徒步逃离,罹难的概率都会更大。

郑然独自在核动力室维修反应堆,铅板门外的弟兄们也不轻松,大家都埋头检修设备,谁都不吭声。他们五十多名好兄弟一起逃离恐怖的星舰引擎安装现场,现在却不得不留一名兄弟在核动力室中跟死神掷骰子,换作是谁,心头都不会好受。

咣当!核动力室沉重的铅板大门打开了,郑然倚靠在门边,有气无力地打出成功的手势,说:"搞定了,我去休息一下……"

一个哥们儿想过去扶他,郑然说:"别靠近我!我身上沾染有放射性尘埃……"说着,他自己扶着墙壁,一步三晃地走向一个独立的舱段。

◆ 4 ◆

这是一个作为幼儿园使用的舱段,郑然坐在靠墙的小床上,看着墙壁上小孩子的涂鸦。一幅歪歪扭扭的画吸引了他的目光,画面上有一栋红顶小房子,房子边一家三口站在草地上,草地上开满鲜花,头顶是蓝天白云和太阳公公,旁边还有一行稚嫩的文字:亚细亚星舰,春暖花开。

郑然想起小时候,自己跟吴廷也曾经画过类似的涂鸦。五岁那年,士兵们闯进孤儿院逮捕院长和义工的事情虽然在他脑海里留下了无法磨灭的恐惧感,但随着时间的推移,那种恐惧慢慢被小学老师在课堂上描绘的未来星舰世界的美好景象所取代。十二岁时,他跟吴廷都发誓要成为伟大的星舰建造工人,直到他们十八岁从技校毕业,被送往亚细亚星舰时,才被星舰表面恶劣的环境吓呆了,对星舰建造的满腔热情顿时化成了恐慌,很快就跟脑海里压箱底的五岁时的恐惧感相互汇杂,萌生了赶快逃离这个鬼地方的念头。

"好兄弟,你现在情况怎样?"郑然的通信器中传来吴廷的声音。

郑然有气无力地说:"还好,看样子暂时死不了,我们按照原定计划赶往27号船起降港吧,抢一艘飞船,离开这个鬼地方……"

吴廷启动了工程堡垒的行进装置,堡垒颤抖着,螺旋状的推进杆慢慢转动,在炽热而又黏稠的岩浆表面留下一道道鲜红刺目的爬行痕迹。堡垒终于轰鸣着爬出厚雪般的积尘层,慢慢向前爬动。

控制室里,吴廷打开强光探照灯,只见漫天的飞灰在狂风中飞舞,即使把灯光调到最亮,能见度也不足十米。他打开雷达,发现只能扫描到前方不足百米的情况,现在只能靠飘浮在星舰上空卫星轨道中的工程飞船发射的导航信号辨别方向，但在这艘浓云笼罩的星舰上，任何遥感技术都无法穿透云层拍摄到地表形状，在这样的视界里驾驶着工程堡垒前进，无异于盲人骑瞎马。不知有多少施工队就这样在跋涉的过程中连人带堡垒跌进了岩浆喷发形成的熔岩峡谷中，尸骨无存。

一块大岩石从天而降，狠狠地砸在工程堡垒上，箩筐大的石块将两个相连的舱段砸出个透明窟窿，舱段的气密门紧急关闭，但已经有少量剧毒的原始大气带着浓烟涌进舱室，呛得大家涕泪横流。几个弟兄赶紧重新戴好封闭式头盔，拉上保护服的拉链，钻进舱段封堵缺口。不知道这到底是被火山喷发抛到高空又砸下来的岩石，还是闯进大气层的陨石，总之，尽快离开这个危险的鬼地方才是最重要的。

吴廷将堡垒的速度开到最大，但堡垒仍然慢吞吞地在岩浆海洋上挪动，天空中隆隆的巨响震撼着每个人的心脏，一些小块的陨石突破浓雾的封锁，拖着明亮的火焰从堡垒身边擦过，像炮弹一样落在大地上砸出深深的陨石坑，陨石坑又很快被漫上来的岩浆填满，吴廷甚至可以清晰地看见陨石以超过音速的速度穿越浓雾时，烟雾在冲击波挤压下剧烈翻腾。

熔岩大地被流星雨砸出密密麻麻的陨石坑，路更颠簸了，工程堡垒在大坑套小坑的陨石坑中起起伏伏地颠簸，所有的弟兄都像晕船一样吐了个翻江倒海。眼尖的吴廷注意到有些"陨石"竟然带着熔融的金属光泽，甚至涂有未完全烧毁的文字，这才知道那一定是某艘被小行星撞毁的飞船在大气层中解体的碎片，它连同支离破碎的小行星一起栽进大气层，变成这场流星雨的一部分。

"好兄弟,你说我们能不能活着到达27号航天港?"吴廷拿起通信器,问郑然。

通信器传出郑然的笑声,郑然说:"如果我说不能,你会不会打道回府?咱们既然决定了要离开这个鬼地方,那就尽力往前冲,至于能不能冲出去,就看老天爷的意思了!"

"对!我们尽力往前冲!看老天爷让不让我们活下来!"吴廷大声说着,把工程堡垒的行进目标锁死在27号航天港的方向,反正没有任何方法可以看得到前方的情况,也无法预知陨石会不会命中工程堡垒。工程堡垒轰隆隆地颠簸着往前开,沿途遇上的一切物体,不论是陨石、坠落的飞船碎片还是其他工程堡垒的残骸,统统被它碾压在身下。

做出了这个疯狂的举动之后,吴廷却突然觉得轻松起来,大家连死都不怕,这世上还有什么值得害怕的事情呢?他带着弟兄们检查整座堡垒,发现除了核辐射超标之外,整座堡垒完好无损。他们重启了人造食物制造工段,机器轰鸣着,利用充沛的核动力,用搜集来的碳氮磷氧等无机物合成食物。一个鼻子灵敏的弟兄在食物制造机旁闻到了很浓的酒精味,说:"头儿,这台仪器有点儿故障,在合成碳水化合物的过程中,产生了一部分酒精。"

正常情况下,这样的机器是要进行维修的,但吴廷一听却乐了,振臂高呼:"别管那么多!把酒精兑上水,大家今晚大碗喝酒!"

幼儿园舱段里，郑然找到一间小小的淋浴房。在工程堡垒里面，别的生活设施可以没有，但淋浴房却多的是，因为在这危险的星舰表面工作，皮肤上很容易沾染各种有毒物质，核辐射尘埃只是其中一种，所以要有尽可能多的淋浴房让人能及时冲洗掉身上的沾染物。

浴室里，郑然打开喷洗装置，浴室顶部和四面墙壁喷吐出热水和空气泡沫，哗啦啦地洗去他一身的汗渍。浴室墙壁也同样镶嵌着核辐射强度计，随着流水的冲洗，强度计闪烁的红色数字不断减小，最后变成绿色的数值，表示郑然身上沾染的核辐射尘埃已经被冲洗掉，浴室内的辐射强度已经降低到正常值，但这并不意味着他能就此康复，事实上，很多辐射病都是过了短则数小时、长则数年，才会体现出它的可怕。

"好兄弟，我这里有酒，要喝一杯吗？"淋浴房外，吴廷拿着酒杯酒瓶，问他。

郑然咣当一声打开门，拿起酒杯一口喝完，说："有酒不喝是笨蛋，再来一杯！"

一杯烈酒下肚，郑然又要了一杯，吴廷问："你刚承受了那么强的核辐射，喝这么多酒没问题吧？"

郑然不作声，又是一杯酒下肚，却突然一阵剧烈的咳嗽。他痛苦地弓起腰，吴廷注意到郑然的杯中有几滴殷红的东西慢慢化开，那是他咳出的血！

◆ 5 ◆

"替我保守这个秘密,别让弟兄们知道我身体垮了,我们说好要一起逃出这个地狱的。"郑然坐在墙角,对吴廷说。

吴廷握住郑然的手,说:"放心吧,这是只有我们俩知道的秘密。"

天空传来沉闷的吼声,好像有成千上万头洪荒巨兽在大家的头顶上怒吼,一个弟兄连滚带爬地闯进舱段,大声叫:"头儿!外面的天空出现了大规模的放电现象!这个世界要毁灭了!"

吴廷脸色都变了,搀扶着郑然,一起走到控制台,眺望着窗外的天空。

天空仍然黑沉沉的,但漫天尘沙已经散去大半,强光探照灯的照射范围也大幅增加到数百米。闪光划破黑黢黢的苍穹,每一次强烈的闪光都照亮整个天空,大家甚至可以用肉眼看见黑沉沉的天空下那浓墨般翻滚的乌云,很多人都是头一次听到要撕裂天地的电闪雷鸣,惊恐地趴在地上。

郑然睁着双眼,失去焦点的眼神茫然地看着天空,对吴廷说:"好哥们儿,我的眼睛已经看不见了,给我描述一下外面的天空是什么样子吧。"

吴廷知道核辐射的伤害在逐步蚕食郑然的身体,他已经双目失明了。吴廷在他耳边说:"外边的能见度高了一些,原本漫天的灰尘现在好像沾上了水汽,飞起来的那些闪光从天上劈到地上,分成很多枝丫,伴随着很大的爆炸声,很亮、很响。"

郑然仔细聆听着,过了半晌才说:"这就是老一辈的人所说的闪电啊,在故乡地球是司空见惯的天文现象。"

"这就是闪电啊……"吴廷看着窗外的闪电,低声感叹,他们都是在飞船上出生、长大的,雷电雨雪等自然气候只存在于长辈们一代代口耳相传的传说中。

郑然说:"这世界能发生闪电,就说明大气层中已经出现了积雨云,产生了足够强烈的空气对流,有了典型的对流层,这是星舰表面的原始大气层开始朝着科学家们的设想逐渐转变了。"

"什么是积雨云?"吴廷问郑然。

郑然说:"按照以前上学时老师教的知识,积雨云是一种很厚的云层,通常会带来充沛的降雨。"

跟郑然不同,吴廷在学生时代就一直是成绩排倒数的学生,很多课堂上的知识他现在压根儿就忘光了,他又问:"降雨是什么?"

郑然仔细聆听着外面的声音,却没有回答,因为他已经不需要解释了,噼里啪啦……一颗颗豆大的雨点从黑暗的天空中降下,噼里啪啦地打在监控室的复合玻璃观察窗上。

两千年了……自从祖先们两千年前被流放出地球之后,就再也没见过降雨。亚细亚星舰上的这第一场雨,是事隔两千年后,流放者的后裔们目睹的第一场雨。

这五十多名一心想着要逃离兄弟会的年轻人并不知道,此时此刻,距离他们不足 20 千米的天空,正停泊着一艘最高科学院的监测飞船,飞船里的科学家们正忙碌地监测各项数据,"下雨了……"不知道是谁小声说了一句,很多科学家停下了手里的工作,看着屏幕上那噼里啪啦的雨点逐渐由疏变密。大家都静静地看着,一些学者的眼眶慢慢湿润,轻微的啜泣声悄悄在船舱中扩散。"我们成功了……"有人小声说了这么一句,人们开始相拥着痛哭。

降雨出现了,就意味着制造类似地球的大气环境迈出了关键的一步。这场降雨将持续好几个世纪,它会带走地表的热量,让熔岩横流的星舰表面逐渐冷却成乌黑的原始地壳,形成黑浊的原始海洋、奔腾的原始河流,为大地带来充沛的液态水,成为将来支撑整个星舰生物圈的生命之源。但浓云笼罩的天空阻隔了飞船的遥感系统,他们根本没想到,有一座工程堡垒正位于暴雨滂沱的岩浆海洋中。

岩浆海洋上的降雨是一场噩梦,如果说从天而降的流星雨是接连不断的炮轰,这铺天盖地的滂沱大雨就是密集的机枪扫射。岩浆海洋的腾腾热气让雨点还没落到地面就被空气加热到沸腾,沸腾的雨点穿过白雾缭绕的水蒸气云雾,狠狠砸在数百度高温的岩浆中。这就跟冷水落在滚烫的油锅一样,瞬间冷却的岩浆顿时变成炽热的碎石四处飞溅,接连不断打在工程堡垒上。

吴廷他们只顾逃命,根本没注意到星舰建造局早早就通知了各工程堡垒避开降雨区域,只顾一路猛闯。尽管工程堡垒的外壳非常坚硬,但也扛不住成千上万的碎石不断撞击,一些跟外壳相邻的舱段被碎石砸出密密麻麻的裂纹，湿漉漉的雨水沿着裂纹渗进舱室，在墙壁和地板上腐蚀出一个个气泡。

"雨水有很强的腐蚀性！大家离开那些受损的舱段，集中到内部的舱段来！"吴廷通过工程堡垒的广播系统，向大家呼叫。

这个世界的原始大气层充斥着大量的硫化物气体，雨滴在积雨云中形成时，空气中的二氧化硫溶解在雨滴中，形成强腐蚀性的硫酸液滴铺天盖地落下。工程堡垒虽然能抵挡高温和撞击，但扛不住大量的硫酸腐蚀，一些被腐蚀的舱段已经闪出电火花，散发出令人窒息的臭氧气味，"好兄弟，我们现在该怎么办？"吴廷大声问郑然。

"我们为什么不向别人求救呢？"郑然反问吴廷。

吴廷的手放在紧急呼救按钮上，却犹豫着不敢按下。他们可是打算逃离星舰的，万一救援队来了，救了之后一盘查，搞不好要蹲监狱，这叛逃的事情可就玩儿完了。

郑然感觉到了吴廷的犹豫，问他："你会不会撒谎？"他既然问出这话，那自然是有了主意。

◆ 6 ◆

当星舰建设局的 1506 号救援队路过被标记为"危险区域"的第一号降雨区时，一个呼救信号传来："我这里是 2098 施工队的五十多名工人,我们这边有一名工人遭受了严重的核辐射,需要紧急治疗!"

"2 098号施工队?你们不是应该在星舰引擎吊装现场的工地上吗?怎么跑这儿来了?引擎安装二局的负责人长时间联络不上你们,以为你们集体遇险了,正组织地毯式搜索呢!"救援队回答说。

听到这话,吴廷冷汗都流了出来,事情都闹到局里派出人搜寻他们了,如果不能编个好点儿的理由,铁定要吃不了兜着走。

"别紧张,按照我刚才教你的回答。"郑然坐在一旁,小声说。

吴廷清了清嗓子,说:"我们的一个兄弟在引擎测试的过程中,被泄露的核辐射伤害,你们也知道我们很多大型机器都使用核裂变反应堆作为动力,我们的通讯器也被破坏,无法跟2局取得联系,只好试图带着受伤的兄弟徒步返回营地就医,但风沙很大,迷失了方向,好在找到一座废弃的工程堡垒暂时躲避风沙,我急着要找到营地,就带着兄弟们四处乱闯,迷了路,不知怎么就跑到这儿来了!"

救援队问:"工程堡垒怎么可能迷路?每一座堡垒上都有卫星导航系统的!"

郑然捂着胸口对吴廷说:"告诉他们,这座堡垒的导航系统已经损坏了,我们发现它时就是坏的!如果不信,就叫他们下来自己看!"

吴廷照着郑然的说法,向飞船复述了一遍,他拿不准飞船上的救援队员是否会相信这通篇鬼话,但对方见事态危急,不论真假,都会先把这五十多个弟兄救出来再说。

星舰的第一场雨实在太大了,短短几个小时,原本的岩浆海洋就变成了一片泽国,岩浆的热量让积水沸腾,在这闪电照亮的天地间,目光所及,尽是开水沸腾的蒸汽,要命的是这还不是普通的开水,而是沸腾的硫酸。

郑然的身体状况更糟糕了,他皮肤上逐渐出现明显的出血点,牙龈开始流血,眼底部位也出现了血迹,这都是身体遭受过量核辐射逐渐体现出的症状。

救援队的地效飞行器慢慢停泊在工程堡垒旁边,一座全密封的金属栈道慢慢伸向工程堡垒的气密门,喀啦一声牢牢锁住,在自动开锁装置的驱动下,气密门慢慢打开,几名穿着防辐射服的护士赶了进来,问:"你们是谁遭受了核辐射伤害?"

吴廷扶着郑然走到气密门边,护士们给他紧急处理了一下出血状况,让他躺在担架上,送往地效飞行器,其他弟兄相互搀扶着,也往飞行器上走去。

嘟嘟嘟!护士长手中的核辐射探测器响了起来,她警觉地叫停众人,大声说:"你们别乱跑!上了飞行器之后直接进隔离室!你们都不同程度地沾染了核辐射!"

听到护士长这么说,吴廷暗暗松了一口气,想起就在短短五分钟之前郑然说过的话:"救援队来到之后,很可能把我独自一人送往医院,把你们遣返回工地,那样你们就没机会逃走了,唯一的办法是你们也到核动力舱段中转一转,沾染上核辐射,记得小心控制好时间和辐射剂量,要控制在让他们觉得大家都得送往医院治疗、但又不会真正对身体造成危害的程度。"

星舰上的天空仍然乌云滚滚,要不是接连不断的闪电照亮整个世界,那天地间就只是伸手不见五指的漆黑一片,暴雨依然滂沱。

就在最后一名弟兄登上地效飞行器后,山洪暴发了。一些陨石撞击形成的环形山在大雨中积满了雨水,形成浓硫酸大湖,湖水拍打着环形山的山壁,瓢泼般的硫酸雨吞噬着天地间的一切,波涛拍碎山壁,成千上万吨沸腾的硫酸夹着炽热滚烫的大块岩浆岩,奔涌直下,形成铺天盖地的山洪,扑往更加低洼的平原和山谷。

坚固的工程堡垒像一艘玻璃做的小船,被滔天浪花抛到空中,又从高空狠狠摔落,在迅速退潮后裸露出的岩石层中砸得粉碎。下一波巨浪又扑涌过来,吞噬了工程堡垒,工程堡垒内部的金属材料、管线在浓硫酸的腐蚀下,起了剧烈的化学反应,冒着火花和泡沫,翻滚着响起一连串的爆炸,最后沉入了湍急的硫酸洪流中,再也不见踪影。

地效飞行器急速上升,以最快的速度逃离这个沸腾的硫酸海洋,不时急速机动躲避泰山压顶般压过来的滔天巨浪。漫天闪电在暴雨中划破苍穹,隔离室里,吴廷借着闪电的亮光,看见舷窗外的浓硫酸巨浪夹着泥浆碎石扑打着飞行器的金属机翼,原本雪白铮亮的机翼已经被强酸腐蚀得锈迹斑斑。

吴廷紧紧握着躺在病床上的郑然的手,在他耳边说:"好兄弟,别担心,我们一定能活着闯出这场暴风雨……"

核辐射对郑然身体的伤害越来越明显,吴廷注意到郑然布满血痕的右手手背上,出现了一块拇指大小的星形瘢痕。核辐射会破坏人体的DNA,他的身体不管出现怎样的症状都不足为奇。

◆ 7 ◆

地效飞行器疾驰了一天一夜,虽然整个世界都被狂风暴雨笼罩着,除了闪电带来的瞬间光明之外就是伸手不见五指的黑暗,但墙壁上的电子钟仍然在准确地指示着时间。

吴廷站在舷窗边,眼睛满是血丝。千沟万壑的大地上,随处可见奔腾汹涌的浓硫酸河流,夹带着黄浊的沙石,冒着浓浓的白雾,气吞万里地奔向正在形成中的海洋。

飞过被洪水淹没的平原、掠过惊涛咆哮的群山之后,闪电照亮的天空下是广袤的高原,翻滚的硫酸洪水顺着预先挖好的运河网奔流入海,高原中间是直径好几千米的地下城施工现场。在工地的边缘,人们筑起了高高的拦水大坝,成千上万台耐腐蚀液压泵昼夜不停地把降在大坝内的雨水往外抽。从高空望下去,数不清的工程机械就像密密麻麻的蚂蚁,在工地中心掘出一个个巨大的坑洞,从坑洞里延伸出来的传送带正把从地下挖掘出来的半熔融状岩石送往地面。十几台大型龙门吊正在往坑洞里吊装耐高温耐腐蚀的建筑板块,其中一台龙门吊被不久之前的流星雨撞翻,正在紧急抢修。

亚细亚星舰几乎是贴着3008星盘飞行，四处乱飞的小行星经常闯进星舰的原始大气层，在大气层中解体，变成成千上万颗流星，在闪电和暴雨中拖着长长的火焰尾巴砸落在大地上。地下城的建造工地三天两头遭遇陨石撞击，因此，受伤甚至身亡的施工人员数量已经很难统计了，但每一次撞击过后，人们总是尽快恢复秩序，继续建造地下城。

工地边缘是简易的飞船起降场，大量建筑材料在停泊于卫星轨道上的太空工厂中被建造出来，用货运飞船送到工地上，而起降场的斜对面，一座规模更大的临时地面工厂正在紧锣密鼓地开工建设，等到将来，工厂也是要搬入地下的。

在遥远的地球时代，当人类在太空中建立起庞大的飞船队伍时，伴随飞船前进、提供维修和生产任务的太空工厂也随之诞生。但今天，历史跟人类开了一个不大不小的玩笑，为了在星舰上建造能抵御宇宙辐射、小行星撞击的地下城，便于就近取材，人们又把工厂从太空搬到了地面。

眼前这正在建设中的地下城是人们在亚细亚星舰上建造的第一座城市，早在它还没动工时，人们就按捺不住心头的兴奋，吵着要给它起名。按惯例，又是从老地球的城市名中抓阄决定，结果，这座还没建成的城市就有了一个古老的名字——新郑市。

地效飞行器在飞船起降场附近降落了，但没赶上刚刚起飞离开的客货混装飞船。郑然遭受的核辐射太严重，这座工地只有简易的临时卫生室，无法治疗核辐射伤害，只能等下一趟飞船把这五十多名弟兄送到停泊在卫星轨道上的大型医疗飞船去。

隔离室里,郑然紧紧抓住吴廷的手,嘴唇嚅动,好像有话要说,他的嘴角渗出不少血渍,看样子病情已经很危急了。

吴廷把耳朵凑到郑然嘴边,仔细听着,只听到他在问:"我们现在到哪里了?"

吴廷在他耳边说:"我们到新郑市的工地了,你再坚持一下,飞船很快就来了!"

"我看不见了,你给我描述一下工地的情况吧……"郑然艰难地对吴廷说。

吴廷用颤抖的声音,在郑然耳边描述着工地上热火朝天的施工场景。郑然静静地听着,等到吴廷说完,才小声说:"工程堡垒已经在硫酸湖中毁尸灭迹了,现在没人知道我们是叛逃出来的……我们是逃离兄弟会呢,还是留下来?现在还有最后一次选择的机会……"

吴廷站起来,对大家说:"愿意跟我一起逃离兄弟会的,请站到我左边;想留下来的,站到我右边。大家要想清楚,这是最后一次选择的机会,咱们一旦离开,就没有回头的机会了。"

三十多个弟兄毫不犹豫地站到吴廷左边,剩下的人犹豫了片刻,最后还是陆陆续续地站起来,走到左边去。

飞船来了,那是一艘很小、很破旧的飞船,吴廷俯下身子,压低声音向郑然讲述飞船的样子和型号。郑然小声说:"逃出去的机会只有一次,你要听好……等飞船的舱门打开时,你就带着弟兄们这样做……"

飞船缓缓降落在简易起降场上,舱门慢慢打开,几名护士抬着担架，把郑然送进飞船。

刚固定好担架和输液管，护士们突然被弟兄们持刀挟持！弟兄们拿出早已准备好的轻型切割器，切开通往驾驶室的门，用锋利的切割刀架住驾驶员的脖子，将其推到船舱里，几个会驾驶飞船的弟兄，坐上了驾驶席。

一个摄像头前，吴廷把锋利的刀子架在郑然脖子边，大声说："我手上有人质！我们要马上起飞！赶快给我们清出一片空域！"

飞船起降港顿时炸了窝，地勤人员四散而逃，塔台的工作人员急匆匆地联络谈判专家，想跟吴廷谈判，同时紧急向军方求援。

吴廷可不管飞船是否完成了起飞前的例行检修工作，直接下令起飞，根本不给工作人员拖延时间的机会。

一声巨响，飞船腾空而起，扯断了仍然连接在船身上的七八根燃料输送管。泄漏的燃料在强腐蚀性的硫酸雨中起火爆炸，整个起降港沦为一片火海，飞船的燃料加注口也起了大火。

吴廷忍着飞船紧急升空时几乎压碎全身骨头的巨大过载带来的剧痛，大声说："赶快关闭燃料加注口！快启动紧急抑爆装置！"

飞船一阵颤抖，被扯断的输送管从船身上脱落，灭火剂在加注口附近喷出，火熄灭了。就在这一瞬间，飞船从厚厚的硫酸积雨云中穿出，满天繁星的夜空出现在大家眼前！

"我们终于逃离那个活地狱了！"弟兄们大声欢呼。

突然间,有人惊叫起来:"头儿!是军舰!兄弟会出动军舰拦截我们了!"

吴廷当机立断,大声说:"把所有人质塞进逃生舱,弹射出飞船外!把飞船开到最大速度逃离兄弟会!"

弟兄们把所有的人质押进逃生舱,吴廷走到郑然的担架前,俯身拥抱他,用颤抖的声音在他耳边说:"好兄弟,你病得太重了,我们实在没法带你走……"

吴廷把郑然送进逃生舱,闭上眼睛,按下弹射按钮。

一声闷响,逃生舱脱离船体,往飞船相反的方向弹出,穷追不舍的军舰立即掉头去捞逃生舱。

待他们救出人质之时,吴廷的飞船已经变成了茫茫星空中的一个小点,想要继续追赶已来不及了。

这一切都在郑然的算计中,他知道兄弟会把绝大多数资源都调集给星舰建造工程,哪怕是被军政府视为命根子的军舰,也没有足够的燃料可以使用,追到一定距离就得打道回府,否则燃料耗尽之后就只能听天由命了。

"头儿,咱们现在去哪儿?"高兴过后,一名弟兄问吴廷。

吴廷说:"听说过'第二迦南'行星吗?我们去'第二迦南'!"

听到"第二迦南",众人又沸腾起来。那是一颗适合人类居住的星球,数十年前,韩烈为了阻止人们在星球上定居,用核弹把这颗星球轰成了不毛之地,但星球的生物圈不是那么容易被摧毁的，经过数十年的休养，那颗星球的生态又逐渐恢复了，不少逃离兄弟会的人都把它作为定居的乐园，有小道消息说，已有数百万同胞在那颗星球上定居了。

"但是我们燃料不足……"有人小声说。

"这我知道！"吴廷站起来对大家说，"现在把飞船所有不必要的设备统统关停，只开启自动驾驶系统，所有人都钻进休眠舱进入休眠状态。太空中没有空气阻力，保持现在的飞行速度几乎不需要消耗能量。也许是五百年后，也许是一千年后，总有一天能到达'第二迦南'！总之，我们只需要美美地睡上一觉，醒来之后就到目的地了！"

◆ 8 ◆

两年之后，医疗飞船中，郑然正在做出院前的最后一次体检，医生看着体检结果说："郑先生，你现在基本痊愈了。"

"'基本'痊愈？也就是说还剩一点儿病根了？"郑然问医生。

医生扶了扶眼镜，说："是这样的，您的辐射病已经痊愈，只是您体内的一处基因变异没得到修复，您也知道，兄弟会的资源一直很紧张，医疗资源也是如此，因为还有很多人排队等着治疗，出于节约医疗资源的考虑，那个'基本上无害'的变异基因我们就没替您修复，还望您体谅。"

郑然问:"可以告诉我是哪个基因发生变异,有怎样的后果吗?"

医生说:"是您Y染色体上的一个基因发生了变异,但后果仅仅是让您的右手手背上长了一颗星形的痣。"

郑然看着手背上那颗显眼的星形痣,自嘲地笑了,说:"Y染色体,那基因变异真会挑地方,以后我有了儿子,一眼就能看出是不是亲生的。"说着,他在出院证明上签了自己的名字。

医生拿起出院证明,走到门外说:"三位先生,你们现在可以进去了。"

话音刚落,一个官员带着两名士兵走了进来,出示了逮捕令,说:"郑然,我们怀疑你帮助他人逃离兄弟会,现在我们要依法逮捕你!"

郑然伸出双手,让士兵戴上镣铐,说:"不必怀疑了,就是我干的,你们打算怎样处置我?"他对今天的结局早有心理准备。

官员说:"如果罪名成立,你将被判处七年以上的有期徒刑,送到亚细邓星舰最艰苦的工地充当苦役。"

郑然笑了,笑得很大声,既是嘲笑别人,也是嘲笑自己,他最终还是没能逃离那个活地狱。

◆ 9 ◆

当吴廷和弟兄们醒来时，发现窗外仍旧是苍茫的太空，周围一光年的范围内连半颗星球都没有，只见休眠舱上表示能量不足的红灯不停闪烁。大家顿时明白过来，"第二迦南"没找着，飞船的能量却快耗尽了，休眠舱的生命保障系统也因年久失修无法继续运作，所以飞船才会把大家唤醒。

我们到底沉睡了多久？吴廷发疯般跑到驾驶室，打开控制台的电脑，调出飞船的航天记录，蓦然然发现大家已经沉睡了五千年！为什么飞船没有到达"第二迦南"？这五千年都发生了什么事？五千年来，电脑积存了以亿计的通信资料，这都是兄弟会的太空广播系统发送的公开消息，尽管大家都在休眠舱中沉睡，但电脑还是很尽职地把这些资料储存了下来。

吴廷用颤抖的手打开那些资料，试图了解这五千年来所发生过的事。慢慢地，一段漫长的历史在他脑海中清晰地梳理了出来……

兄弟会的星舰建造计划并不顺利。在吴廷逃离兄弟会之后的第二十年，新郑市地下城终于一波三折地完工了。又过了三十年，人类终于在欧罗巴、亚细亚和阿菲利克三艘星舰上建起十几座地下城。所有的旧飞船都被拆解，所有的人都搬进了深深的地下城，巨大的星舰完全无视小行星的撞击，闯进3008星盘，开始下一步规模更大的造舰计划。

韩烈生前大力推动的造舰计划极不顺利，吴廷逃离之后差不多三百年，第四艘星舰、同时也是人类第一艘专门设计的星舰——北亚美利加星舰才刚刚完工，比当初的设想足足推迟了两百年。为了纪念这历史性的事件，流放者兄弟会更名为星舰联盟，还抛弃了古老的公元纪年，采用了更适应太空旅行的新纪年方式，把这艘星舰完工的年份定为联盟元年。

联盟诞生近四百年后、第七艘星舰开始建造时，人们已经熟练掌握了建造星舰的方法，从此再也没有在建造过程中出现过大规模的人员伤亡。也正是在这个时代，被称为"人造太阳"的卫星轨道可控核聚变发光器在欧罗巴、亚细亚两艘星舰上率先投入使用，星舰的地平线上第一次出现了太阳初升的晨曦。

联盟诞生七百年后，亚细亚成为第一艘完成生物圈建造工程的星舰，紧赶慢赶，勉强赶上了韩烈将军一千年前定下的星舰建设进度。大气层不再是剧毒的原始大气，蓝天白云下草木如茵，每个人都可以在室外自由呼吸，逐渐充裕的物资供应让生活过得不再艰难，漫长的军政府统治时代也终于落下了帷幕。

飞船接到的倒数第二条消息来自联盟纪元762年，3008号星盘中能利用的重物质基本开采殆尽，联盟政府发出了离开星盘、前往更为遥远的星空寻找下一个原始星盘的命令。

政府命令所有的飞船都跟随七艘星舰出发，吴廷他们乘坐的是数百年前就该淘汰的旧飞船，它虽然接到了命令，但却没有根据这条命令自动唤醒船员的功能，导致大家错过了跟随星舰离开星盘的日子。

吴廷用颤抖的手点开最后一条消息，那是几千年前来自星舰联盟的明码呼叫:"这里是星舰联盟救援队,如果有'第二迦南'的幸存者,请回答!重复一遍,这里是星舰联盟救援队……"

在这段录音中,还有另一段声音比较小的说话声:"最高科学院早就说过'第二迦南'所属的恒星极不稳定,不适合定居,那么强烈的超新星爆炸,方圆一个光年之内的行星都变成灰烬了,哪还有人幸存?"

吴廷查了一下这条消息的日期,很容易就推算出当时飞船所在的位置。那时,这艘小小的飞船正试图利用"第二迦南"附近红巨星的引力场做跳板,朝"第二迦南"飞去,虽然距离不远,但这颗体积庞大的红巨星刚巧阻断了超新星爆炸的致命伽马射线,让大家幸存下来。

船舱里,有人小声哭泣,吴廷给大家打气说:"咱们还是有希望活下来的,我刚检查过飞船剩余的能量,只要省着用,还能再撑一百年。从现在起,我们尽量节约粮食和水,氧气也定额分配,除了值班的人,其余的人都尽量不要动、不要说话,尽最大努力减少身体消耗的能量。我们每隔三十天发送一次求救信号,总有一天会得救的!"

飞船陷入了一片死寂,除了维系生命的氧气制造机、每隔三十天启动一次的信号发送器和被视为最后一根救命稻草的信号接收机,所有的设备都被关闭,整艘飞船像一副飘浮在太空中的大棺材,死气沉沉,毫无声息。

等待救援的日子是非常难熬的,每一秒钟都像一个世纪般漫长,更何况,谁都不知道是否真的会有救援队能收到他们微弱的求救信号，能在这无边的宇宙中发现这艘小小的旧飞船。

第一个三十天过去了，微弱的求救信号石沉大海，茫茫太空像墓穴一样死寂；第二个三十天也过去了，求救信号仍然毫无回音……第二百个三十天过去了，大家早已放弃了希望，只是凭着习惯发送求救信号，就好像行尸走肉摇摇晃晃迈着毫无意义的步伐。

第二百二十一个三十天即将到来，就在轮值的弟兄准备例行发送求救信号时，一片巨大的黑影慢慢出现在天幕上，漫天繁星被它遮挡，无边的黑暗笼罩了整艘旧飞船。

那是什么？大家都惊吓到屏住呼吸，不敢动弹，不知道这不断发送的求救信号招来的庞然大物是敌是友。

巨大的黑影越来越近，按照目测，那竟然是体积接近月球的巨型飞船！巨型飞船的外壳是厚厚的岩石层，密密麻麻布满陨石撞击的环形山，在建造技术上好像跟星舰有着神秘的渊源。这样的巨型飞船竟然有四艘，周围还有无数小型飞船，无一例外都是极为黯淡的黑色外壳，跟宇宙的背景颜色融为一体。

就在大家一颗心都悬到嗓子眼的时候，驾驶室内，那台被大家寄予厚望的信号接收机突然传出声音："这里是星舰联盟第十五舰队，请你们将自己固定好，等待救援。"

救援队终于来了！大家泣不成声，但没忘记互相搀扶着，用安全带将自己固定在飞船锈迹斑驳的舱壁上。

巨型飞船的一个环形山慢慢打开，露出幽暗的小型飞船起降井，飞船好像被看不见的绳子牵拉着，朝着起降井慢慢飘去。

这是可控的引力场，专用来俘获其他飞船的。飞船慢慢钻进起降井。井壁的引力发生器有规律地交替运作，让飞船极为平稳地下沉，穿过十几千米深的升降井，在战舰仓库中摇摇晃晃地停住，却没想到一声巨响，飞船像被折断的丝瓜般碎裂成好几截。地勤兵连忙启动仓库的抑爆系统，灭火泡沫瞬间把飞船给淹没了。

这艘巨型飞船内部有跟地球环境极相似的人造重力场，医护兵把吴廷抬出散架的旧飞船。吴廷只觉得全身都在重力的挤压下剧痛难忍，就好像有成千上万条蛆虫在噬咬着骨头，这才惊觉自己在无重力的太空环境中生存了太长的时间，很难再适应重力环境。

一位鹤发童颜的老人披着军衣，站在吴廷面前说："欢迎来到'阿努比斯号'行星登陆舰，我是星舰联盟第十五舰队司令郑维韩中将，五千年的流浪生活过得很艰难吧，吴廷先生？"

◆ 10 ◆

"阿努比斯号"行星登陆舰毫无疑问是星舰制造技术的副产品，迷宫般的地下城就像一座小城市。吴廷和五十多名兄弟在医院里躺了一个星期，现在已经可以拄着拐杖缓慢地行走了。今天不知道刮什么风，郑司令竟然邀请吴廷去喝茶。

茶对吴廷来说是古书中记载的饮品，在他那个年代，飞船里无法种植茶树，自然也没有茶这种东西。他惊疑不定地看着茶杯中漂浮的叶子，问："你怎么一眼就认出我是吴廷？"

郑维韩说："星舰联盟有一个庞大的数据库，里面记载有五千年来所有叛逃者的资料和叛逃方式，当我在率军返回星舰联盟的途中收到你们的求救信号时，你们的飞船编号也暴露了，联网一查就知道是你。"

吴廷突然紧张起来，抄起桌面的水果刀就朝郑维韩扑去，他想故技重施，挟持人质继续逃跑，但舰队司令哪里是那么容易挟持的？旁边的士兵剽悍强壮，闪电般把吴廷摁住，将他推回沙发上。

郑维韩连眉毛都没动一下，说："别紧张，我只是想跟你聊聊历史……虽然你不认识我，但一定认得这颗痣。"说着，他慢慢褪下右手的白手套，露出手背上那颗小小的星形痣。

吴廷惊呆了，眼前这个老人竟然是他最好的兄弟郑然的后裔！

郑维韩戴上手套，说："遇上你好兄弟的后代，是不是觉得很巧？其实照我看来，你迟早会遇上的。去年清明节，亚细亚星舰郑家祭祖大典，六百万郑氏子孙们当时摩肩接踵的，每一名男丁的右手手背部有这样的痣。请你告诉我，我的祖先为什么要叛逃？"

郑然竟然有六百万子孙！吴廷明白了，郑然的背叛让每一代子孙都烙上"叛逃者后裔"的烙印，郑将军自然会追问祖先叛逃的原因，吴廷说："叛逃的原因不是很简单吗？因为日子过不下去了！我们不想死在星舰的工地上！"

"人都是会死的,你们到底想死在哪儿?是'第二迦南'行星,还是太空?"郑维韩问他。

"我根本不想死!你们这些过惯了安逸日子的人根本不知道那时的生活有多苦!大家都是人,凭什么你们就能诞生在一个不用担心随时会送命的时代,凭什么你们一出娘胎就可以呼吸新鲜空气,打开门就能看到青山绿水?凭什么我们就必须忍饥挨饿,像奴隶一样建造星舰。"吴廷大声叫喊着,用力挣扎,士兵们不得不用力按住他。

郑维韩说:"我郑家前面七百多年的二十八代祖先,葬身在3008星盘的星舰建造工地上的不可计数,我们现今的日子都是祖先们用命换回来的。"

"你的祖先是英雄!但那是被枪口顶着脑袋推上神坛的英雄!至少郑然是这样!"吴廷也不甘示弱,大声吼叫。

郑维韩看着休息室的墙壁上那幅巨大的星图,要说偌大的星舰联盟是在祖先们的累累尸骨上建立起来的也不为过。行星登陆舰突然微微晃动,吴廷问:"发生什么情况了?"

郑维韩放下手中的茶杯,说:"舰队刚刚完成最后一次空间跳跃,即将回到星舰联盟。顺便告诉你一声,我已经通知警方了,星舰联盟可以不追究你们五千年前的叛逃罪名,但劫持飞船的罪行还是要追究的。"

吴廷知道自己没法逃了,情绪反而冷静下来,问:"我走之后,郑然过得怎样?"

郑维韩说:"他服了七年苦役,出狱后没多久就结婚了,育有五个孩子,在新郑市地下城的建造过程中,为了保障中央巨柱的吊装质量,他牺牲了自己的性命。"

吴廷说:"那不像他的作风。"

郑维韩说:"你没有孩子,不懂得一个父亲为了自己孩子的未来所能做出的牺牲。我一个朋友做过一项很有意思的研究,五千年前,建造星舰的支持者大多为人父母,反对者主要是十几二十岁的年轻人。"

他们有一搭没一搭地聊着,直到警方的飞船出现在舰队的雷达范围内。郑维韩问:"要我给你们聘请个好律师吗?"

吴廷摇头,黯然说:"不必了。我这辈子算是白折腾了,如果可能的话,就让我回到叛逃地服刑,了此残生吧。"

朕是猫

猫眼中人类的星舰时代

文 / 罗隆翔

◆ 1 ◆

小美是一名刚从护士学校毕业的年轻护士,在一所临终关怀医院工作,像她这样的年轻女孩,竟然很意外地接到了高高在上的军方雇佣函。

在医院院长的办公室里,她忐忑不安地看见一名军官伏在案前,认真读着什么。

看军官胸前那枚带翅膀的特殊履历章,此人可能是参加过太阳系战役的老兵。军官看见她,开门见山地拿出一封信,说:"我们的一名老战友快不行了,你们护士长向我推荐你,希望你能陪我们的那位老战友走完生命中的最后一段日子,这是住址。"

小美问:"为什么你们会选择我?"她知道军方的医疗系统从来不缺优秀的护士,为何这次会专找她这个刚毕业的新丁?

军官说:"看你的履历表,你学生时期曾经当过五年的宠物护理员,而且做得非常好,我们的护士虽多,但有宠物护理经验的却非常少。"

护理老兵跟宠物护理经验有啥关系?小美疑惑地抽出信封,看到了那名"老兵"的简介,吃惊地问:"您的老战友是一只猫?"

军官说:"是的,这位老战士,名叫虎威七世,是一只救了整艘'伏羲号'航天母舰连同舰上一万五千名官兵的功勋猫,我们曾经发过誓,要好好赡养它,直至它善终逝世。"

虎威七世是一只极富传奇色彩的密涅瓦黄金猫,这是星舰联盟用从地球带出来古代猫基因杂交出来的大型特殊猫种。很多人都喜欢通人性的宠物,普通猫的智商相当于二至四岁的小孩,它们早在地球文明的古典时代就深得人类喜欢。密涅瓦黄金猫的智商是猫中之最,相当于六到八岁小孩的水平,其中少数特别聪明的甚至具有更高的智商。

星舰联盟的主力舰向来都非常巨大,通过天地摆渡飞船跟周围的星舰取得联系,于是,总有些诸如老鼠之类的坏东西会无孔不入地钻进飞船……人能生活的地方,老鼠就能繁衍。老鼠在军舰上做窝这种事,从遥远的风帆战舰时代到先进的信息时代,再到独霸一方的星舰联盟时代,总是无法根治。于是,军舰上用养猫来抑制鼠患也成了"自古以来"的传统做法,而猫咪的可爱也往往可以排解士兵们在漫漫长途中孤寂无聊的烦恼,这是任何先进捕鼠工具都无法替代的。

十年前,星舰联盟为收复太阳系有功的官兵们授勋,这只猫也在授勋之列,一度成为各大媒体的头条新闻。在媒体的报道下，所有人都知道了它的功绩：联盟舰队向窃居太阳系长达七千年之久的机器人叛军发起总攻时，一股特种机器人叛军伪装成地球人的样子，骗过严密的防线，居然潜入了负担主攻任务的"伏羲号"航天母舰，试图引爆母舰的动力装置。一旦它们得手，整艘航天母舰将会炸成一团火球，这场最后的大战役很可能会以人类失败告终……这伙以最尖端机器人科技制造的拟人机器人，就连负责防守母舰安全的航天陆战队员和先进的检测设备都没有识破它们的身份，但就在紧要关头，虎威七世发现了它们的破绽，陆战队员才得以将它们全歼，确保军方顺利拔掉了抵达地球故乡之前的最后一枚钉子——武装到牙齿的火星要塞。

◆ 2 ◆

小美按照军官给的地址，来到法厄同星舰，这是一艘一百多年前在事故中惨遭重创的星舰，但如今已经彻底修复。当客运飞船进入法厄同星舰的大气层时，那扑面而来的青山绿水让人恍若重返古代的地球——尽管今天人类已经收复地球，但地球已经被破坏到无法恢复，那些古书描述中的优美环境，也就只能在星舰联盟中看到了。

法厄同星舰上的城市非常少，人口超过百万的城市总共只有两座，小美这次的目的地是一座叫作新金山市的小城，人口不足五万，位于群山环绕的原始森林中。重建一座被摧毁的城市容易，想让人口恢复到以前的数量却有点儿难。要想抵达这座城市，仅有一条交通线，就是深埋在星舰的大地下的那些四通八达的高超音速真空磁悬浮列车。

磁悬浮列车中的乘客很多，毕竟这年头交通方便，横亘两个多光年的星舰联盟通过便捷的地下交通工具和空间跳跃型飞船连接成一张巨大的两小时交通网，跨城市甚至跨星舰工作，就跟到隔壁邻居家串门一样方便。然而此时在新金山市下车的旅客却不多，毕竟这只是一座很小的城市。

当小美走出车站，呼吸着新金山市带着森林清香的空气时，恍若时光凝结在了古书中记载的地球文明的19世纪。这里看不到大城市的摩天大楼，除了主干道的柏油路外，其他道路大多是依山而建的石板小路，石头和木材混搭的小房子分列道路两旁，式样根据主人的喜好随意搭建，根本找不到两栋完全一样的。几个叛逆期的年轻人驾驶着摩托车在山间石板路上耍杂技般前行。

对一座小城来说，新金山市的游客是比较多的。这座小城以湖光山色而小有名气，除了游山玩水，其余的就是参观收复太阳系的指挥官郑维韩将军的故居——他可是新金山市有史以来出过的最大的大人物。军官给小美的地址刚好就是将军故居，她还没说明来意，就被导游当成旅客，热情地招揽进屋。"各位游客，这里就是骆驼茶馆，将军的童年是跟舅舅一起在这里度过的，大家可以在这里喝一杯茶，看看这些遗物。墙上挂的是将军婴儿时期穿过的开裆裤，这个旧书包是将军小学时用过的，书包上的涂鸦是将军的真迹，各位看到这副怪模怪样的耳钉了吗？这是将军少年叛逆期时戴过的东西，没错，他也曾经叛逆过。门边停的那辆刮痕多得数不清的破摩托车就是他少年时期飙车的座驾——当时他甚至还没有驾照。"

陈列室中的展品乏善可陈，跟以前普通叛逆少年的杂物没啥两样，保存得也不算完好，毕竟当年谁知道他后来会成为大人物呢？他的父母觉得他没进少管所就已经是祖上积德了……好在这里不收门票，进来休息一下，喝两杯茶价格也公道，不然就凭这些没啥看头的展品，搞不好会被游客投诉。

小美跟着游客到茶馆门前的小广场参观将军的雕像，一名眼尖的游客突然大声说："快看！将军头顶上趴着一只猫！"

导游笑着说："将军头顶上趴着的就是著名的功勋猫——虎威七世陛下，它很少出现在游客面前，大家今天能看到它，是非常幸运的！"

虎威七世并不是纯种的密涅瓦黄金猫，相反，它混有虎斑猫的血统，这样的混血猫在宠物店是卖不出好价钱的，但此刻，它却像一头小老虎，趴在威严的将军雕像头顶上，居高临下，俯瞰游客，有一种气吞天下的霸气，让人感叹不愧是功勋猫，连气势都不是凡猫能比的。

在小美说明来意之后，新金山市的副市长亲自接见了小美——话说这种被遗忘在深山的超小型城市的副市长还真没架子可摆，跟邻家大叔没啥两样。这座五万人的城市80%的成年人都在外面工作，下班后或周末才回家，只有最没出息的才留在这里当公务员。

小美这时才知道，虎威七世有一个十人的护理团队在照顾它的饮食起居，排场比副市长大人还大。这支护理团队有几个是虎威七世的老战友雇的护理专家，其余则是将军的孙女郑清音高薪聘请的。副市长提到郑清音时，表情毕恭毕敬，想来那也是身份地位比他高一大截的人物。

　　"别的话不多说了，你的任务，就是好好照顾虎威七世陛下，除了已经过世的郑将军，本市就数它最显赫了，将军和虎威七世陛下对本市的旅游业……咳咳，本市的发展，是有很大贡献的。"副市长在说了一大堆废话之后，才这样交代小美。而虎威七世则叼着一尾烤鱼，蹲坐在副市长的秃顶上。

　　副市长问护理团队："话说，你们谁想办法把虎威七世陛下请下来好不好？我脖子实在有点儿吃不消了。"看样子这些人也对这只不羁的老猫没辙。

　　小美捏着虎威七世的脖子直接把它从副市长头顶上拎了下来，副市长顿时脸色大变，大声咆哮："你怎么能这样对待一名战功显赫的老兵？！"

◆ 3 ◆

　　猫的寿命通常是15年，但虎威七世已经30岁了，折算成人类的寿命就是150岁的惊人高龄，上了年纪的猫总会给人一种通灵性的奇特感觉。

在新金山市这座以出了一位旷世名将而自豪的小城里，老兵是非常受人尊敬的，顺带着连虎威七世也变得神圣不可冒犯。小美拎它脖子，那可是犯众怒的事情，护理团队甚至开始讨论小美是否适合待在这里。

最终，小美以1票赞成、23票反对的绝对劣势……保住了工作。那唯一且关键的一票来自不可冒犯的虎威七世——它当时趴在小美头顶，谁敢靠近它就挠谁。猫是一种安全感特别低的动物，如果不是很亲近一个人，绝不可能缩在那个人怀里，更别说趴在头顶了。

"你会说话，对吧？"一次例行体检结束后，小美小声问虎威七世，它的项圈上挂着一只拇指大的脑电波翻译器，可以把它的脑电波翻译成人类的语言。

团队里的医生说："它当然会说话，整个儿猫精一个，智商逼近14岁的孩子，将军在世时它就经常跟将军聊天，郑清音董事长回来也能跟它聊上几句，只是它不屑于理会我们这些愚蠢的凡人。"这位医生原本是"伏羲号"航天母舰上的军医，得知老战友虎威七世年事已高，就主动申请过来照顾它。猫的寿命比人类短太多了，就算天天陪着它，只怕也没有多少天可以陪了。

普通的猫是不能被带上太空战舰的，毕竟星舰里满是精密设备，只有智商够高的密涅瓦黄金猫才能进入极为重要的航天母舰，虎威七世有惊人的智商，能进入战舰也是情理之中。它跳上柜顶，小美以为它又要跳到谁的脑袋上，没想到它竟从窗户跳了出去，一句语调奇特的话回荡在空气中："将军的气度不是你们这些愚蠢的凡人能想象的。"

小美问:"是虎威七世在说话?"

医生点了点头。小美追出门外,只见虎威七世又趴在将军雕像的头顶上,眺望着远方森林茂盛的群山。小美问它:"那边有什么值得你挂念的东西吗?"

虎威七世说:"朕最爱的母猫就在那边。"

小美注意到虎威七世自称"朕",她忍住不敢笑,问道:"那你要不要去见见它?"

虎威七世跳到小美的头顶,说:"走吧,朕告诉你它在哪里。"

新金山市曾经的规模远比小美想象得要大,虎威七世带她走到城市边缘,小美才知道森林之下竟然是很久以前的"旧"金山市。百年前的那场意外毁灭了法厄同星舰,后来虽然在原址重建,但在别的星舰谋生安家的居民大多不会回来面对过去的伤痛记忆了,于是,这座城市只剩中心城区还有人居住。周边地区的老房子已经被藤蔓和大树所吞噬,成了森林的一部分,偶尔在青苔和古藤间露出半个屋角,证明这里曾经是街区。

小美走在崎岖的山路上,问起了那个她一直没什么机会问的问题:"你为什么会留下我?"

虎威七世说:"将军过世之后,很多年没人敢拎朕的脖子了,但你敢,你让朕想起了郑将军,他是一个让朕看着就有安全感的人。"

小美站在半山腰，回头看着远方骆驼茶馆门前小广场的将军雕像，说："听爸爸说，将军在世时，大家都觉得如果缺了他，几十年前星舰联盟就该一败涂地了，更别提什么收复太阳系故乡，我想那个年代的人一定是把将军视为最让人放心的中流砥柱。"

虎威七世说："这都是你自己的想象，将军也跟普通老人一样会打瞌睡、抠脚丫，下输了围棋还会赖账，喝醉酒后还曾硬要跟朕比赛抓老鼠，几个士兵都拉不住……他是中流砥柱没错，但不是唯一的，只是他最显眼罢了，伊文、托斯卡，还有韩丹，他们才是更不得了的藏镜人。"它连说了好几个小美没听说过的名字。

小美顺着虎威七世的指示，穿过一个藤蔓缠绕的小山谷——看起来也有可能是被藤蔓覆盖的大楼基坑。这里的植被太茂密，让人很难分得清哪些是真正的山壁，哪些是东倒西歪的大楼墙体，总之穿过去之后出现在眼前的又是一条宽阔的马路——至少在路中间的绿化树拱破水泥地面并把道路切割得支离破碎之前，还是很宽阔的。

路对面是一座荒废的动物园，门口挂着一幅褪色的老虎照片。虎威七世说："看到了吗？那就是朕最爱的大母猫呀……你看那光滑的毛发、那不羁的眼神，可惜朕只见过它的照片，没见过真正的它。"

小美说："那是老虎。"

虎威七世说："老虎跟朕一样也是猫科动物，朕的一生有过三百多位妃子，生养了数不清的儿女，但这充满野性的大母猫才是朕的最爱！这些天，朕只要闭上眼睛，就会梦到自己是一头强壮的老虎，气吞天下地盘踞在高山上。"

不知是谁说过，每一只野性未驯的老猫心里都有一个当老虎的梦，也许这正是虎威七世能成为一只优秀军猫的潜质。

◆ 4 ◆

森林里，小美抱着虎威七世，问："能跟我说说你在军舰上的故事吗？说说'伏羲号'航天母舰怎样撕碎机器人叛军的防线，你又是怎样发现那些潜入航天母舰的机器人的？那一定是你最艰险的经历吧？"

虎威七世说："朕的童年是在宠物培养基地度过的，那是朕一生中最恐怖的阶段；跟朕的童年相比，航天母舰上的那段经历根本不算什么。"

法厄同星舰的明媚阳光洒在森林中，这艘星舰卫星轨道上的人造太阳很温暖，高大的树冠剪碎了阳光，森林底下青苔斑驳的龟裂马路上洒下温暖的光斑，驱散了林中些许的寒意。

小美说："怎么会呢？我在宠物店打工时，总觉得那些店的陈设很温暖、很宜人，各种小动物也很可爱的。"

虎威七世说："朕老了，火气没以前大了，换成以前你敢说这话，朕非挠死你不可！你们这些愚蠢的人类知道宠物被送到宠物店之前是活在怎样的世界里的吗？"

小美抱着虎威七世坐在已经被森林吞噬的街边小公园里那被阳光晒暖的旧石椅上，这是"旧"金山市的遗迹，石头上还残留有当年人造太阳被摧毁后气温骤降、大气层冻结后的冰蚀痕迹，小美知道那一定是非常不堪的回忆，她不敢主动开口问，只能等着虎威七世自己提起。

虎威七世慢慢说："朕是在宠物培养基地出生的，跟在那里出生的所有动物一样，完全不知道自己的父母是谁，记忆中的第一个环境，就是白色的保温箱里橡胶乳头渗出的营养液，还有保温箱上不时伸出的机械臂和电子眼。每天，保温箱里的检测设备都在自动测量我们的体温和生长情况，朕好像有五个兄弟姐妹，在同一个保温箱里成长，当我们的毛发将近长齐时，有三个兄弟姐妹毫无征兆地被处死了。"

小美"啊"地叫了一声，问："为什么？"

虎威七世说："在宠物基地，任何原因都会导致你丧命。你病了、没按时间长到人类想要的重量、毛发的花纹不好看，或是你的品种不再受市场欢迎，都会成为你被剥夺生命的理由。朕也差点儿丧命，原因仅仅是宠物基地的培养员在制造朕时，错把虎斑猫的精液作为密涅瓦黄金猫的精液拿去受精，这也是朕为什么会混有虎斑猫血统的原因。好在朕急中生智，用一招很厉害的方法保住了性命。"

小美问："什么方法？"

虎威七世说："卖萌，这是最伤朕自尊的求生方法……不过朕成功了，迷惑住了饲养员，从而被打上'品种不良但有可能卖出去'的标签，作为最低档的廉价宠物，送往新金山市的宠物店销售。你知道，品种不好的宠物在大城市是卖不出去的，只有新金山市这种小地方还有点儿商业价值。"

小美问："后来，你就被将军家买下了？"

虎威七世说："不，朕逃了。在朕从牲口运输车上被送往宠物店门口时，朕咬伤货运员，放跑了整个店里几乎所有的猫，连夜逃到你现在所看到的这片深山，但朕和那些逃跑出来的兄弟姐妹，都是家猫啊，从小就没接触过野外的生活。这里没有美味的猫粮，没有温暖的房屋，只有冰冷的风霜雨雪和无处不在的毒蛇和野狗。不少兄弟姐妹不懂捕猎，只能冻死、饿死，葬身在这片森林中……为了生存，大家只好重返人类的城镇，去寻找吃的。"

小美在到达新金山市之前曾经做过准备，看过这座小城市的不少旧新闻，她想起了多年前新金山市野猫成灾的报道。那个时候，成百上千的野猫在新金山市横行霸道，它们不断袭击厨房、食品店，咬坏一切它们看不顺眼的东西，甚至攻击老人、孩子，一切试图反抗的人都会被它们无情地抓伤。

一开始，袭扰城镇的猫群以虎威七世放出来的宠物猫为主，也有不少被主人遗弃的家猫跟在后头一同行动。至于那些弃猫二代、三代，它们早已学会捕捉老鼠、麻雀等猎物充饥，不像那些新离开城镇的宠物猫，不袭击城镇抢食物就只能饿死。然而城里的食物，不管是菜市场的肉类、鱼类，还是糕点店的蛋糕、面包，抑或超市里的猫粮、狗粮，哪怕是餐馆垃圾桶里的残羹剩炙，也比老鼠美味得多，而且还不像捉老鼠那样得费时费力捕捉，后来，就连野猫也加入了袭扰城市的队伍。一时之间，整个新金山市无论道路、屋顶还是小巷中，到处都是猫影，缩在黑暗中伺机袭击人类、抢夺食物，搞得全市谈猫色变。

◆ 5 ◆

森林里一片静谧，虎威七世趴在小美怀里，森林中却早已看不到二十多年前遍地是野猫的情形。猫科动物本来就是地球上进化得最成功的杀戮机器，它们全身所有的器官都是为了捕杀猎物而生，但人类往往会被它可爱的外表所迷惑，忘了它们那强大的杀伤力，直至新金山市接连出现人类因为被猫群袭击而受伤致残，甚至死亡的案例，染上狂犬病、败血症的人更是屡见不鲜，才让人想起这些喵喵叫的小家伙并不是善茬儿。

像虎威七世这种凶狠的大型猫，想咬断成年人的喉咙并非什么特别难的事，小美看着它虽然年老但依然锋利的牙齿，只觉得自己抱着的分明就是一头小老虎。

虎威七世说："那个时候，朕用爪子、牙齿和大脑统帅起新金山市的众猫，随意行走在新金山市，看谁不顺眼，谁就遭殃。朕就是新金山市的皇帝，但朕终究高估了朕的猫帝国的实力，以为永远可以用尖牙利爪控制整座城市，却没想到好景不长，人类派出了朕做噩梦都想不到的精锐部队。"

小美问它："什么部队这么厉害？"

虎威七世说："人类出动了城管，这是一支穿着连朕的爪子都挠不透的特殊防护服的部队。他们戴着防护面罩，拿着捕猫网兜和电击枪,满城搜捕朕麾下的猫。朕见识过宠物基地的恐怖,只以为逃离基地和宠物店后,人类迟缓的反应速度、奔跑速度和软弱无力的指甲根本奈何不了我们,却没想到人类比朕想象中的要凶险和恐怖得多。只短短几天时间,朕苦心经营了几个月的猫帝国就土崩瓦解了。"

虎威七世的身体在发抖,猫帝国的崩溃让它至今恐惧难忘,它喃喃地说着那个时候的它是怎样被人类追赶的。人类的奔跑速度在所有哺乳动物当中几乎是最慢的,但人类会骑着代步车,以猎豹般的速度追赶猫群。猫群被追赶到死胡同,顺着人类爬不上去的垂直墙壁攀爬,试图逃离追捕,但人类疏散了整个城市的居民,对被围困在城中的猫群使用催眠气体,一点儿都不手软。

那个时候,虎威七世带着猫群钻进了肮脏的下水道,这是它们平时根本不屑于躲藏的地方,只觉得那些距离地表足足有半米以上深度的下水道坚实得连最锋利的猫爪都挠不出半丝伤痕,让猫们可以放心。但没想到,盛怒之下的人类竟然用挖掘机挖开了整个下水道,一副就算把整座城市给拆了也要把所有的猫都逮住的架势。

虎威七世说:"朕的帝国在人类的怒火面前,连纸糊的都不如。朕无路可逃,被关进笼子游街示众,完了还要送往宠物'安乐死'中心处死……"

小美问:"那这次你是怎么活下来的呢?"

虎威七世说:"是朕的智商救了朕。"

"你想办法逃走了?"小美问它。

虎威七世说:"不,这次逃不掉了。人类对我们所有的猫进行了智力和服从性测试,后来才知道是因为军方给宠物培训中心下了订单,需要一批可以在太空军舰上服役的军猫。朕以高分通过了智力测试,但牺牲了全部的自尊才勉强通过服从性测试。凡是没通过测试的一律得送去'安乐死',朕就这样又一次跟死神擦肩而过。"

小美静静地听虎威七世诉说它被送到训练场的故事,只有高智商、高服从性的猫才能在经过一段时间的训练之后被送到太空战舰上服役。在进入太空战舰之前,所有的猫都需要被送到一个模拟军舰内部环境的训练仓中,里面布满了各种复杂的管线,不停地模拟各种超重、失重等太空环境,让从未见识过这种环境的猫们惊慌失措。舱室里不少是代表飞船中不能碰触的黄色管线,任何敢越过雷池半步的猫都会遭到无情的电击,直到它们彻底记住这些管线的危险性为止。然而虎威七世是能听懂人类语言的高智商猫,它从来不碰触那些危险区域,它知道无论自己多么桀骜不驯,有些东西都是碰不得的,它可不愿等到上了飞船的那一天,不小心钻进危险的机械齿轮中被压成一团肉泥,或是被高压电烧成焦炭。

小美问它:"然后,你就在'伏羲号'航天母舰上服役,天天抓老鼠了?"

虎威七世高傲地说:"错!是朕容不得任何鼠辈在朕面前横行!朕从不吃老鼠,但也容不得老鼠逍遥自在地活着。在'伏羲号'航天母舰上,朕统帅着麾下七百多只猫,任何士兵都必须对朕毕恭毕敬。"

小美心想：士兵们未必会对一只猫毕恭毕敬，但这么凶的猫，正常人都会敬而远之，在猫看来也就像是毕恭毕敬了。

虎威七世说："在航天母舰上，朕第一次见到了郑维韩将军，他当时已经是百岁老人了，坐在轮椅上，一副很虚弱的模样，但那威武的气势仍像一只龙威燕颔的巨猫……"

小美纠正说："巨猫？应该说是像猛虎吧？"她听说过郑将军常被人形容说是虎将。

虎威七世说："没错，就是像那种叫作猛虎的巨猫，让朕觉得他和朕是同类。"

小美只能笑笑，没有再跟它计较，也许在一只猫的眼中，所有的猫科动物都是大小各异的猫。

虎威七世跟很多经历过战争的老兵一样，总有说不完的沙场故事，但一只猫的金戈铁马视角跟人类完全不同。让它最为留恋的记忆，不是星舰联盟的联合舰队横跨星海，气势如虎地扑向暌违七千年的太阳系故乡；不是故乡的奥尔特云折射太阳光线所散发的似有似无的光晕上那机器人叛军多如飞蝗的太空战舰；不是长椭球形的巡天战列舰带着一身重伤，在被敌人摧毁前的最后一刻撞向赛德娜矮行星的敌军堡垒；不是航天母舰战斗群掠过友舰牺牲的残骸，撕开坚不可摧的柯伊伯带防线；不是航天陆战队登陆海王星表面的极寒冰原，跟那些从流水线上源源不绝地走下来的机器人士兵在祖先们的殖民城遗址中展开残酷的巷战；不是在风暴飞火的土星表面氦海洋上那场疯狂的闪电战；甚至不是最艰难、最惨烈的火星战役；更不是数不清的士兵前赴后继进入登陆舱，在大气层中化为无数火流星，冒着绵密的防空火网扑向机器人叛军和人类共同的诞生地，把"战死在地球"视为军人的最高荣誉。

猫看不懂飞跨星海的太阳系收复战，不明白人类看到那颗小小的蓝灰色行星时为什么会失声痛哭，也不明白为什么会为了保护那些七歪八倒的古城遗迹，士兵们只用威力弱小的单兵武器，宁可战死也不愿动用卫星轨道炮之类高效率的大规模毁灭性武器。猫永远不明白为什么每收复一座古城废墟，从前线全军将士到后方的星舰联盟全都沸腾落泪，猫不明白那些半埋在黄沙中的古城废墟对人类的意义，只知道那些古城的名字是如此熟悉：伦敦、大马士革、耶路撒冷、罗马、成都、纽约……全都是人类祖先生活过的地方。

猫眼中的史诗级战争，就是在太空战舰为躲避敌人攻击而高速机动规避带来的翻天覆地的震动中，跑来跑去捉老鼠。虎威七世说："在剧烈颠簸的军舰中，就连训练有素的人类士兵也很难站得住脚，更别说是猫。朕的很多同胞都很胆小，但朕不容许自己被吓倒！只要朕仍然屹立在将军的头顶上，不动如山，朕麾下的七百军猫就有勇气坚守岗位，不管军舰怎样翻滚，始终能用爪子抓住舱壁，眼睛敏锐地搜索那些惊慌失措的小老鼠，在它们钻进更重要的管线或机舱之前，扑上去咬断它们的脖子！"

将军爱猫，虎威七世蹲在将军头上的照片小美倒也见过，老实说，"伏羲号"航天母舰上有虎威七世率领的这群猫，耗子都被猎杀成濒危动物了,但这些活跃在前线军舰上的猫对鼓舞士气有着人们想象不到的作用,每当战斗最艰难的时候,都难免有新兵蛋子被吓得屁滚尿流,军官们最常训的话就是:"这些猫都不怕战火,你们的胆量还不如一只猫?"

虎威七世骄傲地说:"在太阳系之战中,朕和麾下的兄弟在被敌人炮火击中而冒着浓烟、漏电、漏水的航天母舰关键舱段,一共抓获了12 359只老鼠,这是无猫能及的赫赫战功!"

这个战功让虎威七世非常得意,时隔多年仍然清楚地记得具体数字,但它看到小美不以为然的表情,叹气说:"好吧,大多数人类都对朕最伟大的战功满不在乎,只有将军懂朕……那朕告诉你,朕还救过25个人类士兵,但这跟抓老鼠相比,只是小事一桩。"

这个战功可不像抓老鼠那么上不了台面了,但在猫的价值观中,救人显然比不上抓老鼠,小美睁大眼睛,问:"当时你是怎么做到的?"

虎威七世说:"那是木卫二争夺战时的事。一艘机器人叛军的军舰垂死突破航天母舰战斗群的防线,火力全开对母舰进行轰炸,航天母舰那十几千米厚的岩石——能量场复合外壳都被削掉了一大块!深藏在母舰中心的乘员舱塌了一部分,东倒西歪的墙板和支撑柱堵死了一个舱段,一群士兵被困在舱段中,中断了跟外界的全部通信。其他士兵忙着维修军舰,没有注意到有人被困。是朕挺身而出,叼着他们的求救信,穿过只有猫能通行的通气管,交给将军的。那舱段四处都弥漫着泄漏的有毒气体,要不是看在平时经常给朕吃回锅肉的那个胖厨子也被困里面的份儿上,朕才不愿意冒这个大险呢!"

小美问:"我听说,你还救过整艘航天母舰一万多人的性命,可以跟我说说吗?"

虎威七世说:"那更算不上个事儿……那时,机器人叛军派出特遣队伪装成人类的外形,骗过了敌我识别系统和负责防守的航天陆战队员,想炸毁航天母舰的关键结构。航天母舰的结构是个人都知道,外面是十几千米厚的岩石外壳和强大的能量护盾,想从外部破坏是很难的。要知道,就连那艘撞上了赛德娜矮行星堡垒的巡天战列舰,也没有彻底报废,战后拖回去修修补补,还当了几年的训练舰才退役呢,何况是更坚固的航天母舰!"

虎威七世停顿了一下,继续说:"但航天母舰内部很脆弱,巨大的环形山下面就是舰载机发射井,一艘艘整装待发的舰载机像左轮手枪的子弹一样排列在机库里。别看母舰那么大,内部最核心的乘员舱也就一个地下小镇大小,腾出来的大量空间除了舰载机仓库,就是数以百亿吨计的舰载机燃料和母舰燃料舱、武器弹药舱。一旦在关键部位实施爆破,整个母舰都将炸成一团火球,人类的作战计划也会因此失败。"

小美问:"你识破了那些机器人?"

"这倒没有,是那些铁皮脑袋自己露了破绽。"虎威七世说,"机器人叛军从没见过猫,看见朕只以为是见了带威胁性的不明生物,就对朕胡乱开枪射击,于是朕发火了,带着麾下众猫,见了敢对猫开火的就跳上去一阵抓挠,于是他们身上都有了抓痕,就被航天陆战队员们轻易识别,全部消灭了。朕直至领到勋章那一刻,才明白发生了什么事。"

回家的路上,新金山市的街道已经是华灯初上,外出工作的人大多都下班回来了,从数千千米外的航天港延伸过来的高超音速地铁站人满为患,街上也热闹了很多。一轮明月挂在群山之间,星舰联盟的人造月亮有很多用途,除了能在中秋节好好欣赏,还是重要的重工业基地,它没有空气的环境让污染不会扩散,另外还是重元素的储存地之一。

虎威七世说:"多年前,当朕成为新金山市的王者时,只觉得朕麾下每一只猫能够到达的土地,都是朕的领土。当朕成为一只军猫时,才知道头顶上朕能看到的每一颗星星,都是地球人的领地,这望而生畏的感觉你作为人类可能不会懂。"

虎威七世又继续说:"真实的世界并不是你看到的那个样子。朕在将军身边多年,接触过不少普通人不知道的秘密,那些被列为机密的事情,人们通常只会防着旁人窃听,却很少会防着一只猫……哈哈。"

小美抱着虎威七世走在路上,静静地听着它絮絮叨叨。它看着街边一只慢慢走过木栅栏的白色长毛母猫,看得目不转睛,却没有任何行动,看来是已经老到力不从心了。直至母猫消失在它的视野后,才说:"人类这几千年来的故事,看着复杂,但其实就是各种各样的猫的故事。在某些故事里,人类是猫,别人是老鼠;但在另一些故事里,别人是猫,人类是老鼠。就这样为了生存,人类互相追逐、互相打斗。"

◆ 6 ◆

晚上的骆驼茶馆很平静,只有二胡、古筝的声音在慢慢流淌,上下两层的茶馆中,茶客们轻声细语地聊天,在雕花木窗透过的月光下品茗。小美站在二楼的梨花木栏杆边,看着楼下演奏古乐器的人们,他们都是业余爱好者,有退休老人,也有年轻女孩,心情好就来弹几曲赚点零花钱。小美觉得即使除去这座茶馆跟将军的渊源,它仍然是一座颇为雅致的小茶馆。据说郑维韩将军生前擅长二胡,当他穿起一袭布衣、坐在茶馆中悠闲地拉奏起古曲时,就像一位慈祥的普通退休老人。

平静淡雅的生活就连猫都喜欢,虎威七世静静地趴在窗棂边,享受着平静的银色月光。它对小美说:"朕已经时日无多,这个世界的真面目,朕想说又不敢说。"

当虎威七世这样说话时,就意味着它忍不住想说了。它问小美:"你知道猫跟耗子最大的区别是什么吗?"

小美愣了一下,才说:"猫跟耗子的区别可多了,比如说身体大小、生活习性,还有……"

"错!"虎威七世说,"最大的不同是智商。耗子只知道觅食、繁殖、躲避天敌,只知道四处乱窜,当它们被朕和手下众猫围剿时,就只剩下死路一条;而猫,比耗子聪明的地方就是会跟更强大的生物——人类结成利益同盟。"

小美知道，猫在人类的社会中生活已经有上百万年之久，跟猪、马、牛、羊等家畜不同，猫并不是人类主动驯养的动物，而是跟人类混居的野生动物。当人类还是原始人的时候，在自然界中就已经是非常强大的杀手，人类所到之处，不论是剑齿虎、乳齿象，还是巨犀或别的什么自然界霸主，都在人类的猎杀下消失殆尽。人类可以消灭任何大型猛兽，但人类却很难消灭那些钻进人类世界，靠偷窃、拾取残羹剩炙过日子的小东西，比如老鼠之类。而这些小东西却把人类折腾得够呛，时不时咬坏各种物品，传播鼠疫之类让人防不胜防的疾病，让先民们吃尽苦头又无可奈何。

在这种时候，猫进入了人类的世界。尽管猫科动物是极为高效的杀戮机器，但猫的体型实在太小，遇上其他大型捕猎者时往往吃亏。而不怕任何大型捕猎者的人类世界正好成了它们最理想的庇护所，更何况这里还有大量正好适合它们捕食的老鼠。当人类发现这种小老虎似的动物对自己不仅没啥危害，还能消灭那些麻烦的老鼠时，就接受了它在人类社会中生存。祖先们也曾试过像驯养别的家畜那样驯养猫，但猫终究是野性太重，在无数次失败之后，只能无奈地接受猫这无法驯服的小缺点，即使是数百万年后的今天，猫也仍然是人类家庭中极为少有的野性子，特立独行、我行我素。人类本身也是一种奇怪的动物，在驯养了各种各样的动物之后，竟然也能慢慢地接受猫这种小东西跳到自己脑袋上作威作福，并不以为忤。

虎威七世说："不管什么时候，跟对了老大比什么都重要。我们猫族跟了人类，从此只要人类没灭亡，不管是原始社会还是太空时代,人类社会就仍有猫的容身之地。然而老大也是残酷无情的,猫作为一个物种不再有灭绝的担忧,但作为一个个体的猫,命运却会因为主人的喜好而发生改变。朕记得之前跟你说过,朕的童年就因为毛发花纹不受市场欢迎而差点儿被处死。"

小美说:"那真是太残酷了。"

虎威七世说:"其实这世界,残酷无所不在。对死在朕爪子下的鼠辈来说,对那些死后还被碎尸万段的猪、牛、羊来说,甚至是对那些在人类的怜悯下放生到野外、惨死在自然界里的天敌捕食下的动物来说,残酷是必然的命运,安稳只是短暂的幻象。甚至对你们人类来说,也是如此。"

"对我们人类来说也是如此?"小美不解地问它。

虎威七世点了点头,说:"还记得朕力排众议留你在这里工作吗?如果朕不点头,你就没工作了,在朕眼里,你也是一只猫罢了。"

小美哑然失笑,虎威七世好像不能完全理解人类世界,就算她得不到这份工作,大不了回原来的医院继续当护士,哪至于流落街头?它却套用猫的世界那一套"没人养就得当野猫"的经验。它看见小美一副不服的样子,又问:"你,见过人类的主人吗?"

小美问:"人类的主人?什么意思?"

虎威七世说:"尽管朕非常不愿意承认,但朕生活在人类建造的城市里,一生的命运都随着人类的摆布而起伏;而你,一个人类,又是生活在谁建造的世界里?你不如列一个表格,把星舰联盟的构成写出来，你会发现，这个世界的很多东西超出了人类的智力能够了解的范畴，正如朕享受着这窗棂边的月光，却无法理解人类制造人造月亮所需的技术那样。你们人类，也同样无法理解建造星舰联盟所需的超级科技，因为这是智商远远超过人类的'人类的主人'建造的世界。"

小美拿起笔，听这只睿智的老猫逐一点出那些超级工程：

"戴森球体，这个笼罩在星舰联盟最外围的巨大球状物，隐藏了整个联盟的踪迹，也截留了联盟内部全部的能量来使用，工作原理不明、制造方法不明、材料不明——准确来说，普通人无法理解它的原理和制造方法，就算把所有的图纸摊在人们面前也看不懂，它的制造者最高科学院是知道它全部的秘密的。

"能源核心，这是一个飘浮在星舰联盟中心、源源不绝地提供着近乎无限的能量和物资的神秘白洞，听说是连接着另一个物理定律截然不同的宇宙的虫洞，建造原理不明，工作方式不明。

"空间跳跃飞船，这是几乎每个人进行跨星舰旅行时都会乘坐的交通工具，就像地球时代的飞机、火车一样再寻常不过。人们只知道空间跳跃的理论，却不知道具体实现它需要怎样的条件。

"高超音速真空地铁，遍布每一艘星舰的城市地下……"

小美突然停笔说："这东西不算人类无法理解的超级科技，它不过是把地铁隧道抽成真空，让列车能超音速运行罢了。"

虎威七世藐视地看着小美，说："地底下数百万千米长的隧道要全部抽成真空，一个空气分子都不留，这隧道壁是什么材料？通过什么方法排干净空气，这技术你们愚蠢的人类能掌握得了？"

小美想了一下，觉得虎威七世说的也有道理，只好把高超音速真空地铁也列了上去。

虎威七世又开始念下一项神秘科技的名称："电视机遥控器，明明没有电线连着却可以隔空遥控电视机……"

小美说："这东西只有猫才弄不懂工作原理吧？地球人都知道它是靠光电效应实现遥控的！"

虎威七世这次做出了让步，说："那我们把它删掉。下一个，星舰的巨型狄拉克引擎，它能让巨大的星舰的最高速度达到亚光速，这东西连工作原理都是个谜……"

这两位花了一个多小时，列出了数百项人类司空见惯却弄不懂原理的超级科技，这其中自然会有些错误之处，比如核聚变电站早在地球信息时代就已经存在了，工作原理也算不上是谜团，小美和虎威七世都不熟悉历史，也不懂太深奥的物理学，就把它也列了上去。

小美看着这长长的黑科技名单，吁了一口气。虎威七世说："现在你该明白了，星舰联盟是一种更高级、更富智慧的超级智慧生物建造的世界，而你们，在这种超级智慧生物眼中也不过是一群自以为是的蠢猫罢了……你现在有没有感觉到恐惧？"

"没有，完全没有。"小美的回答让虎威七世很失望。

虎威七世咆哮了,却是恐惧之下毫无王者威严、夹着尾巴的低哮,咆哮完了它才说:"愚蠢的人类,朕在'伏羲号'航天母舰上,在没有旁人在场时,不止一次见过郑将军看着太阳系故乡的作战地图,抚摸着朕说:'在"他们"眼里,我也只是一只猫,捕捉那种叫作机器人叛军的"耗子"的特别厉害的猫,猫一旦无法捕鼠,就不再有价值,得看主人是否念在过去的功劳上,是否能让猫安度晚年……'朕见过人类的主人,那种毛骨悚然的感觉,只有朕和将军才明白。那庞大的星舰联盟军队,在主人眼中不过是扑向那些烦人的耗子的猫群罢了……"

　　小美抚摸着虎威七世金色的毛发,小声说:"你说的这一切我都明白,我只是习惯了,不再感到恐惧罢了。"

　　虎威七世说的那些秘密,其实对星舰联盟的任何一个人类来说都不是秘密,只是单纯的老猫自以为是天大的秘密罢了。

◆ 7 ◆

　　在这一夜谈话之后,虎威七世的身体状况每况愈下。一个春寒料峭的清晨,它叼着一只老鼠,颤巍巍地爬到将军雕像面前,却无力再像往常那样跳到将军头顶上,它静静地躺在雕像前,再也不动了,对一只猫来说,32岁的高龄已经是生命的极限。

　　"快来人啊!虎威七世驾崩了!赶紧通知战友们!"第

一个发现虎威七世驾崩的，是曾经跟它在航天母舰上一同服役的军医。

猫死前是知道自己大限将至的，作为一只骄傲的猫中王者，它曾经对自己的后事做过安排：死后直接丢到新金山市的山里去，像别的野猫一样在山间老林里化为尘土，那是它的猫帝国存在过的地方。不要塞进盒子里埋掉，这会让它想起虐猫狂魔薛定谔。不要让人类围观它，它讨厌被围观的感觉……

但它的遗愿一条都没实现，在一个下着蒙蒙细雨的日子里，它的战友们为它举办了一场盛大的葬礼，送别这只救过一万多人性命的老军猫。那一天，小小的新金山市殡仪馆里放眼望去都是身上佩戴着参加过收复太阳系战争勋章的老兵，最不喜欢被人群围观的虎威七世躺在它最讨厌的棺材里。它想要的入土为安也是痴心妄想，葬礼结束后，这只传奇的老猫将被做成标本，陈列在博物馆里。

葬礼结束后，小美见到了韩丹，在几乎清一色的铁血汉子当中，女生是相当显眼的。

小美揣着几分紧张，走到她面前，问："您是最高科学院的韩丹教授吗？我好像听虎威七世提起过您的名字。"

淅沥沥的小雨一直下，韩丹打着油纸伞，黑色的长发配上黑色的连衣裙，走在殡仪馆门外的小木桥上，闻声停住脚步，说："我想，这只自以为是的老猫一定对你说了不少事。"

小美说："是的，它跟我提起过'人类的主人'的事情。"

韩丹说："猫是一种桀骜不驯的动物，它本能地恐惧一切比它强大的动物,又怀着一颗想凌驾于一切生物之上的心,哪怕是它不得不屈服于那种更强大的动物,哪怕是那种动物并没有加害它的想法,它的恐惧感也不会消失。我可以做到很多事,却无法抹掉它的恐惧感。这句话把'猫'换成'人'也是适用的。"

这女人让小美感到恐惧,她那双星空般深邃的眸子好像透着让人畏惧的魔力。小美查过虎威七世提起过的每一个人的名字,韩丹的名字就像她所属的最高科学院那样既神秘又让人畏惧。

听说最高科学院的科学家们为了突破那些超越人类理解能力的科学难题,在很久以前就已经通过各种手段让自己活得远远超越人类的智力和寿命,而人类,骨子里就害怕有一种超越自己的智慧生物统治自己。小美只以为自己从小就习惯了星舰联盟中的那些超越人类智力的超级科技,但在亲眼见到韩丹时,才发觉自己竟然是害怕的。

不用小美开口,韩丹都能猜到她想问什么,她说:"人类从刀耕火种到探索太空,种种努力大多是奔着生存需求而去,从来都无暇顾及同在一个社会生存的小猫咪们对不断改变的世界会不会感到恐惧;这句话把猫换成人类也是适用的。"

小美小心地问:"把猫换成人类,那就该把人类换成……"

韩丹指了指自己,于是小美明白了。韩丹又说:"其实,我们不管是制造戴森球体、建造白洞,还是做别的什么东西,都不过是为了生存罢了。至于普通人是否感觉到恐惧,我们最高科学院没办法顾及。我们没兴趣要当谁的主人,也没想过要统治谁,毕竟这种事对我们一点儿意义都没有,你们不过是像那只老猫一样,自以为聪明,想得太多罢了。"

小美犹豫了很久,才说:"猫通过自己的捕鼠能力,在人类的世界获得了一席之地,从而繁衍下去,那我们这些普通人,又该凭着怎样的特殊能力,在你们这些超级智慧生物控制的世界里生存繁衍下去呢?"

韩丹收起雨伞,张开双臂说:"你现在看到的这个世界,就是普通人为自己争取到的生存权利。"

"啊?我听不明白。"小美不明所以地说。

韩丹微笑,说:"听不明白就慢慢猜吧,我不会告诉你答案的。"

逃亡之后

地月战争

文 / 成成

◆ 1 ◆

在另一个时空的太阳系……

我不知道接下来会发生什么。

我的商船在月球被联合新军扣在了补给基地,另外还有那20位船员。如果没有MiniLOP——我的机器人,恐怕我再也没有机会回到地球了。我怎么也没有想到,这个机器人竟然会分析当时那么复杂的场景,而且他计算出了一串伪密钥,成功启动了一架短翼战机。MiniLOP调用了自动驾驶程序,在很短的时间内,我被他带到了地球上的一处山脚下。

我以为我安全了。

突然, 天色迅速暗了下来,但这并不是下雨的前兆。我抬头望去,只见一片黑压压的东西在空中扩散。我一点也不清楚发生了什么,直到一个庞然大物的出现——"联盟号"飞船,这是联合新军的主力武器。看着它底部的大口径激光炮塔,就让人瑟瑟发抖。末日一般的黑暗笼罩着世界。顿时,莫名的恐惧感由外而内，像一把尖刀直入我的内心。

我下意识地将 MiniLOP 拉近周围的一个山洞里，我想发个消息跟我的老板说明一下情况。可不幸的是，所有经卫星转发的信息都被拦截了。

"他们原本是个火箭旅游集团，依靠着资金与技术在月球建造了一个又一个旅游基地。不到三年时间，整个哥白尼环形山被开发得像纽约一样繁华。渐渐的，这个集团的老板——卡欧姆转变了对月球开发的目的，他建立了一大批军事武装，而且还自主研发高级武器……他们的势力迅速壮大，已经不是商业那么简单。现在的卡欧姆，变成了一个不折不扣的独裁者。"MiniLOP 说。

"就这些？"

"是的，目前只能分析本地资料库……嘿，主人！你知道吗？这就好像迷失在沙漠里的人，没有方向。而方向就是希望，看不到希望，就像……"

"行了！"我拍了他一下。不知道他的那些修饰语是跟谁学的。

"主人，我不得不说，这是你今天第四次拍打我的屁股。根据心理学和情感分析，再从人类的角度看待这件事的话，你是如此的……"

"你有无声模式吗？有的话就开启吧！"我有些不耐烦了。我的嘴里不断念叨着一大串名字："露西·梦拉尔，郝顺，尹莉，凯·洛达……"这些都是我的船员。

据说前几天地球政府与卡欧姆在第四空间站谈判,直到今天也没有结果。

外面接连的爆破声夹杂着飞船引擎的轰鸣在山间回荡,整个山体像是被惊了魂的孩童,颤抖着身躯,越加猛烈。

"经过我的计算,你还是回到火星比较安全。"

火星?我现在只有一架段翼太空战机,让这烧氢气的家伙一下子飞过 0.6 个天文单位,倒不如一只鹨雀飞上珠穆朗玛峰现实!

"难道你忘了我的飞船被联合新军扣留了吗?"我激动地指着天空。

接下来该怎么办呢?我沉默着,直到一枚烈性燃烧弹击在了洞口。冲击波无情地将我推向后方,刹那间,我感觉自己似乎趴在了巨柱仙人掌上,一阵剧烈的疼痛遍布全身。蔓延着的火焰与烟雾浑然一体,像极了一群张牙舞爪的恶魔,满目狰狞着向我扑来。

MiniLOP 迅速开启了护盾,暂时可以屏蔽外面的热辐射和烟雾。

我摇摇晃晃地立起了身子,还能勉强撑一段时间,我想:趁现在继续向山洞里走,或许可以走出去。但是 MiniLOP 突然发出急促的哔哩哗啦的声音。

"向里面散射可见光,你先往前走啊!"我大声地叫喊着,"你有雷达避障,而我……"

"主人，请允许我再说一句话。前面——没有路了。"

MiniLOP照亮了我整个后方。那是一堵墙，一堵不知道有多厚的墙，一堵将我与希望隔绝的墙。我是如此的绝望，以至于一下子栽倒在地上。要知道，这种燃烧弹依靠自身含有的燃料可以持续燃烧一整天，而MiniLOP仅有的护盾电池只能维持不到2个钟头。

人类在最绝望的时候往往能爆发其潜能，事实正是如此！不过，让我冲出去是不可能的。我想到了最后的办法：我让MiniLOP在山洞内壁喷射了一层反射涂层，并且将他的动力能源并入无线信号功放上面，这样可以发射高功率和高强度的信号。借助山洞内的定向反射，可以让信号传输得更远一点。

"呼叫地球——OS71097紧急呼救！OS71097紧急呼救！坐标代号H80L441，商业编号OS71097，呼叫地球……"

护盾在一瞬间被关闭然后重新打开，无线电波承载着我的希望被发送了出去。

◆2◆

幸运的是，在护盾电池的能量即将耗尽的时候，外面传来一个女人呼唤的声音。我相当激动，以至于忘记了遍及全身的疼痛。我一边让MiniLOP向外面发射绿色激光信号，一边大喊着："嘿！这儿——这儿——"

护盾电池能源已经耗尽，但上天还是眷顾我的。一个女人的身影随着烟雾的散去越发清晰。

江琳？！

我看着她，只感到嘴角有些僵硬，不知道该说些什么。事实上，她算得上是我的第21个船员，而且是最优秀的那个。在一次地球到火星的能源运输的过程中，不知道为什么，她突然想要回到地球。不得不说，我从来没有见过那么固执的家伙，她利用我给她的高级权限在飞行舱私自启用了一艘小型飞船。等我发现时，她已经冲过了地球大气层。之所以我当时没有追回她，是因为火星的开发对这些能源需求十分迫切，我也不敢耽搁。后来，我去地球找过她，可惜一直都没有找到。

"走啊？快点！"她像是没见到我一样，一本正经地在全息面板前比画着。我不知道她在干什么，但我敢打赌，就是她偷了我最喜欢的那艘飞船。因为我已经看见了那艘飞船，它就悬停在山间。

江琳带着我和MiniLOP冲了出去，一起钻进了飞船的驾驶舱。她居然很熟练地打开了反重力引擎，驾驶飞船在山谷间低空飞行，这让我感到很不可思议。我问她为什么，她莞尔一笑，说是因为飞船后方的护盾发生器被击毁，低空飞行可以借助地面障碍物躲避激光束的攻击。

"嗯，很好的船，速度也一定很快吧！"我故意说道，然后又向她道谢。

她点点头。

"不过你是怎么接收到我的信号的呢？那种频段，只有地球官方才能识别，你……"

"我不像是吗？"她打断了我的话，而且还敢与我对视。

"我最讨厌两种人，骗子和小偷，如果一个人既是骗子又是小偷……"

"莫名其妙。"她再一次打断了我的话。

"算了算了，"我想，我偷偷地在副驾驶位的底下抛入一个定位器，"等我把我的商船和船员从月球基地弄出来，再来找她好好谈一谈。"

"我们要去哪儿？"

"安全的地方。"

我松了口气，开始思索着怎么样才能把我的商船给弄回来，然后回到火星。作为一个商人，我应该干什么？当然是赚钱了！那艘商船是我的一切，如果我放弃商船回到火星，之后就再也没有像现在这样体面的工作了。我的头皮几乎快被自己抓破了，也没能想出什么办法来。当我急得左顾右盼，不知所措时，无意中却看到我们飞船的后方尾随着三架战机。与此同时，一串串脉冲激光束从飞船旁掠过，两枚未知型号的导弹正向我们冲过来。我们成功地躲开了两枚导弹，却被激光束击中了后方的动力引擎，控制终端也随即迸射出刺眼的火花。从全息面板上可以看到飞船拖着长长的"烟尾"，因为没了护盾，动力引擎损坏得相当严重。尽管她驾驶技术相当熟练，但武器运用的不是很到位。因此我立刻激活了副驾驶的武器操作权限，操纵着船体上的四门激光主炮。

就这样，三架敌机在红蓝交错的激光束中爆炸解体。

"一群恶魔，滚回地狱吧！"我推开操纵杆，双手狠狠地锤在控制台上。

"主人，你偷偷看了她一眼。"MiniLOP突然说了这么一句话，我怎么也没有想到！

……

我们飞过了一大片沙漠，最终来到一川瀑布的跟前，降落。不得不说，这地方像是被遗忘了许久。奇形怪状的山体几乎让阳光无法透入，好像又有点神秘，一般人肯定不会来到这里。

江琳带着我们沿着瀑布下的河流一直向前走。

"联合新军正式向地球发起攻击了吗？"我问道。

"是的，他们要求地球政府在七天内撤离地球。可地球政府没有认清联合新军的实力，直接拒绝了他们的要求，才导致现在这样。到今天上午，环球通信卫星已经被他们控制，而且近地轨道有他们的无人飞船构成的电磁波屏蔽网络，使得地球方面无法与火星通讯。这场突如其来的战争给地球政府带来了很大的压力，在得不到支援的情况下，怕是撑不了多久。"

"核武器呢？三枚氢弹足以送他们的母船见上帝了！"我有些激动。

"现在地球95%的核弹头被挂载到了高轨卫星上，地球与卫星失联后自然没办法执行发射指令，而地面发射的核弹很容易触发预警系统然后被拦截。如果我没猜错的话，联合新军正在破解这些卫星武器的控制权限。"江琳一副忧心忡忡的样子,好像在思索着什么,"我们得想办法回到火星!"

我们走到河岸边的一处高地上,一束低功率的扫描激光正自上而下进行扫描。

"扫描结果,正常。已增加两份准入信息。"伴随着一个磁性的声音,旁边的一扇门徐徐打开。

◆ 3 ◆

她跟我说她也是因为逃离月球补给站然后驾驶飞船到了那个山谷,恰巧听到了我的呼喊声,才遇到了我。更令我匪夷所思的是,她不是江琳,而是江琳的双胞胎妹妹——江雨晴。她说自己的姐姐在一次星球能源运输的任务中失踪了。在寻找姐姐的过程中,她收到了一封匿名邮件,里面是一个飞船的坐标位置,让她管理飞船。

"你长得简直跟你老姐一模一样!而且一样的优秀。"

她轻轻瞟了我一眼。

跟着她走进门去,我看到了一个很大的空间,两边是由许多陈列着的中央处理单元构成的超级计算机,中间是一个圆台,它上面的全息发生器正投射出一个精细的太阳系模型。看着左边屏幕上的硬件信息,我便知道整个计算机系统正处于满负荷运行状态，模拟着一系列的太阳活动。

"现在正处于太阳活动的剧烈时期。"MiniLOP总是忍不住想多说两句。

"这是我搭建的扰动太阳实时监测系统。它可以精确分析太阳大气的相关数据，并且拟合整个太阳大气活动的三维影像。就现在而言，太阳黑子数量不断增加，谱斑的面积也在变大。不仅如此，根据整个太阳大气环境，系统预测出最近会出现一次极其强烈的色球爆发。"江雨晴边说边摆弄着全息模型。

我对太阳之类的东西并不怎么了解，只是偶尔在电视台的科学频道里了解过，现在我在一台精密的仪器前凝视着太阳：它既像天使又像魔鬼。它赐予了整个太阳系能量，让人类的生存得以延续，太阳系的一切生命都在它的"怀抱"之中。可它沐着烈焰，凶神恶煞般狰狞着面孔，让一切接近之物灰飞烟灭。无论是什么东西，人造武器也好，上天的馈赠也罢，关键看人类如何利用。江雨晴跟我说，接下来一段时间，地球会受到高能带电粒子流和各种辐射的冲击。甚至太阳活动会产生26个世纪以来能量最高的宇宙射线。这会干扰整个卫星通信网络和联合新军舰群之间的通讯，而且这个过程至少持续五分钟。这足以让我们摆脱他们的监视，逃离他们的势力范围。

历史告诉我们，战争无异于在风平浪静的海面上掀起惊涛骇浪，在痛苦的笼罩下交织着死亡与别离。如果地球政府不做出让步的话，那就好比20世纪时古巴导弹危机中的双方都不妥协一样。地球政府即将失去卫星的控制权限，一旦挂载核弹头的卫星被联合新军控制，将会爆发公元元年以来最大规模的战争。不得不说,当我想到"战争"这俩字的时候几乎开始干呕。因为我想到的画面相当不堪:血肉横飞的街口取代了往日熙熙攘攘的人群,炮火声混杂着失去母亲的孩子的尖叫,令人毛骨悚然。"希望"成为一种奢侈,绝望会伴随战火深入人心。也许在明天火星大冲的时候,他们有机会看到自己的亲人寄居的火星,但那颗最亮的星会在他们心中定格成永恒的美丽,伴随着硝烟逝去……

"狗东西!'地月火箭旅游'那么浪漫的事被你们搞成这样,上天会惩罚你们的!让你们裹着太阳的烈焰,在惨痛中挣扎,然后慢慢死去!"

我越想越气愤。

"如果我们把消息带到火星联合中心,一切问题都解决了!"我把指关节摁得咯嘣响。

"他们有那么多核弹头作为筹码,事情不会那么简单的。"江雨晴考虑得总是那么周到,"至于怎么处理,还得让那帮搞军事的决定,我们得先把消息带去才行。"

"对!我跟你一起,我帮你啊!"

她看起来很不一般。所以我想:她一定有威力更大的武器。在战场上,实力基本上是由"枪杆子"决定的。眼下,只有活下来才有希望。至于我帮她,这个或许有可能。

超级计算机组被地面的传送装置移入两边的墙壁,全息影像的控制终端缓缓下降。紧接着后面仓库的一扇大门打开了,一艘崭新的飞船出现在我们面前,像一只巨型猛虎。

果然不出我所料。

MiniLOP 说出了分析数据:"激光测距宽度 235 米,长度无法辨认。"

江雨晴带着我们进入驾驶舱,说她给这艘飞船取名叫"暗夜光明号"。整个"暗夜光明号"是以我的那艘飞船作为蓝本制造的,并且优化了操作系统。

"刚好,我缺个炮手,你来吧!"她看上去很信任我,"这个激光炮的操作方式与刚才的小型飞船几乎一样。"

围在"暗夜光明号"旁边的机械手臂慢慢缩了回去,整个仓库裂成两半,向两边移动。阳光从裂开的山体洒入,透过玻璃折射到我的眼睛里。真不明白这么大的工程她是怎么做到的!

飞船的核反应堆启动了,一切数据显示正常。室内的太阳模拟数据已经被传送到驾驶舱内,以便实时观察。一切准备就绪,突然,驾驶舱内发出急促的警报声。全息控制面板上显示有五艘敌方飞船正在逼近……

◆ 4 ◆

"暗夜光明号"稳稳地上升至半空,载着我们飞向了更远的地方。

"刚才动作有点大,山体的位移被遥感卫星侦测到了。"

江雨晴好像是随口一说，她看起来一点也不紧张。可是我却不同：我像一只受惊了的野兔，在驾驶座上慌得手忙脚乱。2000发激光束被我发射出去，一艘敌机也没击中。怎么说我也是个商人，商人之间的战争哪会有荷枪实弹的拼杀？商人赚钱就行了，这种事为什么还要凑热闹呢？如果有更好的办法回到火星，我绝对不会跟随江雨晴。我真是倒霉！上天保佑，我能回到火星就行了，这次的货运费不问老板要了。还有，我的船也不要了。只要能平安回去……

"喂，别愣着！开炮啊——"江雨晴的呼喊声如同响雷一般。

此时，我看到一架敌机已经追了上来，它的所有炮口都对准了我们的"暗夜光明号"。当我反应过来时，我们的船身已经被好几枚炮弹击中，幸好船体的复合材料很结实。MiniLOP走向了副炮手位，它居然只开了四炮就击中了一架敌机。

"干得好！好！"江雨晴欢呼。

接着又追来4架战机，可它们跟刚才那架完全不一样。体型足足大了6倍，还开启了光子护盾，这样的话激光速射炮就完全起不到作用了。不过MiniLOP有内置的小型"氢炸弹"，这不是通常意义上的氢聚变核弹，而是由金属氢制成的速射炸弹。别看它只有拇指般大小，但威力相当大，足以给那些家伙一个下马威。

MiniLOP通过传送装置，代替了一门外置的激光炮塔，一下子发射了所有的氢炸弹。四架敌机在一阵耀眼的火光中被浓烟埋没。可正当我为此兴奋不已的时候,全息面板上突然弹出一条警告信息,有更多敌机正在接近。

"真是一群疯子!"我狠狠地敲击着面前的控制终端,"他们一个人也不放过的吗!"

"在没有完全控制挂载核弹头的卫星之前,他们也害怕地球会有火星的增援。一旦有人离开地球,毫无疑问会赶往火星,要不然呢?"江雨晴边说边操纵着"暗夜光明号"加速前进,现在飞船的加速度已经到了我们所能承受的极限。

我们跨过夜弧,掠过一座小城的上空,当时我是躺着的。那儿的夜空像一整块完美的黑水晶,星星点缀的夜空是如此的可爱,夜空的一切美得让人心动。可当我透过视窗向地下望去,我却看到了最不愿意看到的一幕。

纵横交错的脉冲激光束交织成一张透亮的蓝色"光网",照得地面亮如白昼。在炮弹爆破时的火光下,一眼望去便是千疮百孔的高楼。地面上,高楼破碎的瓦砾掩埋了人们沾满鲜血的身躯。被染红的楼道上,四肢残缺的人拖着鲜血,我似乎听到了他们痛苦的尖叫声。

最终没能忍住,我一下子吐了出来。

"主人,这相当残忍,不是吗?你们都是同一种生物,为什么没有'共存'这个概念呢,就不能像机器人一样吗?"

我没有再说些什么。

江雨晴只是观察着旁边的太阳模型,然后轻轻地关上了我的视窗。

"放松点,开心的人会有好运的!"她说。

可是怎么样我才能开心起来呢,万一回不到火星,我非死在炮火中不可。再也见不到我的姐姐、我的妹妹……

"暗夜光明号"停降在撒哈拉沙漠里的两个巨型沙丘之间,紧接着打开了全息伪装。之所以这样做,是因为我们必须在稳定的环境内监测太阳活动的情况。

"太好了!"我没见过她如此高兴,她指着全息面板上的数据说,"太阳黑子频繁出现,高能量粒子正从太阳向外抛洒,速度约为光速的 75%。预计还有 10 分钟扩散至地球轨道,持续时间大概 7 分钟,机会来了!"

◆ 5 ◆

谈起沙漠,人们常说那是死亡之地,是充满绝望与孤独的地方。据说迷失在沙漠中的人会看到自己在那里死亡时候的样子!

可一切都变了。

这儿没有硝烟四起,没有葬身于炮火中肢体残缺的人群,也没有孩子们在脉冲激光束下的尖叫,更没有喷溅的鲜血……这里只有纯洁的夕阳悄然离去,星星点缀着的夜空下,每一颗沙粒都包裹着平静与和谐。

"警告!高能带电粒子流还有 40 秒到达地球,请关闭地磁导航传感器。警告——警告!"

"已为您自动打开光学导航系统。"

在全息模型上,一团被标记为紫色的东西正极速向四周膨胀,眼看要接近地球轨道。

我们检查了"暗夜光明号"的自主导航系统,然后启动了核反应堆,飞船迎着夕阳,直上云霄。

我望着远方的天空,嘴里不断重复着:"火星,火星,火……"

冲出大气层,"暗夜光明号"宛若尘埃一般在宇宙间飘荡。因为监视卫星受到干扰,联合新军根本不会发现我们。我们绕了一个圈子,与月球基地保持相当远的距离。接下来,我们需要躺在"缓冲液"中,以适应"暗夜光明号"的加速。

我第一个躺了下去,这是一个透明的柱形容器,里面是富氧的缓冲液。江雨晴帮我关闭了容器,随即弹出一个全息面板。上面有 15 分钟的倒计时,这也是预计到达火星的时间。

但江雨晴改变了计划。

她突然将我的机器人关闭,然后打开了手臂上的控制器,一艘小型飞船停放在一旁的逃生舱内。她一边走向那艘飞船,一边对我说:"不好意思——我骗了你。我的姐姐还在月球,她回不来了。我得把握这次机会,不是吗?"

我听得目瞪口呆。

"20 秒后跳入亚光速,飞船会按照预定的航线前进,祝你平安抵达火星!一定要把地球相关消息带到!"

我只能眼睁睁地看着她驾驶飞船离去。

我想：她疯了，一定疯了！何必去干一件几乎不可能的事呢，何必……

当我想到我那些老船员时，一种莫名的失落感涌上心头。

整个"暗夜光明号"空荡荡的。

15分钟，整整过了15分钟！时间对我来说就像凝固了一般，如此的漫长。"暗夜光明号"已经跳出了亚光速，正在进入火星大气层。

还没等缓冲液被抽干，我就一脚将密封门给踹开，将MiniLOP重新开机。然后，我跳上主驾驶位，立刻让MiniLOP开始协助我。

"MiniLOP，关闭自动航行，开启手动模式！"

"好的，主人。开启驾驶模式。"

"向火星空间站发送地球实况信息！"

"已投放信息传递无人飞行器。"

"MiniLOP？"

"主人，直接说吧。"

"目标月球，开启辅助导航！"我大喊着。

在火星大气中，"暗夜光明号"急速转弯，像只疯狂的野马……

义犬

一个亚光速文明即将到达地球

文 / 王晋康

卓丽丽把飞碟停在宇航局的大门口。她动作轻灵地跳出飞碟，掠掠鬓发，把手指放在监视口轻声说："请验查——萨博大叔。"

她知道毋须报名字，电脑对她的指纹、瞳纹和声纹做出综合检查后就会确定她是谁，知道该不该放她进去。两秒钟后大门无声无息地滑开了，一个浑厚的男中音传了出来："请进，卓丽丽小姐，局长阁下在会议室等你。"

稍停顿后又说："丽丽，你长成漂亮的大姑娘啦。"

丽丽嫣然一笑："谢谢萨博大叔。"孩提时代她就经常随父亲来这里玩儿，那时的警卫就是这位Super—Ⅰ号机器人。进门后，小丽丽常常扬起小手，同"萨博大叔"再见，而这位冷冰冰的大叔在执行公务时也开始加几句问候。久而久之，每次来访时，她总能感到萨博大叔的欣喜。爸爸曾纳闷地说："见鬼，你怎么能这样轻易地为Super—Ⅰ加上感情程序？对于守卫型机器人，本来绝不容许出现感情干扰的。"

不过，她已经七年没来这儿了，整整七年。

那年她十七岁，在父亲的严酷命令下同男友卞士其分了手。

她同父亲大吵一通,只身一人,跑到2000千米外的酒泉宇航基地,用繁重的训练强制自己忘掉痛苦。七年她没回过家,直到今天早上忽然接到父亲的紧急命令。基地指挥在亲自转交命令时,已为她备好最快捷的飞碟"精灵I号"。她驾驶飞碟浮出云层后才来得及细读这道命令:"速来见我,三小时内必须到达。"

这会儿她走进宇航局大门,心中仍在忐忑。她敢肯定有一件极其严重的事在等着她。是什么呢?绝不会是家事,那不符合父亲的性格。那又是什么呢?

"绝不会是火星人入侵。"她在心中揶揄道,"如果是有关地球命运的大事,不会征召我——一个宇航训练尚未毕业的生手。"

父亲在局长办公室里,背对着大门,深深埋在高背沙发里,只露出白发苍苍的头颅。"父亲老啦。"她伤感地想。在这一刹那,曾经有过的怨恨之情哗然冰释。她走过去挽住父亲的颈项。父亲轻轻拍拍她的手背,示意她坐下来,一块儿看正在演示的全息天体图。

卓丽丽记得很清楚,这种激光全息天体图研究成功时,她刚十岁。在这之前,在父亲的指导下,她早已学会了看老式的平面天体图,能够从这种被严重扭曲的图形中理解星系的实际形状,计算天体相互之间的实际距离等。尽管如此,当她第一次看到全息天体图时仍受到强烈的震撼。原来的天体图是从"人"的视角看宇宙,难免带上人的局限,带上"以我为中心"的人类沙文主义情结。全息天体图却是以上帝的视角看宇宙,它使十岁的女孩看到了真实的广袤的宇宙,感受到宇宙的浩瀚博大。

这种天体图是三维的，十分逼真和清晰，它可以作整体显示——即父亲常说的"俯察宇宙"。那些巨大的涡状星系、蟹状星云这时只如一个芥子；也可对任一部分逐级放大，定格在比如土星环的某一块石头上——当然，前提是对这个星系、星体有了足够的资料。新的天文学发现可以同步输入到系统中，像波江座 ε 星物质环中新形成的一颗行星，太阳系新发现的冥外星，麦哲伦星云中一个微型黑洞……卓丽丽对这一切的了解，几乎与发现者同步。

现在面前展示的是熟悉的太阳系，5500℃的太阳发射着白光，十大行星携着67颗卫星安静地绕太阳转动，偶尔有一颗彗星拖着长尾逃到展示区域之外。宇航局长调整展示区域，逐级放大，最后把成像定格在太阳系外一个飞速移动的黑色天体上。他示意女儿坐在身边，卓丽丽迷惑地看看天体又看看父亲，她能感受到父亲沉重的忧虑。

从几个行星的大小看，黑色天体大约有月亮的1/4那么大，形体毫无规则，似乎一直在缓慢地变形。卓丽丽第一眼看到它时，就为它起了一个恰如其分的名字：混沌。全息天体图十分清晰，像木星上波涛汹涌的大红斑，海王星的5道光环都一览无遗。唯有"混沌"显示出某种光的朦胧和不稳定，像是一个不确定的固态流体，它的四周笼罩着浓雾和神秘。

卓太白收回目光，转过头，怜爱地把女儿揽在怀里，用手指梳着她的柔发。他长吁一口气，说道："丽丽，你已经七年没回家了，你长成大姑娘啦。"

卓丽丽靠在父亲肩头，看着爸爸凸出的锁骨和满头的白发，她觉得鼻子发酸。

"还生爸爸的气吗?"

卓丽丽勉强一笑:"哪里话,爸爸,我早就不生你的气了。实际上我与卞士其分手,并不全是你的干涉,是我自己没有勇气嫁给一个异类。那时我不该把自己无处发泄的郁愤迁怒到你身上。"

卓太白的柔情一闪即逝,他的脸色又复冷峻。

"它有多远?"他问女儿。

"谁?"

"混沌,这个黑色幽灵。"

卓丽丽很奇怪,父亲对它的命名与自己不谋而合。她老练地看看天体图,回答道:"离地球大约5 000个天文单位,马上就要进入太阳系的引力范围了。"

卓太白赞许地点点头:"此刻是4 653个天文单位。混沌是以亚光速飞行,目前已超过秒速100 000千米,75天后就要到达地球了。"

他的话音十分沉重。

"我们发现混沌仅十天。"宇航局长阴沉地注视着天体图,声音低沉地介绍,"它不发光,也基本不反射光线,是一个隐形的幽灵。我们是从邻近天体不正常的摄动中发现异常的,用主动式射电望远镜整整探测了十天才发现它。那时它正在比邻星和太阳系之间游离,不遵从任何力学定律,就像一个脚步蹒跚的醉鬼。可是——可能是主动式射电源唤醒了它,它几乎是立即开始加速,径直向地球奔来。"

卓丽丽疑惑地问:"外星文明的使者?"

宇航局长苦笑道:"但愿如此吧。毫无疑问,它是高度文明的产物,很多方面超过了我们的想象能力。它仅用几天时间就加速到亚光速,这简直不可思议。我们对它的飞行尾迹作了探测,发现了反夸克湮灭的痕迹。"

他看看女儿解释道:"你可能对此不太熟悉,因为它是刚被理论证明的一种新能源,比核能强大千万倍。进一步探测表明,这个小天体是中空的,是反夸克的一个巨大仓库。它所储存的能量足够飞出本超星系团了!"

卓丽丽盯着那个天体,在各个行星缓慢的运动背景中,混沌的飞速移动十分惹人注目。她疑惑地问:"是否尝试过与它联系?"

"当然,我们用了所有的方法,但它没有丝毫反应。它只是一言不发地向地球猛扑过来。"

卓丽丽自语道:"它的目的……"

"这正是我百思不解的地方。也可能在遥远的星系中,地球有一个富裕的远房亲戚。他不声不响地送来一份圣诞厚礼,足够地球使用百年的能量,想让天真的地球孩子得到一个惊喜。不过,"卓太白苦笑道,"这种推测毕竟太像童话。实际上,从看到它的第一眼起,我就产生了莫名的恐惧。我总觉得它像一只阴冷的寻响水雷,在黑暗中窥视着,一旦发现文明的迹象,就咬着牙关猛扑过来。"

卓丽丽很同情爸爸,她想尽力劝慰他:"爸爸,不必太担心,你的看法也纯属臆测。如果它从属于一个高度发达的文明,就不会干出这种无理性的暴行。地球文明经历了多少风雨,已经羽翼丰满了,不是7000亿千米外的一个什么黑色幽灵就能毁灭的。"

宇航局长忽然发怒了。

"不要说这些似是而非、自欺欺人的扯淡话!只有科学上的门外汉才会盲目地乐观。我已经同那些官僚老爷们争论了三天,不想再同自己的女儿争论!"他看看女儿,努力压住火气说,"人类文明是一直发展的,可是这大趋向是由无数个个体的'偶然'(包括不幸)组成。宇宙文明也会一直发展下去,但它也是由无数星体文明的'偶然'组成。如果6500万年前那颗陨星没有落在地球上,恐怕到现在还是恐龙耀武扬威呢。或者,那颗陨星如果推迟6500万年再撞击地球,人类恐怕就会被其他生物或超生物取代。混沌的能量与那颗陨星相比更是不可比拟。即使它在木星外爆炸,地球文明也该寿终正寝了!"

卓丽丽抬头看看爸爸,发觉爸爸又回到七年前的固执和偏狭。不过,父亲的沉重感染了她,她知道父亲急电召她回来,绝不是为了对她进行科普宣传。她挽住父亲的胳臂问:"爸爸,该怎么办?"

卓局长深情地看着女儿:"世界政府已同意,迅速派'金字塔号'星际飞船去迎接它。后天出发。"

"后天?"卓丽丽惊问,她知道,一般来说,星际飞船出发前至少要有一个月的准备。

"对,后天。你知道,'金字塔号'是最快的飞船,秒速超过1000千米。如果后天出发,它与混沌相遇的地点大约在冥王星外,距太阳45个天文单位处。如果……那时把它引爆,尚不致毁灭地球。"

卓丽丽抬起头,她看见父亲在躲避自己的目光。她知道自己已被选中作神风突击队员,驾驶这艘飞船踏上不归路,24岁的生命之花将在冷漠的宇宙空间凋谢。她的内心翻江倒海……

风暴逐渐平息后,她平静地说:"为了爸妈,为了人类,我乐意接受这个任务,只是时间太仓促了。乘员组有几个人?谁领队?"

宇航局长顿了一下:"这是一个猝发性事件,任何人的大脑也难以接受飞行准备所需的大量信息,只好借助于魔鬼了。乘员只有两个人,你,和一个大脑袋。"他深沉的话音中仍带着明显的鄙夷和敌意,"卞士其。"

卓丽丽目瞪口呆,几乎不相信自己的耳朵。

喜马拉雅山脉的一座无名雪山下。

几座简朴的楼房星星点点散落在雪山脚下,楼房下是连成一片的巨大的地宫。这是72个大脑袋离世隐居之地。地宫的外貌虽然简朴,里面的设施却是超现代化的,人类难以望其项背。

一个年轻人正在操纵"透明式"电脑。这种电脑没有键盘，可以把思维波直接输入。忽然手表发出短促的啸音，他的大脑迅即把这种高密度电讯翻译成普通语言，那是父亲的声音。

"把手头工作放下，所有资料存档，速来见我。"

他有点奇怪，父亲有什么要事非要当面对他说？72个大脑袋彼此很少见面，因为通过电脑网，他们的思维可以彼此透明。听父亲的口气，他将离开这儿一段时间。收拾完毕，他看看桌上那张照片，是他与丽丽的合影。这种普通平面照片早已过时了，不过他一直珍重收藏。他把照片从镜框中取出来，小心地放入怀里。

看着丽丽十七岁的天真，他长吁一声。已经七年没见过丽丽了，不知她的模样是否已经改变。他对着镜子看看自己，自眉毛以下的容貌同照片没什么变化，眉毛上是新加的头盖，白色铱合金制造，比常人高出一拳，没有头发，像一个丑陋的光帽壳。

是这个东西在他们与人类之间划了一道鸿沟。他并不后悔，不过想起卓丽丽，仍然觉得心痛。

父亲、酒井惠子阿姨和另外几个人在办公室等他。他们演示了激光全息天体图，介绍了混沌的情况。

卞天石对儿子说："尽管我们小小的大脑袋文明已超越人类几个世纪，但我们仍无法理解这个混沌状的天体。毫无疑问，它所属的文明要比我们高出几个数量级。我们只知道，如果它一直以目前的方向和速度直扑地球而来，就会引起一场突变。它会毁了地球，甚至太阳系。当然，文明发展史上的'突变'

并不仅仅是灾难。如果不是 6500 万年前的一颗陨星促进了地球生物的变异,可能到现在为止,地球上仍是小脑袋的恐龙在动作迟缓地漫步。"

"小脑袋的恐龙"这几个字他是以正常人的慢速说的,带着鄙夷和敌意。他知道"大脑袋"是人类对他们的鄙称,所以自称"大脑袋",本身就是一种冰冷的反抗。

七年前,卞天石和卓太白是一对挚友,也是科学上的好搭档。在 21 世纪,宇航学和生物学已成了近亲。

卓丽丽和卞士其几乎是指腹为婚的,十七年青梅竹马,已经如胶似漆了。两家父母都欣喜地看着这对金童玉女成长,所以灾难来临时,卓丽丽没有丝毫的精神准备。

她忘不了那个黑沉沉的夜晚,她遵照父亲的急令来到他的办公室。父亲正目光阴沉地注视着全息天体图,她敏锐地发现,父亲刚从狂怒中平静下来,这是父亲制怒的一个诀窍。同浩瀚博大的宇宙相比,个人的喜怒哀乐实在是太渺小太微不足道了。父亲阴沉地讲了事情的来龙去脉。

"……你知道,100多年前已发明了三维生物元件电脑,但直到一个月前才试验成功了第一个模拟人脑,是卞天石搞成的。"卓丽丽很奇怪爸爸为什么不称"你卞伯伯","功能同人脑完全等效。不同的是,人脑内部神经元之间的联系是每秒10米的神经脉冲,而模拟人脑中是以光速行进的电磁信号,速度是前者的三千万倍。第一代模拟人脑的体积大一些,比人脑大 1/3。试验成功后,卞天石便极力鼓吹以它来取代落后的人脑。你知道,爸爸并不是一个老学究,我对任何学科中任何一种离经叛道的创新都是支持的。但大脑的替代是一个至关重要的大事,它牵涉到人类的伦理道德及其他人类赖以生存的基础。如果科学的发展导致对人自身的否定,那我是无论如何也不会同意的,不管这种人造的大脑有多少优越性!"

父亲的愤怒在逐渐高涨,他努力压住火气。

"何况模拟人脑刚刚诞生,它一定有不可预计的缺点和危险因素。试想,人类用几百年造出的东西,怎能同大自然45亿年锤炼出的人脑相比!经过科学界激烈的内部争论,已决定以法律形式暂时冻结人脑更换术,何时解冻视情况而定。可是,那个卞天石和71个科学界的败类,竟然……"父亲喘息着才把这句话说完,"竟然抢在法律生效前为自己更换了模拟人脑,作了思维导流术。包括他的儿子!"

那一瞬间,卓丽丽觉得自己乘坐的挪亚方舟爆炸了,她跌进酷寒的外太空,连血液也结了冰。她悲哀无助地看着父亲,跌坐在沙发上。

父亲鄙夷地说:"这一批手术是法律生效前做的,我们无可奈何。但科学界所有同仁已与这批败类割席绝交。我把这些情况通知你,希望你同卞士其断绝来往。"

卓丽丽失神地瞪着父亲,很久很久,她突然发作道:"爸爸,你以为我的头颅里装的什么,是集成电路的电脑?一道删除指令就能把所有感情全洗掉?"

卓太白瞪着她,把一张彩照甩在她面前。

"看看吧,看看你是否愿意嫁给这个异类。"

卞士其在照片上阴沉地看着她。他头上新增了一个白生生的新头盖,比常人高出一拳,没有头发。这种怪相确实令人作呕……还有一个念头在悄悄啃啮着她的自尊:在手术前(那无异是同人类告别的时刻),他竟然没向我透露一个字……她终于做出决断,冷淡地对父亲说:"局长阁下,我完全遵从你的决定,请你放心。"

第二天她就离开家,到酒泉宇航基地去了,妈妈的泪水也没能改变她的决绝。

自从人类把这伙儿大脑袋抛弃后,卓丽丽总觉得老一辈科学家的敌意未免太重。他们对大脑袋们目不暇接的发现和发明视而不见,就算不得不利用这些成果,他们也绝口不提发现者的名字。地球科学委员会主席在一次年度会上讲过:"体育界经过两百年的奋斗,才把兴奋剂这个魔鬼消灭,现在可以实现人与人的公平竞争了。科学界也决不容许出现兴奋剂之类的东西。"

不用明说,任何人都能听出他的话意。

的确,大脑袋的智力与常人相比太过悬殊了!他们可以在一秒钟内用高密度电讯输进一部大英百科全书的信息。他们的脑结构可以随心所欲地操纵透明式电脑,或互相作透明式思维交流。如果不作严格的限制,那么以后的科学史上再不会出现普通人的名字了。

在人类的敌意中,72个大脑袋沉默着离开了人类世界,在喜马拉雅雪山下建立了自己的小圈子。在雪山周围,人类悄悄建立了几道严密的防线。

当然,对大脑袋的智力来说,这些防线很可能是小孩子的玩意儿。但人类倒是有恃无恐的,最牢固的防线在于大脑袋社会内部——72个人中只有一个女的,他们一时难以把大脑袋的阵营扩大。即使采用体外授精,单体克隆等方法,也还存在一个根本问题:人造的脑结构尚不能嵌入遗传密码。所以,如果不能抢在死亡之前在遗传工程上取得突破,他们就只有悄悄走向灭亡了。

卓丽丽不满地看着爸爸,听到爸爸的决定后,她的第一个反应是尖刻的嘲讽:你们怎么能向素来鄙视的大脑袋们求助?你们的骄傲呢?

不过她隐忍未言。她知道这些话将是致老人于死地的尖刀。

宇航局长艰难地继续说道:"与'混沌'相遇时,临机决断的时间是以毫秒计的,这种情况只有大脑袋们才能胜任。我已通知了那些人,他们已同意派卞士其前往。毕竟地球也是他们的居留地,在这点上我们是拴在一条绳上的蚂蚱。"

随后,他直视着女儿,加重语气说道:"不过你务必记住,卞士其已不是七年前的纯情少男了。这些年来,在大脑袋圈子里,对人类的敌意日甚一日。你要多长一只眼睛。这样严酷的任务本不该派你这样的生手,你知道为什么派你去吗?"

卓丽丽冷冷地摇头,宇航局长毫不留情地说:"你不会猜不到的。我们要求你充分利用你同卞士其的旧情,利用你的魅力,鞭策他作好这项工作。"

卓丽丽愤怒地瞪着父亲。这些残忍的话撕开了她心中的伤疤,又撒上了一把盐。她冷酷地反问:"是否需要脱光衣服引诱他?"

宇航局长脸颊的肌肉抖动一下,仍语气强硬地说:"必要的话就该去做。"

两人恶狠狠地对视,喘着粗气。宇航局长忽然颓然坐下,用手掌遮住眼睛,声音暗哑地说:"不要以为爸爸心如铁石。我知道自己是在把女儿送上不归路,是把女儿摆在一个异类面前作诱饵。可是,为了人类的生存,任何残酷、卑鄙都是伟大的,孩子。"

在这一刹那间,他变得十分苍老。卓丽丽犹豫了一会儿,慢慢走过去,她和解地偎在爸爸身旁,轻抚着他青筋裸露的手臂。爸爸紧握住她的手,说道:"丽丽,抓紧时间回去见见你妈。不能超过30分钟,你要熟悉的资料太多了。"

同父亲告别时,丽丽说:"我把阿诚也带上飞船,好吗?"

阿诚是他们家中的爱犬。卞士其还是家中常客时,阿诚刚一岁,狮头鼻子,一身白色长毛,卞士其十分喜爱它。也许阿诚能唤醒一些旧日的感情?宇航局长点头应允。

飞船点火升空的场地戒备森严,没有记者,世界政府不愿过早造成全球的恐慌。

同女儿告别时,宇航局长竭力隐藏自己的悲伤,他表情严峻地同女儿拥抱吻别,很快就走了。丽丽妈哽咽着,拉住女儿不愿放手,她的两眼又红又肿。卓丽丽笑着,低声劝慰她,又逗着阿诚同妈妈"拜拜"。前天回家见到阿诚,它仅犹豫了半秒钟就认出她了,简直疯了似的绕着女主人撒欢,又是抓又是舔,那份急迫的热情让丽丽心酸。妈妈伤感地说:"七年没回来,它可一直没忘记你呢。你在传真电话上一露面它就使劲儿吠。还有一次,它对着门外吠个不停,原来是你托人捎来的衣物,它已经嗅到你的味儿啦!"

在送行的人群中,卓丽丽发现了几个大脑袋。他们冷淡地默然肃立,四个高高的光头颅排在一排,很像神态怪异的正在做法事的西藏喇嘛。其中有卞伯伯和酒井惠子阿姨——她也像其他三人一样顶着光光的脑袋,甚至没用假发掩饰一下。卓丽丽记得,惠子阿姨跟卞伯伯读博士时,一头青丝如瀑布,飘逸柔松,曾使孩提时的自己十分羡慕。她稍微犹豫,走过去亲切地同卞伯伯和惠子阿姨告别。卞天石仅冷淡地点点头,目光中没有丝毫暖意,惠子倒是说了一句:"一路顺风。"

卓丽丽取下宇航帽,嫣然一笑:"我会回来的,那时还要阿姨为我梳头。"

她笑靥如花,一头青丝散落在胸前。酒井惠子的面颊肌肉抖动一下,没有再说话。

阿诚进舱后,先是悄悄地注视着卞士其,一个劲儿抽鼻子。忽然它认出来了,回忆起来了,便欢天喜地奔过去,围着卞士其大摇尾巴。这种故友重逢的景象倒是蛮动人心的,连卞士其冰冷的脸上也闪过一丝微笑,弯下腰摸摸阿诚。

飞船的密封舱门合上了。卞士其穿上了为他特制的抗荷服,头部很长,像一个丑陋的白无常。他静坐在副驾驶座椅上,目光直视,丝毫没有与丽丽寒暄的打算。

卓丽丽的目光直直地注视着他。小时候两人头顶着头，说过多少小儿女的絮语！现在卞士其身上，还能找到一丝一毫过去的影子吗？她调整好情绪，亲切地说："就要起飞了，超重是10g。你怎么样？"

卞士其冷淡地说："我已经接受了两小时的速成训练，按我们的神经反应折算，至少相当于你们三个月的训练强度，我想没问题。"

之后他就保持沉默了。

发射架缓缓张开，星际飞船怒吼一声，橘红色的火焰照彻天地。然后巨大的飞船逐渐升空，在深邃的夜空开始折向，迅即消失不见。

四个大脑袋一言不发，扭转身鱼贯而出。世界政府的代表托马斯先生走过来，同卓太白握手庆贺。卓太白了无喜色，一直紧盯着大脑袋消失的方向。托马斯轻轻摇头："卓先生，我真不愿意见到这些人，看见他们就像见到了响尾蛇。"

卓太白阴郁地说："我经常想到希腊神话中那头巨狼，万神之王宙斯也难以匹敌，只好用诡计为它套上一条越挣越紧的绳索。不过一旦绳索断裂……"

托马斯苦笑着说："人类已代替了宙斯的地位，却对这头巨狼束手无策。"

卓太白说："当然，大脑袋与巨狼不同。"停了一会儿，他继续说："他们的智力超过了宙斯。说不定他们会施展诡计，用那根绳索反过来把宙斯套上。"

飞船已进入太空三天了。现在我们距地球2.5亿千米。舱外是绝对黑暗的夜空，那个蔚蓝色的月牙，我们的诺亚方舟，我们的力量之源，离我们越来越远了。

我现在几乎是痛苦地怀念着那种脚踏实地的感觉。

卞士其对超重没什么反应，倒是随后的失重使他大吃苦头。无食欲、恶心、呕吐、口渴，体重迅速减轻。这也难怪，他毕竟没经过系统的太空训练。这几天他一直在我的细心照料下，我就像他的小母亲。我偷偷带上飞船的几盒青橄榄——那是他小时的爱物——大有用场，帮助他克服了恶心。咀嚼着这些青橄榄时，他死模死样的脸上开始有了一丝笑容。

看得久了，那个丑陋的白脑壳似乎也不再可憎。

同样未经过失重训练的阿诚和他倒是难兄难弟，这两天老是精神委顿，躺在他的怀里。我很奇怪，卞士其从我家消失时阿诚才一岁。一岁时的感情竟能保存七年之久？

记得日本有一只义犬，主人突然死亡了，但义犬一如既往，每天下午到地铁站口迎接主人，无论其他人怎样干涉劝解也不行。日复一日，年复一年，直到临死时，还挣扎着向那儿爬去……

我常奇怪，狗的体内究竟有什么特殊的激素，使它们对人类如此忠诚？

航天综合征并未影响卞士其的工作。他用一天的时间为飞船主电脑加了一个附属装置，即他说的"透明转换"，转换后的他就可以用思维波同电脑自由交流。这使我十分羡慕，虽然主电脑的语言指挥系统已十分完善，但无论怎样完善，终究是"两者"之间的交流。对于大脑袋来说(我一直避免使用这三个字),电脑已成为头脑的外延。

航行第一天,我详细地为他介绍了飞船的生活设施。我介绍了负压洗澡装置,告诫他一定要戴好呼吸管,因为失重状态下的水珠可能是致命的;告诉他在卫生间里要把座圈固定好,不要在女士面前出丑。他默默听我介绍完,随后冷淡地说,这些他已经知道了。主电脑中有宇航员训练软件,浏览一遍对他只是一秒钟的小劳作。我气极了,向他喊:"你为什么不早一点告诉我!"

我扭过身,好长时间不理他,他仍是不言不语,满脸拒人千里的表情。等到一种失意感悄悄叩击我的心扉时,我才悟到,我已恢复了在他面前的任性,期望他会像17岁那样,挨着我的肩头轻轻抚慰。

天哪,我的旧情这么快就要死灰复燃吗?

卓丽丽记完日记,旋上钛合金写字笔,不易察觉地苦笑一声,不,旧情并未复燃。那波感情的涟漪倒是真的,但把它记入电子日记中却是另有目的。她想让卞士其看到它。

她想引诱他。

她回到指令舱,忽然惊奇地发现,屏幕上显示的飞船轨迹偏离了预定航线。她的心猛一抖颤,回头瞪着卞士其。那一位正闭着眼睛,双手交叉在胸前,在太空舱里自由自在地飘荡。卓丽丽沉声问:"你修改了飞船的航线?"

卞士其睁开眼,若无其事地点点头。

卓丽丽的心脏缩紧了。对卞士其她一直睁着"第三只眼睛",小心地不让卞士其接触要害部位。但自从飞船主电脑经过透明转换后,实际上她已经无法控制卞士其了。装置透明转换时卞士其有充分的理由:"我们大脑袋仅有脑部的神经活动是以光速进行,其他神经网络仍同常人一样,反应速度太慢了,根本无法应付突然事件。所以我们常把大脑与主电脑直接并网。"

宇航局长事先已考虑到这种情况,在主电脑的中枢部位加了一道可靠的密码锁,密令女儿在紧要关头使用。只是……天知道这道密码锁对大脑袋是否管用。

卓丽丽尽量平静地说:"为什么改变航线?"

卞士其若无其事地回答:"没什么,顺便看看木星的大气层。"

卓丽丽十分愤怒,她嘎声问:"你为什么不同我商量,你知不知道我们的时间多么紧迫?"

卞士其冷嘲地说:"请卓小姐先检查一下飞船的新航线吧。"

卓丽丽疑惑地看看他,返身在电脑屏幕上敲出了飞船几天的轨迹。她马上看出修改后的轨道参数更佳,看来是飞船升空前的准备工作太仓促,未能选准最佳轨道。她难为情地笑了,耸耸肩,不再说话。

卞士其又合上眼睛。他不愿同卓丽丽多说话,他已经很不习惯这种慢吞吞的交流方式了。良久,同舱壁的一次轻撞使他睁开眼睛,发现卓丽丽在他的斜上方,正在聚精会神地梳理头发。在失重状态下,她的一头长发水草般向四周伸展,并轻轻摇曳着。

她聚精会神地同乱发搏斗，好不容易才梳拢、扎好，开始用淡色唇膏涂抹嘴唇。

一种久已生疏的东西又悄悄返回他的身体。他同丽丽相处到十八岁，已是情窦初开了，他们之间并没有过分亲昵的举动，卓卞两家在男女问题上都是相当保守的。不过，耳鬓厮磨时，丽丽的头发常轻扫着他的面颊、耳朵，是一种麻酥酥的感觉，这种感觉现在又十分鲜活地搔着他的神经。

卓丽丽抬起头，见卞士其在凝望她，便嫣然一笑。卞士其却冷淡地闭上双眼。

已经飞出海王星的轨道半径了，太阳变成一颗赤白色的小星星，地球则缩为微带蓝色的小光点。在浩瀚的天穹背景下，秒速1000千米的"金字塔号"像一只缓缓爬行的小甲虫。

卓丽丽抱着阿诚长久端坐在全景屏幕前。明天就要同混沌相遇了，在屏幕上混沌已变得十分巨大，但它仍带着某种光的流动，似乎没有确定的形状、清晰的边界，仍显得像一个幽灵，使人惴惴不安。

几天来他们已尝试了所有的联络方法，但混沌毫无反应，仍是一言不发地猛扑过来。无论从视觉上还是心理上，卓丽丽已经感受到了它日益逼近的巨大压力。

直到现在，她对能否完成任务还没有一丝一毫的把握。按预定计划，他们首先要尽可能在混沌上降落，这样才能有足够的时间去弄清真相，趁机处理。但金字塔的速度与混沌相比太过悬殊，要想在如此高速的天体上安全降落，无异于想用弹弓击落一颗流星。如果降落不成功,那就只有"撞沉"它或将它引爆。

那时她和卞士其都将灰飞烟灭,化为微尘散布在宇宙中。

卓丽丽悲哀地长叹一声,她并不是怕死。说到底,人反正是要死的,也只能死一次。而且,如果地球毁灭,一个人还能生存吗?覆巢之下安有完卵。她是担心能否完成人类的重任。临机决断的时间是以毫秒计的,只有依赖于卞士其的光速脑袋,别无他法。

她抬头看看卞士其,那一位仍在舱内飘浮,闭着眼,死模死样的面孔。几天来一直对卞士其委曲求全、赔尽笑脸,这时一股恼恨之情突然涌来,她高声喊:"卞士其!"

卞士其睁开眼睛,冷淡地注视着她。卓丽丽气恼地说:"明天我们很可能就要诀别人世了。你能不能赏光,陪我最后说几句话?"

卞士其略为犹豫,飘飞到她面前。阿诚也跟着窜过来,亲昵地舔着女主人的手指。卓丽丽见他仍是木无表情,闭口无语,便讥讽地说:"请问你们的模拟人脑中,是否已淘汰了前额叶和下丘脑部分?"

卞士其(在心底)微微一笑。这两天他对卓丽丽的礼貌周全颇为不耐烦,他知道这是因为有求于他。这会儿终于看到卓丽丽的率真本性,尝到了她的辣味儿。他知道前额叶和下丘脑是主司感情活动和性激素分泌的,便笑答:"没有淘汰吧!"

"那就谢天谢地了。现在,能否请求先生屈尊把手伸过来?"

卞士其慢慢伸出胳臂，揽住姑娘的肩头。卓丽丽把头埋在他的臂弯里，眼泪忽然汹涌流出。卞士其掏出手帕笨拙地塞给她。

良久，卓丽丽抬起头，满面泪痕，强笑道："让你见笑了，一时的软弱，你别担心。"

卞士其怜悯地看着她。在少年时代，他一直是以大哥哥自居的，总是把调皮可爱的小妹妹掩在羽翼下。这会儿，这种兄长之情又突然复活了。卓丽丽斜眼看看全景屏幕，混沌仍在飞速逼近，她忧心忡忡地说："明天的降落有把握吗？"

"尽力而为吧！"

卓丽丽紧握他的手："拜托你啦，为了我们的父母，为了我们的地球。"

这句话突然激起了卞士其的敌意，一股暴戾之气潜涌出来，他冷淡地撂了一句："是你们的地球。"

卓丽丽浑身一震，冰冷的恐惧感从脚踵慢慢升起。她没有想到生死之际，卞士其还念念不忘对人类的敌意。在这种心态下，明天他会全力以赴吗？她努力调整好情绪，亲切地说："士其，有句话我早想说了。我觉得，在'大脑袋'和'小脑袋'之间制造敌意是毫无道理的，同属人类嘛，尤其在年轻人之间更不该如此。我们的父辈年纪都大啦，难免固执古怪甚至性情乖戾，我们应该理解他们。人脑的衰老是不可避免的，就拿脑中新陈代谢的废物——褐色素说吧，婴儿是没有褐色素的，但到60岁以上，褐色素竟占脑细胞1/2以上的空间，它会造成人智力和性格的变异。"她饶有兴趣地说，"不过我说的是自然人脑，你们的人工脑中恐怕没有这样的废物积累过程吧。"

她没料到这些话使卞士其有了明显的震动,沉默很久,卞士其冷淡地说:"你放心吧,我不会疏忽自己的使命。"

两人互道晚安后入睡。他们都感觉到,在两人之间突然复活的感情又突然冻住了。

再过十秒钟就要在混沌上降落了。

"金字塔号"早已调整好了飞行姿态。现在用肉眼也能清楚地看到,一个巨大的天体正飞速逼近。卓丽丽在进行宇航训练时,已作过多次模拟降落,这种地面晃动着飞速逼近自己的景象,她已十分熟悉,卞士其也真正进入了临战状态。他精神亢奋,紧盯着屏幕,用思维波快速下达各种调整指令。与普通的宇航员不同,他两手空空,不操纵任何键盘和手柄,这使卓丽丽多少觉得别扭。

"金字塔号"已进入混沌的引力范围,但混沌的引力相当微弱,与它的巨大形体很不相称,这使飞船降落更像在无重力环境下的飞船对接。"金字塔号"怒吼着,耗尽了所有的能量用于最后冲刺,想尽量消除两者之间的速度差。巨大的加速度产生了超过 $15g$ 的超重值,尽管卓丽丽穿上了抗荷服,并且努力缩紧腹肌,调整呼吸,还是产生了严重的黑视现象。她绝望地祈祷着卞士其保持清醒,然后她的意识便缓缓坠入黑暗。在意识完全丧失前,她听到一声沉重悠长的撞击。

我不能死去,我的使命还未完成。

冥冥中有强大的信念在催她醒来。她睁开眼,发现自己躺在卞士其的怀抱里,光脑壳下一双眼睛正关切地注视着她。她挣扎着坐起来,未等她问话,卞士其就欣喜地说:"降落成功了!"

在全景屏幕中看到,飞船静静地躺在混沌表面,眼前是一望无际的平坦,没有其他天体上常见的山峰谷地。想不到日夜担忧的降落竟是如此顺利,她感激地握着卞士其的手,喃喃地说:"谢谢你,你真了不起。"

卞士其苦笑着摇头:"我想不是我的功劳,我总觉得混沌是主动者,它迅速调整了飞行姿态迎合着我们,把飞船给'粘'住了。"

这句话立即唤醒了卓丽丽的警觉,她努力起身,急迫地说:"快进行下一步吧,探查混沌的真面貌。"

就在这时,飞船发出一声悠长的呻吟,晃动一下。下面的事态使他们目瞪口呆:混沌天体的平坦表面忽然掀起波涛,遮天盖地的波涛,缓慢地却是不可阻挡地压过来。

很快他们发现这不是波涛,是飞船所在处在迅速凹陷,混沌的坚硬表层忽然之间变成柔软的极富弹性的液体,从四面八方向飞船逼过来。卞士其怒喝道:"上当了!立即起飞,还来得及飞出去!"

卓丽丽迅速制止了他。

"不要起飞——这样不是更好吗。"她苦涩地说。

卞士其低头看着她,他当然明白卓丽丽的意思。混沌的行为已证明了它的恶意,能在混沌内脏里爆炸,效果更好。他不再说话，握着卓丽丽的小手，静观事态的发展。

最后一块圆形天穹终于合拢，飞船被绝对的黑暗所吞没。他们感觉到飞船仍在混沌的肌体里下陷，从轻微的超重判断，下落过程还在平稳地加速。

这是一段极其难熬的路程。

他们打开了舱外照明灯光，但灯光不能穿透浓稠的黑暗。飞船所到之处，混沌的肌体迅速洞开，飞船经过后又迅速合拢，没有丝毫空隙。黑暗、死寂和恐惧感紧紧箍着飞船。

卞士其和卓丽丽一声不吭，只有阿诚忍受不了这无形的重压，一声声悲哀地吠叫着。

熬过了漫长的时间——其实才十几分钟，卓丽丽忽然迟疑地说："有光亮？"

飞船周围似乎出现了微光，他们正穿越的介质似乎正从固态变为液态，又变为气态。卓丽丽轻声说："把灯光熄灭吧。"

卞士其点点头，用思维波下了命令，全船灯光立即熄灭。这一来他们看清了，舱外的确是朦朦胧胧的微光，光度很快变强，周围的介质越来越稀薄。忽然——就如飞机穿越云层一样，飞船弹跳出去，到了一个明亮的极为巨大的空间。

这是混沌的内腔，是一个空无世界，没有任何实体。没有光源，只有雾一样飘浮的光团。光团很不均匀，有着错综复杂的明暗和流动，就像海洋里的冷暖潜流。很久之后，人类对这种光场才有所了解。从本质上讲，人类（和电脑）的智力运动仅仅是能量的有序流动，脑的物质结构只是约束导引这些流动的管道网络。但混沌已超越了这个阶段，它是利用光作为思维运动的载体，不借助于任何物质约束，就能实现能量的逻辑流动，所以混沌的空腔也可以认为是它的大脑。

这个空无世界的中心，孤零零地悬着一个三维图像，它的形状颇像一个缩小的涡状星系，有两只长长的边界模糊的旋臂。图像一直在缓慢地旋转着。

眼前这些奇特景象使他们迷惑不解。光流自由自在地穿越飞船，穿越他们的身体、大脑，在他们脑海里留下了奇怪的感觉，似乎有一种前生学过的久已遗忘的语言在不停地呼唤着。

飞船很快降到涡状物附近，然后便静止不动。惊魂甫定，卓丽丽发觉自己正紧紧偎在卞士其怀里，她没有去挣脱，心中有甜甜的苦涩。就在这时，一道白光猛然轰击两人的大脑，卓丽丽茫然扬起头，她看见卞士其忽然亢奋起来，聚精会神地聆听着冥冥中的声音，接着漾出欣然微笑。

卓丽丽迷茫地注视着他，忽然，飞船密封舱的门缓缓打开了，卓丽丽知道这是卞士其用思维波下达的命令。卞士其匆匆向舱外走去，卓丽丽惊慌地喊："你没有穿宇航服！"

卞士其扭回头，不耐烦地解释道："混沌已测出了我们的生存环境，并在飞船周围形成了类似于舱内的小气候，不用穿宇航服，你快点出来吧。"

卓丽丽将信将疑地走出舱外，的确，舱外是熟悉的地球大气环境。这里是零重力区域，两人都悬空飘浮。卞士其告诉她："我已经能读懂混沌的信息了，我现在就同它交谈。"

连续不断的白光轰击卓丽丽的大脑，但她根本无法理解这些信息。只有一波白光结束的一瞬间，她能辨出无数令人眼花缭乱的杂乱图形，呼啸着冲过去。卞士其闭着眼睛，一动不动，从外形很难看出他在同混沌交谈。只有他紧锁的眉头，微微晃动的身躯，亢奋的面容，可以看出他在紧张地思维。

卓丽丽心情很复杂，既感欣喜，又有莫名的恐惧。她和卞士其的力量对比本不是一个档次，现在天平那边又加上了混沌这个重砝码。如果卞士其怀有二心的话……像是为她的预感作证，她胸前的一个纽扣忽然无声跳抖起来。她的脸色刷地变白。

这是爸爸同她约定的紧急联络信号，只有在必须瞒着卞士其时才用。她偷偷看看卞士其，他正在瞑目思考。卓丽丽悄悄飘飞进舱，进入通讯密室，急急打开秘密通讯口。

一定是出现了什么异常事件，而且一定与卞士其有关。她暗自庆幸，混沌的奇异外壳没有隔断地球的电波。

72个大脑袋聚在卞天石屋里，聚精会神地观看全息天体图。

按照预定计划，卞士其将把引爆拖到混沌到达土星半径以内时再进行，这样可以在地球上造成"适度灾变"。灾变的规模要足以动摇原人类的统治，又不致毁灭地球，只有这样才能促进地球生命的变异、文明的进化。

绝不能再让那些智力低下却又自命不凡的小脑袋统治地球了，他们早该被历史抛弃了。这次千载难逢的机会，恐怕正是造物主对大脑袋的垂青。

超级电脑逼真地模拟了这个过程。当混沌切入土星轨道之后，混沌猛烈地爆炸了，在这一瞬间，它变成了银河系中最亮的星星。强烈的白光经过76分钟到达地球，然后是强烈的粒子风暴。地球电离层被破坏，通讯中断，臭氧层在几秒钟内完全消失。大气层被吹向地球背面，形成全球范围的风暴，部分大气被吹出地球，形成彗星状的长尾。迎光的东半球几乎同时起火，海水气化爆炸。西半球掀起狂暴的海啸，许多建筑物在刹那间夷为平地。

估计只有不足1/10的人可以幸存。

71个人冷静地观看演示，只有酒井惠子悄悄走向窗口。她从口袋里掏出一绺青丝，这是她作换脑手术时留下的，一直偷偷保存着。那天去航天港为"金字塔号"送行，卓丽丽说："我会回来的，我还要惠子阿姨为我梳头。"她笑靥如花，一头青丝飘逸柔松。

回西藏后，惠子就从保险柜里取出自己的长发，悄悄放在身边。

71个大脑袋仍在讨论灾变行动的善后，当然是用思维波快速交谈。他们都紧闭着嘴，这使他们的表情显得冷酷怪异。

酒井惠子痴痴地看着卞天石，卞天石是她的恩师，是她心目中的至圣。在师母去世后，他是她深深爱恋的情人。每次浴前松开长发时，卞天石常夸她："你的头发真漂亮。"

尽管他们暂未结婚，卞士其和丽丽实际早已承认了这位继母。丽丽长到17岁还常常偎在惠子阿姨身边，缠着她梳头，也常常由衷地赞叹："阿姨，你的头发真漂亮！"

这些都是前生的回忆了。

做了换脑术之后,她已经学会冷静地思维。在大脑袋看来,"感情"只是对理性的干扰,是思维流动中一团失控的涡流——女人头发的颜色和长短,对于文明的发展有什么关系?对此津津乐道,实在是令人羞耻的低级趣味。

几年来,她和卞天石虽然近在咫尺,但对面相聚的时候很少。既然所有的思维交流可以远距离进行,就不必浪费时间去聚会了。她和卞天石也一直没成婚。在遗传工程上未取得突破前,卞天石不愿结婚,养育出"小脑袋"的儿女。这回他们做出借混沌实行"适度灾变"的决定——是冷静的决定,不是冷酷。他们是为了文明的进化。几十亿人死于非命,只是这场革命无可避免的副产物。

但是,鬼使神差地,卓丽丽的一头青丝竟然把她的理性思维拦腰截断!几天来,旧日的感情一下子全复苏了。也许女人天生是理性思维的弱者?她忍不住对镜自照,那丑陋的光脑壳的确惨不忍睹。对于一头瀑布般青丝的痛苦回忆啃啮着她的心。夜晚睡在床上,女人的欲望在小腹处勃勃跳动。她渴望能躺在卞天石的臂弯里,渴望卞天石用手梳理她的长发,就像她对卓丽丽那样。

可是,丽丽马上要在一声巨响中化为空无了!还有士其!她最后瞟一眼卞天石,果断地退出房间。

地球政府的绝密通信线路突然有陌生信号插入。一个光脑壳女人的头像出现在屏幕上,她急促地叙述了事情的原委。

"……这就是'适度灾变'计划的详情。我将以个人名义劝说卞士其中断这次行动,请你们立即通知卓丽丽予以配合。

要赶快,否则就来不及了。"

一个半小时后,卓太白代表世界政府宣布的命令到达"金字塔号"飞船:

1. 立即处死卞士其。

2. 卓丽丽全权处理有关事宜。如果无法建立对混沌的控制,就按原计划立即启爆。

卓太白又加了两句:考虑到你与卞士其的智力差异,你要立即处死他,不能有丝毫犹豫,否则他会玩弄你于股掌之上。飞船离地球太远,不可能再同你联系了。永别了,我的好女儿!

屏幕上卓太白老泪纵横。

读完命令,卓丽丽冷静地启动了主电脑的密码锁定,从密室里取出电子噪音枪。那是特意为她研制的,只对大脑袋的脑结构有破坏作用,对于普通人脑则不会造成共振。所以对卓丽丽来说,这是一件十分安全的武器。

痛苦、愤恨熬煎着她。她羞耻地想起,"金字塔号"在黑暗中下陷时,自己曾紧紧偎依在卞士其怀里。她自以为自己的柔情已征服了这个异类,可是……那人紧紧拥抱她时,还在想着如何杀死50亿地球人!

她镇定了情绪,提着手枪走出密室。卞士其也进入了指令舱,正用思维波向飞船下达指令。但主电脑已锁定,屏幕上不停地闪烁着两个字:"密码?"

阿诚正扒动四肢,从舱外飘进来。卞士其回头,见卓丽丽在他身后,手里端着一把奇怪的手枪,枪口对准自己的眉心。卞士其神色自若,静静地看着她。

"你在修改飞船程序?"她声音枯涩地问。

"对。"

"你想实施那个'适度灾变'的计划?"

"不错。"

两人沉重地对视。良久,卓丽丽苦涩地说:"还有什么话吗?"

卞士其微微一笑:"没有。尽管开枪吧。"

卓丽丽狠下心扣动扳机。卞士其摇晃一下,身体颓然倾斜,两眼怪异地圆睁着。阿诚觉察到了男主人的不幸,焦急地冲上去,狠命撕扯他的衣角,唤他醒来,一边对女主人起劲地狂吠。

卓丽丽警惕地围着他转了一圈,确信他已死亡。她丢下手枪,泪水汹涌,凝成圆圆的泪珠沾附在面颊上。她抱起卞士其的尸体,吻吻他的双唇。

"我们为什么非要成为敌人?"她苦楚地自语着,然后沉默下来,像一座冰雕。她的思维已经麻木了,但内心深处有一个时钟,滴答滴答地催她醒来。良久,她长叹一声:"士其,我们很快就会再见的。"

她想放下卞士其,起身执行起爆指令。忽然身下一声长笑!没等她清醒过来,一双铁钳似的胳臂紧箍住她。卞士其与她对面相视,讪笑地说:"在混沌的能量场内,任何武器都已失效啦。

不过,谢谢你的一枪,也谢谢你的一吻。"

卓丽丽眼前一黑,她知道自己失败了,地球人失败了。50亿人死亡的前景马上就要变成现实,这都是因为她的愚蠢……她忽然狂暴起来,怒骂着、挣扎着,挣不脱时,她像一头母狼,一口咬住卞士其的肩膀。

卞士其疼得咧着嘴,用干净利索的一记勾拳把卓丽丽打昏。

卓丽丽醒来时,发觉自己被困在一个无形监牢里,就像包在一团黏稠的透明液体中。她绝望地挣扎着,手足可以挪动,却冲不破无形墙壁。阿诚扑在这无形的圆筒上,用爪子抓,用牙咬,猖猖地狂吠着。

卞士其正在紧张地破译那道密码,看见卓丽丽醒来,他冷冷地撂一句:"你已经陷进混沌的能量场里,不要白费力气了。"

这时屏幕上打出一行字:"密码解除,请输入后续指令。"

卞士其很快解除了飞船起爆的各种预定程序。从飞行轨迹看,混沌已进入木星轨道半径之内,并继续向地球逼近。

卞士其游过来,立在卓丽丽对面,面带讥笑,左肩上血迹斑斑。卓丽丽仇恨地闭上眼睛。

卞士其定定地看着她,他的目光似乎要把她的眼帘烧穿,但卓丽丽一直没有睁眼。忽然,她神经质地解开长发,披落胸前,用手指梳理着,漆黑的长发衬着她的柔荑。她紧闭双眼,热切地自语着,像是热病病人发出的毫不连贯的呓语。不过卞士其都听明白了。

她说:"惠子阿姨,你的头发真漂亮!"说话时她又回到了七年前的少女时代,连语言也变得清脆婉转。

她说:"士其,你真坏,也学会向姑娘献殷勤了——不过我真的像春之女神吗?"这是追忆 17 岁的一段绯色青春。也就是灾祸到来之前不久,那天丽丽穿着洁白的夏日休闲装,长发瀑布般滑过裸露的肩头,逆光中她脸庞上处女的茸毛又细又密。当时卞士其忍不住赞叹:"你真像一尊春之女神!"

她又细声细语地问:"士其,你想先要个儿子,还是女儿?"卞士其有些愕然。不,他们的爱情尚未发展到这儿就被拦腰切断了,丽丽是在用想象把它补齐。她脸上洋溢着初为人母的圣洁光辉。

卞士其沉默着,打开与地球的通讯。屏幕上正播发着地球政府对大脑袋基地的军事包围,蝗虫一样的飞碟载着核弹和电子噪音武器,无数导弹也去掉了弹衣。卞士其知道这些图像是有意发来的,妄图对他有所震慑。

他冷笑着关闭了屏幕。

阿诚不能理解眼前的事态变化,它茫然地吠着,在寂静的飞船舱里,吠声显得十分清亮。

不知过了多少时间,能量场忽然解除了。阿诚一下子跌入女主人怀里,大喜若狂,在主人身上蹭来蹭去。卓丽丽睁开眼睛,卞士其正在她对面,目光冷静。她叹口气,她并不指望自己的爱情呼唤能打动这个冷血的杂种机器人,但她也只有尽力而为。忽然卞士其脸上掠过一道微笑,就像一波阳光掠过草地。他从怀里掏出一件东西，一声不响地举在卓丽丽眼前。

是他们的合影。蓝天、白云、金黄色的海滩，泳装裹着青春的身体。他们头顶着头，笑得那么畅意。

卓丽丽闭上眼，大滴泪珠从眼角飞出来。

卞士其笑了，伸手拉住丽丽。

"来，丽丽，我教你与混沌对话。"

他不容分说，拉着丽丽飘出舱外。卓丽丽不知道他在搞什么名堂，狐疑地盯着他的后背。

"你已经看到，我与混沌已建立了沟通。这是混沌的功劳，它有一套非常有效的思维交流方式。其原理是非常简单的，它认为在宇宙的任何地方，光都是最重要的物理量，因而视觉是所有高等生物最重要的必不可少的感觉。因此，它们的思维交流方式是建立在视觉基础上的。"

"顺便说一句，"卞士其困惑地说，"混沌似乎没有语言。我曾尽量向它解释，但它似乎从来没有语言的概念，也可能它属于一种哑文明。现在你看那个图像。"

尽管有深深的敌意和不信任，卓丽丽还是顺从地朝他指的方向看去。混沌的中心悬着那个类似涡状星系的三维图像，两只长长的旋臂正在缓慢旋转。卞士其加重语气问："你知道这是什么图像？是飞船原来的主人，赫拉星人！"

这个出人意料的宣布使卓丽丽十分吃惊，她呆望着卞士其，卞士其笑起来："没错，是赫拉人。尽管他与我们对人的概念太过悬殊，详细情形你自己慢慢观看吧。我还是先把思维交流的原理讲完。在视觉过程中，外界物体反射的光线经过视觉器官，转化为电信号，最后成像于大脑。现在，混沌将不停地向我们脑中输进这个赫拉人的形象，再把我们脑中形成的虚像取出作为参照物。由于异种生命的视觉过程有差异，乍一开始，实像和虚像可能大相径庭。但混沌会自动地调整输入参数，直到实像和虚像完全一致。调整完成后，两种文明的交流模式就已确立，然后，它就能以光速向你输入有关赫拉人的信息。你听懂了吗？"

卓丽丽点点头。卞士其继续说道："这个方法对你是同样适用的，在此之前你未能理解，只是因为输入速度太快。现在我让它降到每秒米级的速度，也就是你们的神经反应速度。"

一道道白光又开始轰击她的大脑。白光逐渐拉长拉慢，直到分离成一个个独立画面。画面上的形象奇形怪状，毫无章法，但这些形象迅速变形，逐渐向涡状赫拉人的形象趋近，等二者完全重合后便定格不动。

随即卞士其说："现在混沌开始为你输入信息。赫拉人认为，就像物质无限可分一样，宇宙的层级也是无限的。某一层级的无数小宇宙组成更高层级宇宙的一个单体，依此类推，其极限称为终极宇宙。幸运的是，赫拉人与我们同属于一个层级，只是分属于不同的震荡小宇宙而已，这使我们的交流相对容易一些。"

现在，卓丽丽的脑海里是广袤无边的终极宇宙，镜头迅速拉近，指向一个宇宙群。它在不停地鼓荡着，有的区域膨胀，有的区域收缩，有的地方正在发生大爆炸。

卞士其解释道:"赫拉人认为,我们这一层级的宇宙是由无数震荡小宇宙组成。宇宙蛋爆炸后飞速膨胀,形成无数天体,亿兆年后又塌缩成新的宇宙蛋。现在镜头中是赫拉人居住的诺瓦宇宙。"

镜头继续拉近,显示出一个膨胀着的宇宙,继续拉近到一个涡状星系,再是一个恒星系,最后定格在一个行星上。这是一个暗红色的液体星球,由于高速自转呈扁椭圆状。镜头迅速跳闪,显示出液体星球逐渐降温,变成暗绿色。慢慢地,空无一物的表层液体里逐渐出现了生命,生命飞速变异、增殖,一直到出现一种涡状生物,它们迅速占领了这个液体星球,缓缓摆动着两只旋臂在"水"中游动。卞士其解释道:"这就是赫拉人。赫拉星在不到一亿地球年的时间里就进化出了这种高等生物。"

接下去赫拉星球迅速变化着,种种光怪陆离的"水"中建筑接踵出现,空中和"水"中也有了不少类似飞船船只的东西。涡状人的形状也在不断变化,最后的画面上,涡状人的边界变得模糊不清,带着某种光晕。卞士其困惑地说:"这些信息的含义我一直没弄清。在向我传输时也反复出现过这些画面,似乎是在强调赫拉人已进化到以能量状态存在?我们先不管它。往下你会看到,诺瓦宇宙的末日快要来临了,这儿似乎也逃不脱那个普遍的规律:成熟得越早的生命,死亡也越早。"

镜头拉远,鸟瞰着诺瓦宇宙,这个巨大的宇宙正在快速收缩。等镜头再推进赫拉星时,这个液体星球已经变形,自转显著减慢。涡状人就像巢穴被毁的蚁群,匆匆忙忙赶造一艘逃生飞船——

卓丽丽认出那就是面前的混沌。他们倾全球之力建造了这艘几乎是能力无限的诺亚方舟，不停地向其中灌注能量。最后，一小群赫拉人进入混沌飞船，向他们的母族告别。

卓丽丽几乎与混沌心灵相通，她能清楚理解混沌要告诉她的信息，甚至能理解画面之外的感情。尽管赫拉人没有通常意义的五官、表情，但她分明感到了告别仪式的悲壮。一小群赫拉人将带着母族的希望，逃到无边的宇宙之外，它们将同未知的自然搏斗，力图延续赫拉文明，留下的赫拉人将平静地迎接死亡。她还感到混沌不仅仅是一条飞船，它是一个智能人，是一头通灵巨兽。它带着对主人的忠诚和依恋，悲壮地点火升空，踏上了未知之路。经过极其漫长的旅程，混沌到达了诺瓦宇宙的边界，卞士其声音低沉地说："悲剧马上就要开始了，我想即使以赫拉人的高度文明，对此也未能预料。混沌正在穿越诺瓦宇宙的边界，所谓宇宙边界，应该是抽象的定义，并无实质意义。但不知道为什么，在边界处还是发生了令人震惊的变化，只有混沌未受影响，也许这表明活的生命不能通过宇宙边界。"

卓丽丽的脑海里输进了这样的景象：旅程中混沌内的赫拉人正处于休眠状态。但忽然之间，他们的身体迸射出强烈的绿光，光晕消失后，赫拉人无影无踪，没有留下任何痕迹。

卓丽丽能感到那时混沌的困惑和慌乱，它在陌生之地焦急地呼唤自己的母亲。很长时间后它才不得不承认了这个残酷的事实——一夕之间它已成了弃儿。此后，它在自己体内塑造出了赫拉人的形象，就像复活节岛上的土人想用石像留住失去的灿烂文明。然后，它封闭了自己的心智，在宇宙中漫无目的地游荡。

卞士其苍凉地说:"这个状态不知道继续了几千万年、几亿年,混沌的心智已蒙上厚厚的硬壳。忽然有一天,它收到了地球上的射电信号,它一下子惊醒了,就像是一条已经绝望的义犬忽然听到了失踪主人的声音,所以它毫不犹豫地向地球文明猛扑过来。"

卞士其笑着说:"所以你尽管放心。混沌不是寻响水雷,而是寻找主人的义犬。地球已经安然无恙 —— 不仅如此,上帝还赐给地球人一个法力无边的神灯。混沌的智力很可能使地球文明一下子跨越几个世纪。"

卓丽丽放下心头重负,高兴地笑了。忽然她热泪盈眶,向卞士其扑过去。她的冲力使两人在空中连续地旋转起来,旋转中卓丽丽还在不停地吻他,泪水涂满两人的脸。

"谢谢,谢谢你,"她哽咽地说,"我感谢你,人类感谢你。"

卞士其还她一个深吻,认真地说:"不,我要谢谢你,是你唤醒了我的生命。"

他们紧紧拥抱着在空中飘浮。阿诚不甘寂寞,不满地吠着,向他们飘过来。丽丽笑了,揽过阿诚放在两人怀中。卞士其向她讲述了这几年的情形。

"八年前,父亲命令我去做换脑术。我心里十分难过,我知道自己将告别人类,告别心爱的姑娘。但我还是遵从了父亲的命令,我是怀着为文明献身的虔诚去作的。

"手术后,我们的思维效率大大提高了。小小的大脑袋又明已远远超过原人类，这使人们坚信自己的选择是正确的。

"但不久我发现，在我们圈子里人际感情日益淡薄。即使我的父亲，对我来说也只是另一部联网的电脑，只有惠子阿姨还常给我一些亲情。我们对人类的敌视日甚一日，不过那时我们认为这只是人类迫害我们的被动产物。

"那时我们太自信，没有一个人从自身找原因，但你关于大脑褐色素的意见使我一下惊醒。大自然锤炼45亿年的自然人脑尚未淘汰这些废物，我们的生物元件模拟人脑真的就十全十美吗？这几天，我作了大量的计算和理论模拟试验，已经找到了这个魔鬼——我暂命名为'类褐色素'，它在脑中的积累速度，比褐色素更快。正是它的积累，使大脑袋人的性格日益扭曲、偏执、乖戾，从某种角度讲，换脑十年的大脑袋人已经被魔鬼控制了，他们的所作所为实际上已身不由己。

"只有年轻人（尤其是女人）的性激素可以部分抑制类褐色素，所以我和惠子阿姨最幸运，症状比较轻。这次，大脑袋决定借混沌实行'适度灾变'，老实说，当时我就不敢苟同。即使它能促进地球文明的发展，但代价未免太沉重了，50亿条生命啊！何况其中还包括你。"他深情地说。卓丽丽已听得入迷，她握握卞士其的手，让他说下去。

"在我了解类褐色素的危害后，我就更明白该怎么做。幸运的是，我不久就与混沌建立了沟通，它对人类的感情更坚定了我抗命的决心。不过当时我没告诉你，"他顽皮地说，"我想试试你敢不敢对我开枪，原来你真狠心啊。"

他愉快地笑着，卓丽丽表情苦涩，用手轻轻抚摸卞士其的光脑壳,似乎那儿有无形的伤口。她轻声问:"真的没有受伤?"

"真的。混沌早告诉我,在它的能量场内决不容许杀戮生命的恶行发生。"

"肩上的伤口呢,很疼吗?"

"当然!你简直就像一头母狼!我差点来不及取消起爆指令,那是我偷偷设置的。我只好给你来了一下,还疼吗?"

卓丽丽摇摇头,把头埋在卞士其怀里。等她抬起头时已是泪流满面,她接过卞士其的手绢,哽咽地说:"士其,我太高兴了,可是我总害怕这不是真的。"

她的沉重感染了卞士其。他也心境沉重,看着痴情的姑娘。尽管今天上演的是喜剧,但他们之间仍然可能以悲剧结尾。大脑袋和普通人的鸿沟肯定难以填平。还有,他们是否能很快研究出化解类褐色素的药物?否则,他最终也会像爸爸那样冷酷乖戾。如果那样的话,他一定在精神尚清醒时自杀,他绝不会等自己被魔鬼控制后再去害丽丽。他把这些愁闷抖掉,说道:"不说这些了,还是说说混沌吧。它的未来已安排好了,它将到达近地轨道,成为第二个月亮,你看。"

他打开了全景屏幕,在浩瀚的宇宙中,混沌正精神抖擞地飞速前行。这会儿它已经越过木星,进入了小行星带,一颗闪亮的小行星在舷窗旁疾闪而过。偶尔有一颗小天体撞在混沌上,激起一声沉重的振荡。混沌的外壳迅速抖动变形,把撞击能量吸收储存,又慢慢恢复正常。混沌飞越了火星,蔚蓝色的地球越来越大,卓丽丽甚至能感到混沌内勃勃跳动的喜悦之情。忽然，卓丽丽惊奇地睁大眼睛，在她膝上的阿诚突然变成了两只，一模一样，兴高采烈地向他们摇头摆尾。不过卓丽丽莞尔一笑，她看出其中一只轮廓不大清晰，带着某种光的流动，用手抚摸，那儿是一团虚无。她知道这是混沌玩的小游戏。这只不会说话的灵兽是以这种方式表示自己的喜悦，它希望像阿诚一样得到主人的宠爱。

混沌的速度已显著降低，等它降到每秒 7.8 千米，进入离地球 38 万千米的外太空，它就会成为第二个月亮，陪伴地球直到终生。

地球的观察者发现，混沌进入卫星轨道后，把"金字塔号"轻轻弹了出来。现在"金字塔号"正欢天喜地向地球飞来。从传来的图像看，卓丽丽抱着阿诚，依偎在卞士其怀里，距地球还有 20 万千米之遥时就急不可耐地高喊："爸爸、妈妈，我们马上就回家啦！"

宇航局长在屏幕前轻轻摇头，这哪里像受过正规训练的宇航员，倒像是去外婆家度假归来的小女孩。不过他没有责备丽丽。他打电话询问有关部门，得知对大脑袋的军事行动已经取消。当然，那几道防线是不能取消的，他知道，如何处理与大脑袋的关系，是世界政府近几年的最大难题。

版权专有　侵权必究

图书在版编目（CIP）数据

银河漫步 / 刘慈欣等著. —北京：北京理工大学出版社，2020.7
（科幻硬阅读．星际远行）
ISBN 978-7-5682-8440-0

Ⅰ．①银… Ⅱ．①刘… Ⅲ．①幻想小说 - 小说集 - 中国 - 当代 Ⅳ．① I247.7

中国版本图书馆 CIP 数据核字（2020）第 078665 号

出版发行 / 北京理工大学出版社有限责任公司
社　　址 / 北京市海淀区中关村南大街 5 号
邮　　编 / 100081
电　　话 /（010）68914775（总编室）
　　　　　（010）82562903（教材售后服务热线）
　　　　　（010）68948351（其他图书服务热线）
网　　址 / http:// www.bitpress.com.cn
经　　销 / 全国各地新华书店
印　　刷 / 三河市华骏印务包装有限公司
开　　本 / 880 毫米 ×1230 毫米　1/32
印　　张 / 9.625　　　　　　　　　　　　责任编辑 / 刘汉华
字　　数 / 185 千字　　　　　　　　　　　文案编辑 / 刘汉华
版　　次 / 2020 年 7 月第 1 版　2020 年 7 月第 1 次印刷　责任校对 / 杜　枝
定　　价 / 39.80 元　　　　　　　　　　　责任印制 / 施胜娟

图书出现印刷质量问题，请拨打售后服务热线，本社负责调换科幻不是目的,思考才是根本。
科幻小说是献给那些聪明的头脑和有趣的灵魂的一份礼物。
喜欢科幻的书友请加科幻 QQ 一群:168229942,QQ 二群:26926067。